〔日〕东野圭吾 著

连子心 译

南海出版公司

新经典文化股份有限公司
www.readinglife.com
出 品

秘密

1

没有任何预感。

这天早上,平介下了夜班回到家时刚好八点。他走进四叠①半大、铺了榻榻米的起居室,打开了电视机。并不是有什么要紧的节目,只是想看看昨天大相扑比赛的结果。平介今年即将四十岁,他确信今天也不过是自己这三十九年来平凡安逸生活的延续。更确切地说,这对他而言就是一个既定的事实,比金字塔都难以撼动。

因此他在选台时,根本没想过电视里会出现让自己震惊的画面。假如社会上发生了令人哗然的事件,他也会认为那一定和自己没有关系。

他调到了每次下夜班后必看的节目。那个节目内容覆盖面广,囊括了从娱乐圈绯闻到社会上的最新动态,但没什么深度。主持人是一个在家庭主妇当中颇受欢迎的中年男人,看起来是个好人,平

---

① 日本计量房屋面积大小的单位,1叠约为1.62平方米。

介并不讨厌他。

然而电视画面中最先出现的,不是主持人往常的笑脸,而是某地的雪山。像是在直升机上拍摄的,男记者的声音被螺旋桨发出的轰鸣声盖住了。

出什么事了吗?平介心想。可究竟发生了什么,他并没有兴趣知道。目前他只关心自己支持的相扑选手有没有获胜。这名选手正在向大关[①]冲刺。

平介脱下胸口处带有公司名称的上衣,用衣架挂在墙上,搓着双手,走到了隔壁的厨房。虽说已经三月中旬了,可只要一天不用暖气,木地板就是冰冷的。他赶紧穿上了绣着郁金香图案的拖鞋。

他打开冰箱,从中间那层拿出一盘炸鸡块和土豆沙拉,把炸鸡块放进微波炉,设置好时间后摁下开始键,又给水壶灌了水,放到火上。在等水烧开期间,他从碗筐里找了一个汤碗,然后拉开餐具柜的抽屉,拿出一袋即食味噌汤,撕开包装袋,把酱料倒入碗中。冰箱里还有肉饼和炖牛肉,他决定明天的早饭就是肉饼了。

平介在一家汽车零件制造商下设的工厂工作,前年起被任命为班长。每个班轮流上两周的日班和一周的夜班,如此循环往复,这周又轮到平介所在的班上夜班了。

虽说夜班完全打乱了生活节奏,对于还不到四十岁的平介来说,身体固然受累,却也不是件坏事。一是因为加班有补贴,二是因为能和妻子女儿一起吃饭。

这一年,也就是一九八五年,日本企业的效益特别好,平介所

[①]日本职业相扑力士的等级由低至高为序之口、序二段、三段目、幕下、十枚目(又称十两)、前头、小结、关胁、大关、横纲。

在的公司也不例外。生产总量节节攀升，生产设备的制造行业也十分火热。平介和同事们也因此忙碌起来。正常的下班时间是下午五点半，但加班一两个小时已成常态，有时甚至还加到三个小时。这样一来，加班费就是一笔可观的数目。加班费高于基本工资的情况屡见不鲜。

可是加班时间增多，就意味着在家的时间减少。工作日的晚上，平介要九、十点钟才能回到家，因此和妻子直子、女儿藻奈美共进晚餐变成了一件难事。

然而，上夜班的时候就能在早上八点到家，八点正是藻奈美吃早饭的时间。因此平介就能一边和马上要升六年级的独生女聊着漫无边际的话题，一边享受妻子亲手做的早餐，这对他来说是一种不可替代的幸福。一看到女儿的笑脸，整晚工作带来的疲惫瞬时消散得无影无踪。

与之相比，下夜班后一个人吃早餐简直无聊极了。可是这寂寞的早餐要从今天起连着吃三天，因为直子带藻奈美回位于长野的娘家了。直子的表哥生病去世，她们回去参加葬礼。很早之前就听说表哥已是癌症晚期，命不久矣，因此也算不上是突然的噩耗，直子甚至早就准备好了新的丧服。

原本直子计划一个人回长野，可就在出发前，藻奈美说她也想去，因为想去长野滑雪。直子娘家附近有几个小型滑雪场，今年冬天去玩过一次之后，藻奈美就被滑雪这项运动的魅力彻底征服了。

平介工作太忙，难得的春假也不能好好地和妻女一同游玩，因此对他来说这也算是一桩顺水推舟的事。只要忍耐一下暂时的寂寞就好，他最后还是决定让藻奈美和妻子同去。而且，如果藻奈美留在家里，平介上夜班时她就不得不一个人过夜。

水烧开了，平介把热水倒入碗中，一碗味噌汤就做好了，再从微波炉中取出热好的炸鸡块，放在托盘上，端到起居室的矮脚餐桌上。炸鸡块和土豆沙拉，还有计划明天吃的肉饼和后天的炖牛肉，都是直子事先为他做好的。平介对厨房的事基本上没什么概念。就连米饭，都是直子出发前为他做好了许多，然后盛出放入保温瓶里，每天吃一部分就可以了。想必快到第三天的时候，瓶中的米饭要略微发黄了吧，可是平介没有资格抱怨。

把食物放在桌子上摆好，平介盘腿坐下，先呷了一口味噌汤，略一踌躇后把筷子伸向炸鸡块。那是直子的得意之作，也是他最爱的菜肴。

品尝着熟悉的味道，他调高了电视机的音量。电视里的主持人在说着什么，只是没有一如既往地面带微笑，表情有些说不上来的僵硬，看起来很紧张。就算这样，他也没有特别在意发生了什么事，只是怔怔地想，昨天的大相扑结果怎么还没出。以前上夜班的时候还能在休息时间瞥一眼比赛结果，可是昨晚没看上。

"那么我们现在再来连线现场确认一下情况。山本，能听到吗？"

主持人说完之后，画面切换了，好像是刚才出现过的雪山。一个年轻的男记者身穿滑雪服，表情有些僵硬地站在摄像机前，身后是身着黑色防寒服的人们忙碌的身影。

"大家好，这里是事故现场。对乘客的搜救还在继续，截至目前找到了四十七名乘客和两名司机。据客运公司的数据，这辆大巴共载有五十三名乘客，目前还有六名乘客下落不明。"

这时平介才开始认真看起画面里发生的事。"大巴"这个词牵动了他的心,可即便如此他还是觉得和自己无关,也没有停下夹着沙拉送往嘴里的动作。

"山本,目前已获救的乘客生命体征如何?之前的消息是,已有数名乘客不治身亡。"演播室里的主持人问道。

"嗯,就目前得到确认的情况来看,包括发现的遗体在内,已经有二十六人死亡。其他乘客已被送往当地医院接受治疗。"记者一边看着笔记一边说道,"只是大部分幸存者都身受重伤,性命危急。现在医生们正在全力抢救。"

"真是令人担心啊。"主持人表情凝重地感叹道。

这时,画面右下方出现了手写字幕——长野境内滑雪大巴坠落事故。

看到这里,平介的手停了下来。拿起遥控器换台,可所有的频道都在播放同样的内容。他最终换到了NHK,正好女主播要播报什么。

"接下来继续为您播报大巴坠落事故的最新消息。今天早上六点左右,长野县长野市内的国道上发生了一起滑雪大巴坠落事故,事发车辆由东京开往志贺高原,是大黑交通东京总部的车辆……"

平介的大脑随即发生了轻微的混乱。几个关键词接连涌入他的耳朵:志贺高原、滑雪大巴,然后是大黑交通。

这次直子回娘家之前,一直在犹豫坐什么车。如果坐火车,到直子娘家不太方便。之前同平介一起回去的时候总是平介开车,然而直子不会驾驶,不能自己驱车回去。

要不还是坐火车吧,直子暂且这样决定,可转眼间她又找到了新的办法,就是年轻人经常乘坐的滑雪大巴。正值滑雪旺季,从国铁东京站前出发的大巴一天多达两百车次。

刚好直子有女性朋友在旅行社工作，便拜托她查询，没想到还真找到了有空座的大巴，有一组客人突然取消了行程。

"运气真好！之后让人到志贺高原接我就行了，也不必提着沉重的行李走路。"得知有空座之后，直子兴奋地拍着手说道。

确实是这样。平介战战兢兢地追溯着当时的记忆，就像在黑暗中提心吊胆地沿着楼梯向下走。

直子说的应该就是大黑交通十一点从东京站出发、开往志贺高原的滑雪大巴。

平介的身体倏地一阵发热，紧接着汗水濡湿了衣服，心脏剧烈地跳动起来，耳后的动脉也突突地跳动着。

一家客运公司一个晚上从一个地点始发的滑雪大巴有好几趟，平介根本无暇顾及这一点。他靠近电视机，不想放过任何一点微小的信息。

"接下来通报已经通过身份证明文件确认身份的死者，名单如下。"画面中出现排列着的人名，女主播慢慢地读着，可都是些平介不认识也没听说过的名字。

食欲消失了，平介口干舌燥。可即便如此，他还是完全没有真切地感觉到这场悲剧可能和自己有关系。一面害怕听到杉田直子和杉田藻奈美的名字，一面心中又有一个声音在说"怎么可能，不会发生这种事的"。这样的悲剧怎么可能发生在自己家……

女主播的声音停止了，这意味着目前确认的死者名单已经读完了。没有直子，也没有藻奈美。平介重重地长出一口气，可是心头的巨石并没有放下，因为还有十几个人身份不明。平介试着回想妻女有没有带着能证明身份的物件，可是他不确定。

平介把手伸向柜子上的电话，想往直子娘家打个电话问问。如果已经到达，或许就无须担心了。他祈祷着，一定要没事。

拿起听筒正要拨号码，手停了下来。他怎么也想不起来电话号码，之前从没发生过这种事。直子娘家的电话号码只要按照某种谐音去记，就会非常容易记住，平介是记过的，可现在任凭他怎么想，也想不起来那个谐音是什么。无奈之下，他只好在旁边的整理箱中寻找电话簿，最终在堆成山的杂志下面找到了。他匆匆打开"KA"那一页，因为直子娘家的姓氏是笠原①。终于找到了。号码的最后四位数是"七、〇、五、三"。看着这四个数字，平介还是没想起来谐音是什么。

他重新拿起听筒，正要拨下号码时，电视中的女主播说道："最新消息，就在刚刚，疑似一对母女的一名成年女子和一个女孩被送往长野中央医院，女孩随身携带的手绢上绣着'杉田'二字。再次播报，就在刚刚……"

平介放下听筒，坐直身子。他听不见女主播的声音，耳朵里一直有个声音嗡嗡作响，过了一会儿，他意识到那是自己的呻吟声。

啊，他突然想起来了，七〇五三是直子名字的谐音。

两秒后，他猛地站起身来。

---

① "笠原"在日语里读作"KASAHARA"。

2

驱车行进在不熟悉的雪道上,平介终于在傍晚六点刚过时到达了位于长野市内的医院。出发前联络了公司,又确认了医院地址,不知不觉出发时间就有些迟了。

虽说已是三月,停车场的角落里仍残留着好多雪。平介停车的时候,保险杠稍稍扎进了积雪里。

"平介!"

他刚走进医院入口,就听见有人叫他。循声望去,直子的姐姐容子正朝他跑来。她穿着毛衣配牛仔裤,好像没化妆。容子的丈夫是入赘到她家的,他们继承了家里的荞麦面店。

"她们俩怎么样了?"平介顾不上打招呼,径直问道。

出发前平介给容子打过电话。容子在知道事故发生后往平介家里打了几次电话,不巧平介还没回去,没有接到。

"医生说还没有恢复意识,现在还在紧急抢救。"面颊总是红润饱满的容子,此刻脸色煞白。平介从没见过她像这样紧锁眉头。

"哦……"

来到并排摆放着长椅的等候室,有人站了起来。定睛一看,是岳父三郎,他旁边是容子的丈夫富雄。

三郎带着几近扭曲的表情走了过来。他看着平介,鞠了好几次躬,但并不是在问好。"平介,对不起,真的对不起!"他在道歉,"要不是我让她们来参加葬礼,就不会出这样的事。都是我的错!"他原本瘦小的身体看起来更小了,仿佛忽然间苍老了许多,平日里做荞麦面时那副豪爽的样子此刻已经消失得无影无踪。

"请别这样说。没陪她们一起回来,我也有错。而且也不是救不活,对吧?"

"没错,爸爸,我们来为她们祈祷吧。"

容子正说着,平介的视野角落里出现了一抹白色。一名看似医生的中年男子出现在走廊一角。

"啊,医生!"容子跑了过去,"怎么样了,她们俩?"

看来这位就是直子母女的主治医生。

"呃,这个……"医生说着,目光向平介投来,"您是病人的家属吗?"

是,平介回答。可能是紧张的缘故,声音有些嘶哑。

"请您过来一下。"医生说。平介全身僵硬地跟在后面。

医生带他来到的不是母女二人的病房,而是一间狭窄的诊疗室。里面挂着几张X光片,一半以上都是头部的图像。哪个是直子的,哪个是藻奈美的,到底是她们俩的,还是其他人的,平介完全没有头绪。

"我就直说了。"医生站着开口道,一副愁苦的腔调,"情况很不妙。"

"哪个？"平介也站着问道，"我妻子和女儿，哪个？"

医生没有马上回答，视线从平介脸上移开，嘴唇轻启，像是在思索该怎么说。

平介意识到了事态的严重。"两个人都……"

"您夫人的外伤非常严重，背上多处插着玻璃碎片，有一片直接刺到了心脏，被救出来时已经大出血。这种情况下患者大多会因失血过多而死，现在是她的体力在奇迹般地支撑着，不知道能撑到多久，希望她能挺过来。"

"我女儿呢？"

"令爱……"医生说着，舔了舔嘴唇，"几乎完全没有外伤，只是全身受到了压迫，不能呼吸，对大脑产生了影响……"

"大脑？"

墙上并排挂着的头部 X 光片映入了平介眼帘，他问："这样下去会怎样？"

"现在靠呼吸机维持着生命，照此下去意识不能恢复的可能性很大。"医生平静地说。

"也就是说，植物人？"

"嗯。"医生冷静地回答。

平介感到全身的血液都在倒流，想说些什么，脸却像被胶粘住了一样，嘴唇抖个不停，槽牙颤抖着发出声响。他跌坐到地板上，体内的力气好像被抽去了一般，手脚冰冷，连站起来的力气也没有。

"杉田先生……"医生将手放在平介的肩上。

"医生，"平介就地跪坐好，"请救救她们！不管做什么，请救救她们！让我做什么都行！花多少钱都行！只要她们能活着，怎么都行……求求您了！"他跪在那里，额头贴在油毡地板上。

"杉田先生，快请起来！"医生话音刚落，一个女人的呼喊声传来："医生，安西医生！"站在平介一旁的医生走到门口问道："怎么了？"

"大人的脉搏突然减弱了。"

平介抬起头来，"大人"是指直子吗？

"知道了，马上就去。"医生说罢回到平介身旁，"请您先去和大家汇合。"

"拜托您了！"平介望着医生的背影再次鞠了一躬。

回到等候室，容子马上跑上前来。"平介，医生说什么？"

平介想做出"没什么大事"的表情，可是面孔不由自主地扭曲着，说道："好像不太乐观……"

啊，容子喊了一声，双手捂脸。坐在长椅上的三郎和富雄都低下了头。

"杉田先生，杉田先生！"护士喊着，沿走廊跑了过来。

"怎么了？"平介问。

"您夫人想见您。请快点来！"

"直子吗？"

"这边！"

护士往回跑去，平介急忙跟在后面。

在贴着"集中治疗室"牌子的房间前，护士停下脚步打开门，朝里面说了一句："她的丈夫来了。"

"请他进来。"一个模糊的声音说道。

平介被护士催促着走了进去，看到了母女二人的病床。在正前方右侧的是没有醒来的藻奈美，她的睡脸和在家里见到的别无二致，平介甚至觉得她马上就要醒过来。只是她身上的各种医疗器械把平介的思绪拉回了现实。直子躺在左侧的床上，一看便知受了重伤，头和上半身都被绷带裹得严严实实。

站在直子病床前的三位医生好像为平介让道似的，倏地从床边走开了。平介慢慢靠近，看到闭着眼睛的直子。她的脸竟然没有受伤。这大概是唯一令人宽慰的地方了，平介想。

直子——平介正要呼唤，直子缓缓地睁开了眼睛，看得出她十分虚弱。

直子的嘴唇动了一下，没能发出声音。但是平介知道妻子想说的话。她是在问，藻奈美呢？

"没事。藻奈美不要紧。"平介伏在直子的耳边说道。

平介看到她好像舒了一口气。她又动了一下嘴唇："我想见她。"

"好，现在就去。"平介蹲下身，确认床脚有轮子后，解开制动器，开始移动病床。

"杉田先生。"护士轻呼了一声。

"随他。"一位医生制止了她。

平介把直子的病床推到藻奈美身旁，拿起直子的右手握住藻奈美的手。"这是藻奈美的手哟。"他对妻子说道，两只手包裹住母女二人紧握的手。

直子的嘴唇倏地放松了，脸上露出圣母般的微笑，握着女儿的手突然变得温暖起来，紧接着无力地垂了下去。她的表情看起来十分安详，一行泪从脸颊滑落，然后像完成了最后一项工作似的慢慢闭上了眼睛。

"啊！直子！直子！"平介喊着她的名字。

医生确认了脉搏，检查了瞳孔，然后看着时钟宣布："病人于下午六点四十五分死亡。"

"啊……啊啊啊……"平介说不出话来，只有嘴唇像金鱼一样开开合合，全身的力气都消失了，连哀号的力气都没有。空气变得沉重起来，压得他双膝跪地，无法站立。他一直握着直子那只急速失去温度的手，蹲在地板上，仿佛身处深不可测的井底。

不知过了多久，待他回过神来，身边已经没有了医生和护士的身影。全身像灌了铅一样沉重不堪，他挣扎着站起来，静静地俯看直子双眼紧闭的面庞。一旦开始哀叹，就会停不下来——他对自己说道。人死不能复生，眼前要紧的是考虑生者。

平介转向右边，面朝藻奈美。刚才被直子握着的那只手现在由平介握着。即使用自己的命来换，他也想守护眼前这个天使。哪怕意识不能恢复，只要活着就行。

由我来守护她，直子。我来守护藻奈美——平介如同念咒语一般不停地在心里默念，以此来对抗痛失所爱的悲恸。

他双手紧紧握着藻奈美的手。十一岁的女儿的手是那么纤细，仿佛一用力就会折断。他闭上眼，往昔那些幸福的瞬间在脑海中一幕幕闪现，记忆中都是直子和藻奈美的笑脸。

不知什么时候，平介流泪了。眼泪簌簌地滴落到地板上，还有几滴落在了藻奈美的手上。

这时，平介觉得手中有动静。不是眼泪，而是真切地有东西在动。他猛然看向藻奈美的面庞。像人偶一样熟睡的女儿缓缓睁开了眼睛。

3

在三鹰站乘上公交车,几分钟后就能到达杉田平介的家。住宅区里的小路纵横交错,他们家位于东北角。六年前,平介买下了这栋附带将近三十坪①院子的二手小楼。那时候他完全没想过买房子这件事,更别说独栋住宅了,这都是直子强烈希望的。"现在开始还三十年的贷款完全没问题,三十年后你应该还在工作。"看着因巨额贷款而面露难色的平介,直子这样说道。

"我们公司可是规定六十岁退休。"

"没事。现在社会老龄化越来越严重,到时候说不定六十五或者七十岁才退休呢。"

"会这样吗?"

"当然了。莫非你到了六十岁就不想工作了?太任性了吧。"

听直子这么一说,平介也无话可说。

---

① 日本度量衡单位,用于丈量房屋和宅地面积时,1坪约等于3.3平方米。

"总之现在必须买。现在不买的话,感觉你永远都买不了了。一直租房子住,你也讨厌吧?还是想要自己的家,对不对?想要就买喽,马上就买吧。"

架不住直子的连环攻势,平介最终点头同意了。之后直子的行动惊人地迅速。那个星期六他们就被不动产公司带去参观了几栋房子,第二周就付了定金。从办理贷款手续到整理搬家,一切都是直子一手操办,等平介回过神来,已经住到了新家里。他所做的不过是按照直子的要求,准备了几份材料而已。

不过如今看来,多亏那时候下定决心买房了。就算不买,存款也不会因此增多。况且房产还在一直涨价,尤其是最近,房价的上涨速度简直令人咋舌。据专家分析,房价还会持续上涨。离杉田家两百多米处有一栋同样面积的二手房正在出售,价格是现在的平介绝对支付不起的。

"我说得没错吧。要是把这事交给你,肯定办不成。"直子总是这样得意扬扬地说。

因为是自己选的,喜欢是理所当然,不过直子真的非常中意这栋房子,尤其是庭院。小小的庭院里有若干花盆,里面种着小花。她经常一边照顾花草,一边哼歌,《小狗警长》啦,《拳头山的狸猫先生》啦,都是在和藻奈美看少儿节目时学的歌。从庭院到玄关,每次去拿邮件回来的时候,她总是哼着《山羊的信》。

大巴事故发生四天后,平介在房间里能望到庭院的地方设了祭坛,放置直子的骨灰。事故发生第二天就在当地进行了临时守夜。昨天重新正式守夜,今天又去附近的殡仪馆举办了葬礼。本来想在直子最喜欢的家中举办,但无奈房前道路狭窄,考虑到来吊唁的客人会很多，只好作罢。这是一个明智的选择，葬礼上不仅来了很多吊唁的客人，还有电视台的人。他们不知道从哪里得到消息，纷至沓来，令场内一度混乱不堪。若在安静的住宅区发生这样的事，平介就不得不挨家挨户登门致歉了。

葬礼结束后，媒体还是缠着平介不放。不管去哪里，不管干什么，他都被媒体的闪光灯追着。一开始他还很讨厌这样，可这两日来连讨厌的力气都没有了。

同样是事故受害者家属，平介比其他人更受媒体关注，这是有原因的。因为他同时经历了不幸和万幸，这一点十分具有话题性。失去妻子毋庸置疑很不幸，而女儿奇迹般生还却是不幸中的万幸。

"夫人的葬礼结束了，您现在是什么心情？"

"对于大黑交通社长的发言，您有什么看法？"

"您应该从全国各地收到了慰问信，想对他们说什么？"

记者们的提问毫无新意，因此平介甚至无须多加考虑，只要重复同样的回答即可。他有时候会想，他们也太没问问题的天赋了，或许他们只能想到这些问题吧。

但是，接下来的这个问题却让平介和往常一样不知该如何作答。

"您打算怎么向藻奈美解释母亲不在了这件事？"

平介想说，我倒想请教该怎么做。因为没有想到好的办法，他一直很烦恼。无奈之下他只得回答："我会考虑的。"

到底该怎么说呢？他看着妻子的牌位嘟囔着。近来没怎么和女儿交谈过的父亲，如何应对女儿敏感脆弱的少女心呢？平介百思不得其解。光是敏感脆弱这一点，他就从没体会过，虽然常听到这种说法，可他也不过是知道这个词而已。至于怎么敏感、怎么脆弱，他想都没想过。如果死去的是我,直子一定能向藻奈美好好解释。他漫无边际地想着。

灵台撤走之后,他脱下丧服,换上了平日里穿的衣服。墙上的钟表指针指向了下午五点三十五分。他想着医院马上就要开晚饭了,于是把钱包和车钥匙放进口袋。今天要好好吃饭啊,他期盼着。

藻奈美虽然奇迹般地恢复了意识,但那并不是原来的她。她好像把表情和话语遗落在了死亡的深渊,少女的反应也在其中。虽然会通过点头和摇头来表达意思,但还不能发出充满活力的声音。即使说鼓励她的话,她那双毫无感情流露的双眼也只是盯着虚空中的一点发呆。

医生的诊断结果是,从医学上来说,她现在完全没有异常。之前担心她在一段时间内会变成植物人,但是目前她的大脑已经完全恢复正常。

"大概是精神上受到了打击的缘故吧。"医生说,"不要放弃,继续用爱去抚慰她,这是唯一的也是最好的治疗方法。"

昨天,藻奈美转到了小金井的脑外科医院,诊断结果同之前一样。主治医生还惊叹她经历了那么严重的车祸,居然几乎毫发无伤。

下午六点,平介准时到达医院。他把车停在停车场,先确认是否有媒体人员蹲守。很多媒体都争着想记录从死亡边缘平安归来的藻奈美的样子和声音。平介多次请求他们:"现在不是采访的时候,请放过我们吧。"今天晚上他们好像确实遵守了约定。

走到藻奈美的病房,护工阿姨正好送来了晚餐:烤鱼、煮蔬菜,还有一碗味噌汤。平介接过餐盘,放在病床的小桌子上,然后定定地看着女儿。藻奈美还在熟睡。

平介拿来一把折叠椅坐下，他感到这些天来的疲惫如同沉淀下来的河泥一样不断淤积。

睡着的藻奈美几乎没有呼吸声，胸部和腹部也没有起伏，平介有时候甚至觉得她的呼吸好像停止了，但是粉嘟嘟的脸颊打消了他的疑虑。血色饱满的皮肤暗示着从昨天开始，藻奈美的状态越来越好了。

藻奈美能苏醒对平介而言是最大的安慰。如果连女儿都失去，他一定会发疯。

陪在奇迹般生还的女儿身旁，平介却感觉不到多少喜悦。失去妻子的巨大悲痛压在他心上，随之而来的是无法排遣的满腔怒火。为什么偏偏是我们家遭遇这不幸？说什么万幸，这简直就是毫无天理的不幸！

平介深爱着妻子。近来妻子的身材有些发福，脸上的细纹也越来越明显，但是这毫不妨碍他对她那圆嘟嘟的可爱面庞的喜欢。虽然妻子爱唠叨、有些强势、完全不用平介替她做主，但不拘小节、表里如一的性格，让人觉得和她在一起时无比舒适和愉悦。她还很聪明，对藻奈美来说也是个好妈妈。

看着藻奈美熟睡的脸，和直子的种种往事在平介脑海中浮现：第一次与她见面、邀请她约会，还有去她独居的公寓……

直子比平介晚三年进入公司。交往两年后平介向直子求婚，只说了一句"嫁给我吧"。直子听完笑得前仰后合，接着说："好啊。"

新婚生活，藻奈美出生，然后——

记忆突然回溯到几天前临时守夜那晚。平介在椅子上坐着，一个男人走过来同他搭讪。那人看起来三十岁左右，体格健壮，自称在当地消防队工作。详细交谈一番后，得知就是他们把直子和藻奈美从悬崖下救上来的。

平介几度深深鞠躬,表达谢意。如果没有他们,藻奈美肯定无法活下来。

那人却摇摇头,说道:"不,守护您女儿生命的,并不是我们。"

啊?平介歪着头发出了疑问。

那人继续说:"我们搜救时发现一个成年女子趴在地上,仔细一看,才发现她身体下面还藏着一个小女孩。像保护着她似的,成年女子用身体完全盖住了小女孩,身上插着各种各样的玻璃碎片,全身血肉模糊,而小女孩几乎毫发无伤。那两人就是您的夫人和女儿,这件事我无论如何都想亲口告诉您。"

听了这些话,平介感觉胸中有个东西啪的一声断了,放声哭了出来。

只要一想起消防队员的这番话,平介就忍不住哭泣。近来他每个深夜都独自默默流泪,今天眼泪更是早早不受控制地掉了出来。他从口袋里掏出皱巴巴的手绢,按在眼睛上,又擦了擦流出来的鼻涕,手绢立刻就湿透了。

"直子、直子、直子……"他呜咽着,坐在椅子上弯下腰,双手抱头。

就在这时,一个声音传来。"……公。"

平介吓了一跳,连忙看向房门,以为有人进来了。可是门好端端地关着,走廊里也没有动静。难道出现了幻听?他正这样想着的时候,又听到了那声音。

"老公,我……我在这儿。"

4

　　平介吓得差点跳起来。喊他的人是藻奈美。就在不久前还像人偶一样熟睡的女儿，此刻正躺在床上注视着他。与昨日双眼毫无感情的情况不同，现在她那黑色的瞳孔闪烁着急欲诉说的光芒。

　　"藻奈美……啊，藻奈美。你能说话了！太好了，真是太好了！"平介从椅子上站起来，低头注视着女儿的小脸，眼泪扑簌簌地落下来。他突然想起来要叫医生，转身走向门口。

　　"等等……"藻奈美虚弱地说道。

　　平介抓着门把手，扭过头问："怎么了？哪里疼吗？"

　　藻奈美轻轻摇了摇头。"你来……听我……说……"她断断续续地，竭尽全力想要发出声音。

　　"我会听的，先去叫医生。"

　　她摇了摇头。"别叫别人，总之……求你了。"

　　平介犹豫了一下，还是决定按她说的做。她大概在撒娇吧，平介想。"嗯，我这就过来。想说什么呢？说吧，我听着。"他温柔地说道。

然而,藻奈美没有马上开口说话,而是定定地看着平介的脸。看着那双眼,平介被一股奇妙的感觉攫住了。真是奇怪的眼神,他想,一点也不像藻奈美,甚至不像一个孩子,可又莫名地感觉似曾相识。这眼神是谁的呢——

"老公……相信我说的话吗?"藻奈美问。

"嗯,相信你,藻奈美说的话我都相信。"平介笑着回答女儿,说完,他愣住了,"老公?"

藻奈美看着他说道:"我不是藻奈美。"

"哎?"平介脸上的笑容僵住了。

"我不是藻奈美,你还不明白吗?"

平介的面部肌肉一阵痉挛,但还是面带微笑地说道:"说什么傻话,哈哈哈!这就开始捉弄爸爸了吗?哈哈哈!"

"我没开玩笑。真的是我,不是藻奈美。老公,你应该知道啊。是我啊,我,直子啊。"

"直子?"

"对呀,是我。"藻奈美泪中带笑地说道。

平介看着女儿的脸庞,然后把她说的话在大脑中回味了一下。话的意思能理解,但是仔细想想,脑中便一片混乱,内心无法接受。最后,他再一次挤出笑容对女儿说道:"又来了,说什么呢!别捉弄爸爸呀!"

他的笑容几秒钟后就消失了,因为他看到了藻奈美脸上真切的悲伤。他又从椅子上站起来,摇摇晃晃地走向房门,打算去叫医生来。他暗自思忖,女儿真是奇怪。如果不是女儿的问题,那么就是他自己有了问题。

"别走!"藻奈美说道,"别叫别人来,你听我说,好吗?"

平介回过头去看着她,她继续说:"真的是我,直子啊!我知道你不相信,我也不信,但这是事实。"

藻奈美哭了,不,是有着藻奈美面容的少女哭了。

这种不可理喻的事,平介想,怎么可能会发生?

他的内心极其不安,并不是因为他不相信她的话,恰恰相反,她说话的语气确实和直子如出一辙。仔细观察便会发现藻奈美周身洋溢的气息并不像小学生,而像一个稳重的成年女子。而且他对这气息相当熟悉,他非常明白这一点。

"不,只是……呃,这么不可理喻的事……呃……"平介挠着头,越看藻奈美越觉得可怕。

她低低的呜咽声传到了平介的耳朵里,他朝病床瞥了一眼,只见她双手捂着脸哭着,右手轻轻地覆在左手上,右手中指抚摩着左手无名指的根部。

平介吓了一跳,这确实是直子的习惯。两个人吵架的时候,她就总是一边这样做一边哭泣,右手抚摩着左手上戴着的结婚戒指。

"你还记得我第一次约你的时候吗?"平介问道。

"怎么会忘记呢?"她带着哭腔回答,"去看了一部讲潜水艇沉没的电影。"

"不是潜水艇,是豪华客船。"平介纠正她。

虽然之后他们又看了几次电影《海神号历险记》,可直子总是说成"潜水艇"。

"后来去了山下公园。"

确实如此。两个人坐在公园的长椅上,看着船来来往往。

"我第一次去你家的时候呢?"

"记得,那天很冷。"

"嗯,是的。"

"你脱了裤子,里面穿着睡裤。"

"那是因为早上换衣服太匆忙了。"

"骗人!明明是当衬裤穿的。"这么说着,她扑哧笑了出来。

"真的。我现在也不穿衬裤啊。"

"当时你也是这样说的。"

"你净记着这些奇怪的细节。"

平介走近病床跪在地板上。长着藻奈美面孔的少女目不转睛地看着他。平介直直地迎着她的视线,双手捧起她的脸。

"那天晚上,"她说,"你也是这样捧着我的脸。"

"是啊。"

那天夜里,他就这样亲吻了她。但今天没有,因为眼前不是直子的面孔。

他声音颤抖着又问了一次:"你真的是直子吗?"

她点了点头。

5

直子说,她是在被送到病房不久后理解了自己身上发生的事。在那之前,她的意识还模糊不清,还没有清楚认识到自己遭遇了车祸,在生死边缘徘徊。待她意识清醒之后,大家都把她当作藻奈美,她十分不解。不对,我不是藻奈美,我是直子——她想这么说,但有东西阻止了她。她本能地意识到,如果说出口就无法挽回了,因此她保持了沉默。后来她终于发现,自己的身体竟是藻奈美的。她以为是在做噩梦,要不就是大脑出了问题,焦急地盼望着自己赶快恢复到正常状态。但是今天看到平介在身旁哭泣,她终于接受了这就是现实,而非噩梦。

听她讲完,平介问道:"那……死去的是藻奈美?"

她闻言默默地点了点头,眼眶红了。

"哦,"他低下头,"这样啊,藻奈美不在了啊。"

她——长着藻奈美面孔的直子往上拉了拉毛毯,遮住了脸庞,低声啜泣起来。"对不起……对不起。要是藻奈美得救,而不是我,就好了。为什么是我活着呢……"

"说什么呢!我不是这个意思。很多人都死了,只有你得救了,多幸运啊。只有你……"

平介哽咽得说不出话来。看着藻奈美还活着的身体,想到这孩子其实已经死了,这和直面她的死亡是完全不同的悲伤。

两人一时间都不说话了,双双哭泣起来。

"但还是难以接受,怎么会发生这种事?"过了一阵子,平介凝视着藻奈美的脸说,不,应该说是妻子的脸。

"我也不敢相信。"她用袖子擦拭脸上的泪水。

"但事已至此,没有办法了吗?"

"没办法?"

"我的意思是说,这应该没有什么治疗方法吧。"

"治疗……这是病吗?"

"这个……"

"如果这是一种特殊的病,可以通过吃药和手术唤回藻奈美的意识,我一定毫不犹豫地接受治疗。"她斩钉截铁地说道。

"但是,如果那样的话,直子你的意识怎么办呢?"平介问道,"那样你的意识就会消失了吧。"

"即使那样也没关系。"她说,"只要藻奈美能复活,我会开开心心的,去哪里都无所谓。"她大大的眼睛闪烁出真挚的光,注视着平介。平介看着这双眼睛,想起藻奈美为了不去上辅导班而逞强露出"我一定提高成绩给你看"的表情。他觉得此时的眼神和当时一模一样。

"直子,"看着女儿的脸,平介呼唤着妻子的名字,"别说傻话!"

"但那才是正常的啊。应该死去的人是我。"

"现在说这个也没用了。而且，无论如何藻奈美都回不来了。"平介低着头说道。

凝重的沉默持续了几秒钟。

"哎，"她开口道，"今后怎么办？"

"怎么办好呢？如果说出去，大家都不会相信。医生也不会信，他不会帮我们的。"

"应该会把我送到精神病院吧。"

"应该是。"平介双臂环抱，喃喃道。

她始终注视着他，然后突然意识到了什么似的，问："今天是举行葬礼的日子吗？"

"嗯？啊，是的，你居然还挺清楚。"

"当然了，要不是葬礼你才不会穿白衬衣呢。"

"哦，没错。"平介摸了摸衬衣领子，本来想把丧服换成平常穿的衣服，可最后只在白衬衣外面罩了一件开襟毛衣。

"我的？"

"哎？"

"我的葬礼吗？"

"呃，嗯。直子的。"平介微微颔首，继续说道，"但还活着，直子还活着。"

"那么就是藻奈美的葬礼了。"又有泪水从她的眼睛里溢出来，"是我侵占了孩子的身体，赶走了她的灵魂……"

"不，是你救了她的身体。"平介握住妻子纤弱的手。

6

眼前这座建筑奢华得超出了平介的想象，而且像是刚建好的样子。原来我们缴的税都用在这种地方了啊，平介又有了新的认识。然而他又觉得，这栋楼并没有必要建造得如此奢华。至少，无人在意的中庭和让人怀疑其是否有价值的装饰摆设是没有必要的。

平介上一次去图书馆还是高中时候。而且那时也并不是去找书的，而是和朋友在有空调的房间里复习备考。这是他第一次真正为了找书而来到图书馆。

他一进门就径直走向前台。那里有两名职员，一名中年男子和一名年轻女子。男子正在打电话，于是平介问女职员："请问脑相关的书在哪里？"

"脑？"

"脑，大脑的脑。"他说着，指了指自己的脑袋。

"啊。"女职员恍然大悟似的点了点头，走了出来，"这边请。"她带着平介走向书架。看她很亲切，平介便放心地跟在后面。

图书馆里十分宽敞，摆放着很多书架，每个上面都紧密排列着厚厚的书，站在书架前的人却极少。平介不禁想，现在的人真是离书越来越远了。

女职员停了下来，对平介说："就是这里。"

"哦……"

看起来这里像是医学书专区，还细分成了消化、皮肤、泌尿系统等版块。

"在这里。"女职员指着脑医学的书架，说道。

医学书专区人极少，没想到脑医学这一带有不少人在看书，都是男性，相貌各异，但看起来都是一副聪明绝顶的样子。

平介看向排列在书架上的书的书脊，《大脑边缘系与学习》《脑荷尔蒙》《脑与行动学》——虽然光看书名想象不到大体上讲什么内容，他还是从中抽出了一本——《从大脑看精神和行动》。

> 大脑中没有特殊功能的大面积的皮质层，称为连合性皮质。传统脑科学认为，特殊性皮质层在这里形成联结，统合携带的信息。连合性皮质层的功能是将信息与情绪和记忆统合起来，从而令人能够思考、决断和计划。比如，顶叶的联合区域主要处理身体感觉皮质层的信息，也就是与身体的位置和动作有关的皮肤、肌肉、膝盖、关节的信息……

平介合上了书，只是读到这里，他的头已经开始疼了。

他回到前台。那个女职员诧异地看向他。

"请问，"他不好意思地挠头，"有关奇异事件的书在哪里？"

"啊?"

"呃,就是常发生的那种,世界奇异事件什么的。那种书有吗?"

"不是脑医学吗?"

"嗯,脑医学的部分已经看完了,还想看看世界上发生的奇异事件。"

"哦……"女职员疑惑地盯着他,"这类书的话,大概在娱乐书专区。"

"娱乐书专区?"

"在那边。"女职员朝远处指了指,"那里都是超常现象、UFO之类的书。"似乎这次并没有带他过去的意思。

"哦,这样,谢谢。"平介道了谢,一个人朝里面走去。

女职员指的地方果然都是那一类书——神秘怪圈、奇怪现象、姆大陆——经常在电视的特别节目中出现的词在那里都能找到。

平介抽出一本《超常现象事典》,作者是雷恩·皮克奈特,一个完全陌生的名字。

平介翻开目录,想找"人格转移""灵魂替换"这类词,却没有找到,映入眼帘的是"附体"。翻开那一页,是这样描述的:

　　人类出现之初,部落社会刚刚形成,有极少数的人可以通过进入忘我状态而获得有用的信息。通常他们在进入忘我状态后,会发出不同于往常的声音。周围的人认为那是灵魂暂时转移造成的。这就是附体一说的起源。

真是玄妙啊,平介想。可转念一想,确实和发生在藻奈美身上的事十分相似。单从她说话的感觉,确实可以认为是直子的灵魂转移到了藻奈美身体里。可是暂时转移这一点并不符合,距离藻奈美,哦不,距离直子告诉他这个令人震惊的消息已经过去了两天,然而情况并没有改变。她依然说自己是直子。

平介继续看下去。书上写着,因地域和文化的差异,对附体的描述也各异。人类文明产生之初,人们认为附体是"神的介入",到了公元前五世纪,希波克拉底认为,"附体是一种身体疾病,与神的行为无关。"然而,在古代以色列,人们普遍认为"那是一种被灵魂附体的状态,并且有时是恶灵"。古时的基督徒也认为,"虽然被圣灵附体的现象令人神往,但被恶灵附体更为常见",因此有了驱除恶灵的仪式。

平介想起了以前看过的一部名为《驱魔人》的电影。哦,原来是这样,他恍然大悟。但是他无论如何也不认为,现在寄宿在藻奈美身体里的直子的灵魂是恶灵,因为那毫无疑问就是他再熟悉不过的妻子。

历史上所记载的最著名的附体案例,是十七世纪三十年代发生在法国卢丹地区的"修女集体被附体事件"。被附体的修女们是这样描述的:有另外一个自己不断说着亵渎神灵的下流话语,自己看着她却无法阻止,是一次十分怪异的体验。

那次事件之后,人们普遍认为附体其实是双重人格甚至多重人格的表现。

平介从书中抬起头来。双重人格……吗?

这么说来,好像科学上也说得通。平介继而想到,或许并非直子的灵魂附在藻奈美的身体上,而是藻奈美的第二人格出现了。但他马上又意识到，这样的结论并不能解释所有疑点。关于这一点，书里的解释是：

> 然而这仍无法完全解释最有代表性的一种附体行为——巫术。巫术可以提供正常状态下无法获得的信息……

确实如此。从藻奈美口中说出的话有一些是藻奈美不可能知道的，比如平介和直子的第一次约会。平介觉得并不是藻奈美的人格变得像直子了，他更倾向于认为是直子的灵魂附在了藻奈美身上。

平介再次哗啦哗啦地快速翻动书页，后面还有关于"多重人格"的介绍，也举了几个从心理学角度无法解释的例子，只能将其看作是附体。

> 其中最具戏剧性的一个案例是伊利诺伊州灵异事件。一八七七年，美国伊利诺伊州一个叫勒兰西·贝南的十三岁小女孩癫痫发作，随后陷入了无意识状态，紧接着她被各种各样的灵魂附身，主导其身体的灵魂是一名死于十二年前的少女玛丽·罗芙。这种状态持续了一年时间，据玛丽的家人说，那时的她完全就是玛丽的做派，对玛丽的家人也很熟悉。一年后，女孩说要回天堂，之后就变回了原本的人格。

平介睁大眼睛，把这部分又仔细看了几遍。简直和发生在藻奈美身上的事一模一样。

另外还有一则案例吸引了他的目光，是一九五四年发生在一个名叫贾斯比尔·劳尔·杰特的小男孩身上的故事。他身患天花，奄奄一息，在被认为没救后奇迹般生还。然而，他的人格彻底变了。人们认为是同一时间死去的另一名婆罗门少年的灵魂附在他身上。贾斯比尔对附体的婆罗门少年的事情无所不知，这种状态一直持续了两年，之后又恢复了本来的人格。

平介喃喃自语，怎么看都觉得和发生在直子和藻奈美身上的事几乎一模一样。虽然不可思议，世界上却有先例存在。

那么——

现在的状态持续不了多久，直子的人格会突然消失，藻奈美的人格会回来。那时直子就会真正死去，藻奈美才会真正苏醒。

平介合上书，心中涌动着复杂的情绪。藻奈美的灵魂苏醒后，就可恢复成真正的她。平介当然期盼着女儿回来，可那时就不得不告别直子，而且是永别……

他撕扯着头发，简直要怒吼出来。简直够了！刚开始以为妻子死了，终日叹气愁苦不堪，接着又为失去女儿而悲痛，可恶的是两种情况不知什么时候又会交替。自己失去的到底是妻子还是女儿？！没有人能清楚地告诉他。这种对真相的一无所知、深切的悲痛，连同让心情无法恢复平静的空虚，无时无刻不侵蚀着他。

平介把书放回书架，用拳头砸了一下书架，突然注意到一旁有人屏息注视着他。一个女人面露怯色地站在那里。

"啊，桥本老师……"平介认识她，慌忙摆正姿势，"您什么时候过来的？"

"我看您很面熟，就走了过来，发现您正在认真地查东西。"

"啊，也没那么认真……"他忙摆了摆手，"就是觉得这本书很不可思议，随便看看。"

"哦，这样啊。"她说着，瞥了一眼书架上的书——《超常现象事典》以及旁边整齐排列着的奇怪的书，不知该做何评论。

她——桥本多惠子，是藻奈美的班主任，年龄在二十五岁左右。直子葬礼那天，平介第一次见到这位身材苗条、容貌姣好的老师，在那之前他们只通过电话。

"老师您怎么来了？"平介问道。"呃……来查资料。"

"哦，也对。老师来图书馆是理所当然的事嘛，完全没什么好奇怪的。"平介大笑起来，旁边有几个人投来冰冷的目光。"啊……我们去那边吧，那边有椅子可以坐。"平介指着门口说道。

"那是给看书的人坐的。"桥本多惠子露出苦笑，小声说道，"我们还是先出去吧。"

"哦，好的好的。"

走出图书馆，平介舒展了一下身体。"来这种地方莫名地紧张，肩膀都僵了。"平介来回扭着脑袋，说，"不过倒是有很多人在睡觉。"

"工作日的午休时间经常有上班族来睡午觉。"桥本多惠子说道。

"哎？这样啊。出外勤的人还有这等特权啊。"

"杉田先生是在工厂上班吗？"

"是的。"平介说罢盯着桥本老师的脸问，"咦？您怎么知道的？"

"藻奈美在作文里写过——爸爸在工厂上班，每三周里有一周要上夜班，大家都睡觉的时候爸爸还在工作，真可怜。"

"哦，这样啊。她居然注意到了这种事……"

近来藻奈美渐渐步入了青春期，和平介说话越来越少了，看似也不关心爸爸的工作，一副"你只要好好赚钱给我花，在不在家都无所谓"的态度。这大概不是装出来的，只是想到她并不是完全不关心自己，平介心中一阵温暖。然而这样的藻奈美如今已不在了。

图书馆前面有一个小小的公园，还有一个像玩具一样、并没有喷水的喷泉。喷泉周围有一圈长椅，平介和桥本多惠子并肩坐下。在她坐下之前，一瞬间平介想是不是应该用手绢擦擦椅子，然而他只是想了想，并没有付诸行动。

"藻奈美怎么样了？"桥本多惠子在长椅上坐下后，问道。

"托您的福，正在康复中。让您担心了，真是不好意思。"平介说着低下了头。

藻奈美苏醒一事，平介已经打电话告诉桥本多惠子了。当然，他没有提到直子的人格。

"我听说下周就可以出院了？"

"嗯，再做一次全身精密检查，如果一切正常，就可以出院了。"

"这样一来就能赶上新学期了吧。"

"是啊，能和大家一起升入六年级，她也会很开心。"

"嗯，她出院之前我能去看看她吗？孩子们都很担心她，我想带几个人去医院探望。"

"嗯，好的。什么时候都行，我相信直子也会非常高兴。"

听了平介的话，桥本多惠子脸上一瞬间露出了不知该如何回答的神色。平介还在想是什么原因的时候，突然意识到自己说错了话。

"啊，不不，不是直子是藻奈美。藻奈美会非常高兴。"

桥本多惠子在长椅上稍稍挪了一下位置，身体朝向他，挺直了背，表情严肃地说道："杉田先生，对这次的事故我深表同情。夫人离去，您一定很痛苦。我帮不上什么忙，但希望藻奈美有事能来找我商量。

您也是，有什么我能帮上忙的事，请不要客气，一定要告诉我。"

平介被她真挚的目光打动了。她的话中有一种年轻教师特有的干劲和力量。平介说出直子的名字，或许被她理解成失去妻子受到了太大打击的缘故吧。

"好的，我知道了。还请您多多关照。"平介收拢双膝，低头致意。同时，他想着另一个冷冰冰的事实：现在藻奈美身体里的人格可比你还大十岁呢。

7

和平介在图书馆见面两天后,桥本多惠子带着两个女孩和三个男孩到医院探望藻奈美,据说他们是和藻奈美最要好的五个同学。

"在电视上听到小美的名字时,我吓了一大跳。开始还以为是同名同姓,可是藻奈美这个名字很少见,而且年纪也一样。我想肯定是你没错了,不知道该怎么办,然后哇哇地哭了。"长着一张好胜要强面孔的女孩川上郁子说道。她脸上挂着笑,眼眶却红了,大概是得知事故发生后受到的打击又重新袭上了心头。

听了她的话,藻奈美,也就是直子,眼睛也湿润起来。"嗯……确实是这样,你也吓坏了吧。川上同学总和藻奈美一起玩来着,对吧?圣诞节的时候,藻奈美还去你家找你,还拿回来那么大一个蛋糕……"她啜泣着,按着眼角,继续说道,"在大巴上的时候,藻奈美还说要给郁子你买信州特产呢,没想到后来发生了那种事……"

她一副失去女儿的母亲的语气,平介刚开始还听得眼角发热,转瞬即意识到事情不对劲。因为孩子们和桥本多惠子正诧异地望着她。

"啊……没，没错，对吧，藻奈美？你出发前还说要给大家买礼物来着，是吧？爸爸都记得，对吧，藻奈美？"

平介的话把直子的思绪拉了回来，拥有藻奈美外表的直子露出惊讶的表情，马上意识到了自己的错误，慌忙捂住了嘴。"啊，这样啊，嗯。让你们担心了，真是抱歉。"她对同学们低下了头。

"身体已经完全康复了吗？"桥本多惠子询问道。

"嗯，托您的福，没什么大问题了。"

"头疼什么的没有吗？一般交通事故之后会出现各种症状。"

"嗯，现在还没什么大问题。但您说得没错，一切还都不确定。我听说有很多人在交通事故后留下了后遗症。但有一点是肯定的，我以后再也不敢坐滑雪大巴了。"也许她已经注意表达方式了，但说出的话仍不像是小学女生的口吻。

桥本多惠子微微皱了皱眉，随即表情又舒展开来，露出笑容。"听说你新学期就能来上学，大家都很开心。但是别太勉强自己哦，要是身体不舒服的话，就不要勉强。"

"嗯，谢谢老师。您这么说太让我感动了！"她再次低头致意。

"这个……"旁边一个手持鲜花的男孩向前迈出一步，"这个送给你，祝你早日康复。"

"哇！"直子的表情瞬间明亮起来，随即又把目光从花束移到了男孩身上，"咦？你，是今冈吧？"

"嗯。"男孩怔怔地点了点头。

"哎呀……"直子发出一声惊叹，"都长这么大了，之前见你还是你上二年级的时候……"

"好大一束花啊！"平介慌忙收下花，插嘴道。她又说错话了。"出院以后把这花放在家里。嗯,这花真漂亮。对吧,藻奈美?"

"哎?啊,嗯。还得买个花瓶。"

交谈持续了一会儿,直子那奇怪的语气并没有调整过来。她是想用孩子的口吻来说话的,可反而多了几分不自然。"收到这么多礼物和慰问信,嗯……应该给大家回礼……真是,感激之情无以言表……"

小学生说出"无以言表"这种话,平介听得直冒冷汗。

终于,桥本多惠子和孩子们起身离去。待他们走出病房一阵子后,平介悄悄出门,跟了过去。他们在等电梯。

"藻奈美有点奇怪啊。"郁子说道。

"嗯,总觉得说起话来特别像我妈妈。"另一个女孩赞同道。

"好久没见,大概是紧张吧。"桥本多惠子解释道,"更何况事故发生后一直说不出话来,直到前不久才能说话,一定是还没完全恢复。"

"哦,这样啊,真可怜。"

郁子这么说后,其他孩子都点了点头。

看到他们用自己的方式理解了这件事,平介放心地回到病房。心想着一定要让藻奈美,不,直子用孩子的语气说话。

平介走到病房门前,刚要拧门把手,忽然听见里面传来啜泣的声音。他停下脚步,轻轻打开门。

直子把脸埋在枕头里,抽抽搭搭地啜泣着,小小的肩膀微微颤抖。平介走近她,把手放在她的背上。"直子。"他轻声唤着妻子的名字。

"对不起。"她呜咽着说,"看到那些孩子我就伤感起来。一想到他们还不知道藻奈美已经不在了,就觉得他们也挺可怜,藻奈美也很可怜……"

平介沉默地摩挲着她的背,想说什么却不知道该从何说起。

8

平介把行李全部装进运动背包，在要拉上拉链的时候，最后塞进去的苹果露了出来，怎么都拉不上。那是亲戚们来探望时送的。没办法，平介只好拿出苹果，用衣袖简单擦拭之后咬了一口，几滴果肉的汁液溅到了脸上。

"没忘带东西吧？"他朝换完衣服的直子问道。

"嗯，没有。"她看了一圈床的周围。

"再好好确认一下比较好吧。去年林间夏令营的时候不就忘了运动服嘛。"

"那是藻奈美，我可不会忘。"

哎？平介看着她的脸，突然拍了一下额头。"啊，对对对。"

"你要快点适应才行啊。我已经能在照镜子的时候没什么别扭的感觉了。"

"知道了。刚才有点恍惚。"

这时传来了敲门的声音。请进，平介应道。

门打开了，主治医生山岸走了进来。

"哎呀，您好，医生。"平介低头致意。

"出院时天气晴朗真是好事啊。"山岸说。

"嗯，是啊，再没有比这更好的事了。"

听完平介的话，山岸轻轻点了点头。山岸是个瘦高的中年人，戴着一副圆框眼镜，不知道为何看起来很不可靠。但是，他延迟了看上去恢复很快的藻奈美的出院时间，反复进行精密检查，平介十分欣赏他这种慎重的态度和责任感。

"医生，这段时间真是承蒙您的照顾。等我们安顿下来，一定再来问候您。"身穿运动外套的直子弯腰向医生致谢。

平介看到山岸医生脸上露出苦笑。

"令爱真懂事啊。说话就像大人一样。"

"不不，并不是……这孩子只是表面上看起来还挺懂事……"

"怎么会呢，您身为父亲应该也很骄傲啊。"

"哪有，看您说的。都这么大年纪了，却像个孩子一样，真是让人为难啊。"平介笑了起来，却看到山岸医生一脸费解，马上意识到自己说了奇怪的话，"啊，也不是……"他又摇了摇头，继续说道，"明年就要上中学了，得成熟点。"

"杉田先生您真严格啊。是在谦虚吗？"医生笑嘻嘻地将目光移到直子身上，"乖乖听你爸爸的话，努力生活哦！身体有一点不舒服，就马上来医院找我。知道了吗？"

"好的，我知道了。非常感谢您。"直子再一次低下头，声音微微颤抖。

平介又带着直子向照顾她的护士们辞行，然后提着行李，与她一起走出了医院。几乎就在他们走出医院大门的同时,一大群人从停车场蜂拥而至。有男有女,其中有几个人手里拿着麦克风,还有几人肩上扛着摄像机。

"杉田先生,恭喜您女儿出院。"一个女记者说道。

"谢谢。"

"请用一句话表达下您现在的心情吧!"

"嗯,松了一口气的感觉吧。"

"藻奈美,请往这边看。"一个摄影师说道。

"您打算什么时候去扫墓,向您妻子汇报?"

"等稍微安顿下来再说。"

女记者点了点头,将话筒伸到直子面前。"藻奈美,医院生活怎么样?"

"没什么特别的。"直子面无表情地回答。

"有没有特别辛苦的事?"

"没有。我丈夫……爸爸把我照顾得非常好。"

"现在最想做什么?"

"舒舒服服地泡个澡。"

"不好意思,向我女儿提问到此为止,好吗?"平介对女记者说。

女记者又把麦克风递向他,询问和客运公司谈判的进展。他拉着直子的手直奔停车场,边走边回答提问。最后在记者们的注视下,开着爱车卡罗拉将医院甩在身后。

回到家,刚从车上下来打开大门,突然有声音传来:"哎呀,这不是藻奈美嘛。"循声望去,邻居吉本和子正向他们走来,手里提着超市的袋子。"你今天出院啊,我一点都不知道。"

41

竟然被爱唠叨的大妈抓了个正着,平介想。她是这一带的消息小灵通,有两个儿子,分别上大学和高中。她不是什么坏人,只是好管闲事。

"你好啊,吉本太太。"直子当即回应道,"听平介说葬礼上你帮了很多忙,真是给你添麻烦了,抱歉啊。"

直子那完全不像小孩子的语气让吉本和子迟疑了一下,不过随即又恢复了笑容。

"说什么呢,这么客气。比起这些,你的身体已经完全好了吗?"

"嗯,托你的福。"

"哦,那就好。我很担心你呢。"

"谢谢。呃……我还有东西要收拾,改天再去拜访。"

"嗯,好的。保重身体啊。"

直子打开大门,迅速走了进去。平介想起直子之前对吉本和子的评价:"她一说起话来就没完没了。"

"先告辞了。"平介向吉本和子打过招呼后正要进门,吉本和子凑到他耳边说道:"不知不觉藻奈美就长大了呀。肯定是妈妈不在了以后,自己不得不成熟起来了吧。"

"哈哈哈,可能吧。"平介挤出笑容,逃也似的进了家门。

直子正在佛龛前双手合十,佛龛上摆着直子的照片,这一幕看起来就是女儿藻奈美在母亲的灵前祭拜。过了一会儿,直子抬起脸,回头看向平介,脸上浮现出落寞的微笑。

"好奇怪的心情啊,看着放着自己照片的佛龛。"

"又不能摆上藻奈美的照片。"

"是啊。还会有人来祭拜。"

"但这并不是毫无意义。"平介把放有直子照片的小相框拿在手里，拆下后面的木板，将照片取出来。原来那后面还有一张照片，是去年远足的时候拍的，上面的藻奈美对着镜头做出胜利的手势。"你看。"平介让妻子看。

直子眨眨眼睛，哭笑不得地望着平介。"感觉好久没看到藻奈美的脸了，我是说真的藻奈美。"

"直子并不是伪造的啊。"平介说道。

平介做了速食拉面，两人简单地吃了顿午饭，面条上还放上了豆芽炒叉烧。想到平介完全不会做饭，直子非常感动。

"偶尔把老公一个人放在家看来也不是什么坏事。"直子边吸着面条边说。

"说什么呢，要是你喜欢，我还能给你做法国菜。"

"口气不小，你倒是做啊。"

"我只是不想做而已。"

在杉田家，只要吃饭的时候有藻奈美在，绝不会看电视。这是直子在藻奈美很小的时候定下的规矩。因此吃着拉面，喜欢看电视的平介也没有想到去打开电视。等到直子吃完饭，他拾起放在地板上的遥控器时，才突然意识到，原来藻奈美不在了啊。

打开电视，画面中出现了一栋熟悉的建筑——直子住的医院。

"啊，老公，你上电视了。"直子指着电视机说道。

屏幕上的影像是刚才出院时平介和直子被记者们团团围住的场景。看到一两个小时之前发生的事这么快就在电视上播出，真是种奇妙的感觉。画面里，平介拉着藻奈美，也就是直子的手直奔停车场，身后是一群紧追不舍的记者。

"关于赔偿问题,您有什么打算?"一个女记者提问。

"这件事已经全权委托给律师办理。"

"您对律师提出了什么要求?比如赔偿金,您的期望值是多少?"

"这不是钱的问题,希望他们能表现出足够的诚意。藻奈美被夺去了生命,直子也身受重伤。"平介用很快的语速回答后,让直子坐上车,自己坐到了驾驶座。

画面一直持续到平介的车开出去好远才切回到记者:"藻奈美这次得以平安出院,杉田平介先生好像终于松了一口气,只是一说到客运公司的责任,竟然把妻子和女儿的名字说反了。看来杉田平介先生表面看起来平静,内心大概受到了无法挽回的重创。以上来自现场报道。"

"啊,说错了。"平介这才意识到自己犯的错误,不禁咂了咂嘴。

电视画面变成了对婚外恋被曝光的男艺人的采访。平介用遥控器换台,却再也没有发现有关自己和直子的新闻,便关上了电视。

"我说,"直子开口道,"今后怎么办?"

"什么怎么办?"

"我今后怎么生活?"

"嗯……"平介双臂环抱胸前。

这是个大问题。平介目前算是习惯了这种异常的状况。直子看起来好像也已经接受了现状。不过外人肯定接受不了这种情况,一定会认为直子精神错乱了,说不定连平介也要被如此看待。就算能证明她是被附体,那些好奇心重的家伙,比如媒体什么的,一定会来打扰他们的生活。平介咕哝着。他心里有一个想法,但不知道该不该告诉直子。

这时，直子说道："能听听我的想法吗？我想到一个办法，不知可不可行。"

"嗯，可以，你说吧。"平介挪动盘着的双腿，端正地坐好。

"我呢，"她凝视着丈夫的眼睛，"想作为藻奈美活下去。"

"啊……"平介半张着嘴，却发不出声音，不知道接下来该说些什么。

"站在杉田直子的立场，失去了自己的生活当然会觉得有点可惜，但我觉得这是最好的办法。想来想去，作为杉田直子活下去简直太困难了。无论怎么解释，别人都不会像你一样接受这件事。"

"是啊……"

"老公你怎么想？"

"我也觉得这个办法可行。其实我原本想跟你这么提议，却不知道该如何开口。"

"因为这样一来，直子这个人就会从这个世上消失？"

"嗯，差不多吧。"

"可是，"她说着低下了头，舔了舔嘴唇，又抬起头来，"可是你知道，直子确实还活着。"

"当然，对我来说，直子就是直子啊。"说完，平介又想到，与其说直子是直子，不如说藻奈美是直子。但他不想破坏当下这感人的气氛，便没去纠正刚才说的话。

直子突然吐了一口气，然后双臂伸直，愉快地舒展了一下身体。"说出来真痛快。我想了很久，终于下定决心。"

"这也是没办法嘛。"

"我只是想积极地面对。就当获得了一次重生的机会，虽然身体不一样了。"

"也并不是完全不相干的人的身体。"

"嗯，藻奈美很像我小的时候，大家都这么说。"

"有很多人说我们的孩子是个美人胚子呢。"

"嗯，只是鼻子有点像你，稍微往上翘。"

"怎么，难道不是因为这个鼻子才是个小美人吗？"

"噢，是吗？"直子皱了皱眉头，眼睛却带着笑意。平介也笑了。这大概是事故发生以来，他们第一次发自肺腑地笑吧。

"我去泡茶。"直子边说边起身朝厨房走去。她从餐具柜里拿出小茶壶，放入茶叶。这一系列的动作姿态毫无疑问是直子特有的。她将茶注入两只茶杯，用托盘端回起居室。"藻奈美该上六年级了，必须得好好学习了。我可不想成绩下降，让她丢脸。"

"藻奈美学习很用功。可你还老是教训她。"

"你说她一个女孩子，算术和理科学得很好，语文和社会却差一些，大概是像你。"

"算术和理科，你行吗？"平介坏笑着问道。

"不太行，不过我会努力的。"直子一脸严肃，将一只茶杯放在平介面前，"老公，你知道那孩子的梦想吗？"

"梦想啊……"平介再次盘腿而坐，双臂环抱。

"我想尽量帮她实现梦想。有目标的话，就能朝着那个方向努力。"

"确实……"平介啜了口茶，"她好像说过，当个普通的家庭主妇就挺好。"

"普通的家庭主妇？"

"嗯，她说做个像妈妈这样的家庭主妇就挺好。"

"什么嘛，那就是说我什么都不用做，就保持现在这样？"

"不过，"平介手里拿着茶杯，注视着直子，"不行，那样的话有点奇怪。"

"为什么？"她刚说完，就明白过来了。她看看自己的手，又将视线转向平介，脸上浮现出不自然的笑容。"别说傻话，我会一直陪在你身边。"

平介没有回应，啜了一口茶。

"啊，对了，我的戒指呢？你放在哪里了？"

"戒指？"

"婚戒啊，我在大巴上应该戴着呢。"

"哦，想起来了，应该放在佛龛的抽屉里了。"

直子拉开抽屉，取出一个小塑料袋，里面就是她之前一直戴在无名指上的戒指，是铂金的，款式很简单，只是一个细细的圆环。平介的无名指上戴着一枚同样款式的。直子拿出戒指来戴上，然而太大了，戴在中指上也大出很多。最后她戴到大拇指上试了试，刚好合适。"戴在大拇指上恐怕不行呀。"直子看着自己的手叹息道。

"先不说这个，小学生戴戒指也太奇怪了吧。"平介说，"而且还是这么朴素的戒指。"

"但是我想随身带着它。"

"嗯，你有这样的心意，我真的很开心……"

"有了！"直子双手一拍，站了起来，走出房间上了楼，不久又回来了，右手拿着一个泰迪熊玩偶，左手提着针线盒。

"你要做什么？"平介问。

"你看着。"直子拿出裁缝用的剪刀，将泰迪熊玩偶头部的缝合线剪开,沿着缝合线撑开一个口子。这个玩偶原本是直子为藻奈美缝制的,直子一直很擅长针线活。她把婚戒埋在玩偶的后脑勺内,然后认真地将接缝对好,用针线完美地缝在一起。

"完成。"她说道。

"你要怎么处理这个玩偶?"

"藻奈美很喜欢这个玩偶,睡觉的时候经常把它放进被窝里。所以我也要经常把它放在身边。这样一来,也能时刻提醒自己是你的妻子。"

平介听完她这番话,无言以对。他不知道她这样做有没有意义。

"这只泰迪熊里藏着只属于我们俩的秘密。"直子说着,把泰迪熊紧紧地抱在胸前。

9

直子上学的第一天,不巧从早上开始就下起了小雨。她站在玄关考虑着要不要穿长靴,犹豫了好一阵。

"就穿运动鞋不行吗?雨并不是很大。"平介在她身后说道。

"天气预报说下午雨势会变大,那样的话运动鞋就会沾满泥。这双鞋是上个月刚买的,藻奈美说要等到上了六年级再穿,还是新的。"直子拎着全新的运动鞋说道。

平介打开门,抬头看向天空。"看这天气,不太适合穿长靴啊。"

"等雨下大了再穿就太迟了。嗯,我决定了,还是穿长靴吧。"她说着,从鞋箱中拿出一双边缘有白色线条的红色塑料长靴。这双鞋还是直子在超市抽奖的时候抽中的。

"你说的长靴就是这双啊?"

"是啊。"

"穿这双鞋就更奇怪了吧?"

"为什么?"

"之前藻奈美说这双鞋太土气,不想穿。"

"我知道。但是既然有,不穿就太浪费了吧。"

"所以,"平介关上了门,继续说道,"这是直子的想法吧?但是在外人看来,直子已经不在这个世界了,穿什么衣服和鞋子都是藻奈美自己的选择。所以,藻奈美穿着这双土气的长靴去上学,岂不是很奇怪?"

有着藻奈美面庞的直子盯着平介的脸茫然地看了一会儿。"啊……"她终于开口道,"确实是这样,你说得没错。"

"你懂我的意思吗?"

"我懂。"直子点点头,将已经伸进长靴的右脚又拔了出来,"那就穿运动鞋吧。这样可以吧?"

"我觉得运动鞋比较好。"

"喊,万一这双鞋很快就沾满了泥可怎么办?"直子嘟嘟囔囔地穿上了运动鞋。

由于让大家一直惦念,平介决定今天和直子一起去学校跟大家打个招呼。这所小学每两年会换一次班,今年班主任还是桥本多惠子。

"没什么好担心的,不送我去学校也没事。我一个人完全没问题。"直子穿好鞋子后对平介说。

"但是这种时候,我去和老师打个招呼才说得过去吧。"

"是吗?"直子歪了歪脑袋,斜着眼看向丈夫,"你该不会有其他什么目的吧?"

"目的?什么目的?"

"桥本多惠子啊,年轻漂亮,身材又很苗条,完全是老公你的理想型呢。"

"傻瓜,说什么呢!赶快出发吧!磨磨蹭蹭的,小心第一天上学就迟到。"平介推着直子的后背说道,心里却想,妻子虽然外表变了,洞察力依旧那么敏锐啊。他确实有一点期待和桥本多惠子见面。

撑着伞走出大门,刚好碰上邻家的吉本和子出门扔垃圾。

"哎呀,藻奈美,今天要去上学啦?"

"早上好!是的,托您的福,我赶上新学期了。"

"嗯,今天爸爸也一起去吗?"吉本和子问平介。

"嗯,对。"平介回答。

"我说不用去,反正也帮不上什么忙,可这个人非要去。"

"哎?这样啊……"吉本和子笑着回应,却不禁用诧异的眼神打量他们。

走出很远后,平介说:"称呼我为'这个人'听上去很奇怪呢。"

直子连忙捂住了嘴。"我那么说了吗?"

"嗯,所以吉本太太露出了疑惑的表情。你以后要注意些啊。"

"抱歉,还是没习惯。"

"算了,我也一样。今天光想着不要出什么差错,有点紧张。"

"哦,对了,今天有集会吧?"

"嗯,在新宿。不知道几点能结束,不过大概不会很晚。"

"我知道了。为了藻奈美,你要加油啊。"

集会是指事故受害者家属们的集会,已经在东京举办过几次,今后的方案也正在商榷。一般集会都定在休息日,这回为了照顾律师的时间,才选在了工作日。平介向公司说明了情况,今天可带薪休假,也因此才能陪直子上学。

上学路上会途经一个大的十字路口。在等红绿灯的时候,马路对面有一个少年向他们招手。刚开始他们没注意到,后来还是平介发现少年一直在朝直子打招呼。少年高高瘦瘦,五官清秀,发型也十分利落。

"喂,那个男孩好像认识藻奈美。"平介小声对直子说。

"确实。"直子也小声回应道。

"是谁啊?"

"不知道。"

"你说不知道……那怎么办?"

直子迅速将身子转向平介,从胸前的衬衫口袋中拿出一张照片。那是藻奈美五年级班级远足时拍的合照,平介知道直子是想利用照片努力记住同学的面孔和名字,还好藻奈美在照片后面相应的位置写了每个人的名字。

"喂,怎么办?已经是绿灯了,再不过马路会显得很奇怪。"

"嗯……嗯。"直子迈出脚步,把照片递给平介,说,"老公,给你拿着。"

"哎?我拿着干吗?"

"帮我看看那个男孩是谁,然后悄悄告诉我。"

"啊?"

少年目不转睛地盯着他们过马路,脸上挂着爽朗的笑容。平介心想,那笑容都可以登上教育杂志的封面了。

"杉田,今天开始就可以上学了吗?"少年问道,一副大人的腔调。

"是啊,托你的福。"直子回答道,然后抬头转向平介,"这是我爸爸。"

"早上好。"少年低头致意。

"啊,早上好。"平介慌忙回应。

少年迈开脚步,直子同他并肩走在一起。平介跟在他们身后,若无其事地看着照片。远足的目的地应该是高尾山,因为照片上可以看到孩子们身后的药王院①,当时应该正值初夏时节,这么算来距今已有十个月。

"我本来想去看你的,不知道你怎么样了,可没有勇气。后来我听川上他们说你看起来很不错,我也就放心了。"

"嗯,谢谢了……"

"但是你看起来没什么精神啊,怎么了?"

"没,没什么。"直子顺势回头看了平介一眼,示意他快点找到这个男生的名字。

平介刚好在照片中找到了一个看上去像这个少年的人,虽然气质有点不太一样,不过有可能是发型不同造成的。平介看了看后面写的名字:田岛刚。或许该读作 TAJIMA TSUYOSHI 吧。

"藻奈美,你来一下。"平介在直子身后说道。

直子立刻停下来,问了声"什么事"后走到平介身旁。

平介用雨伞挡住少年的视线,把照片后面的名字指给她看,小声说:"应该是这个孩子。"

"TAJIMA,TAKESHI……TSUYOSHI②,是哪个呢?"她在伞下歪头嘟囔。

"怎么念呢?我不知道啊。"

---

① 位于日本东京都八王子市高尾山顶的著名佛教寺院。
② 日语中,"田岛"读作"TAJIMA","刚"则有多种读音,文中的这两种读法均可。

"算了。嗯,我知道了,爸爸。"直子打算跟少年本人直接确认,声音变得轻快起来,走回到少年身边。"让你久等了。"

小学生说"让你久等了"会不会有点奇怪?平介想。

"怎么了?"

"没什么。"直子说着又瞥了平介一眼,"就是……我爸爸想了解田岛的一些情况。"

"哎?"平介瞪大了双眼,然后马上明白了直子的小伎俩。是她想要了解这个跟藻奈美说话很亲昵的少年。

"为什么?"少年问平介。

"也没什么,就是我想了解一下藻奈美的朋友。"平介露出亲切的笑容。

"哦……"少年面露疑惑。

平介觉得他会有这种反应也很正常。

"家里是做什么的?普通的上班族?"平介问道。

"谁家?"

"当然是田岛家啊。"

"是开鱼店的。"

"哦……鱼店啊。挺好。"平介百无聊赖地说。为什么鱼店挺好,他自己也不明白。

"你春假去哪里玩了吗?"直子问。

"去三浦半岛了。"少年开心地回答道,"我的一个叔叔有艘游艇,我们去海上钓鱼了,钓到了很多大鱼,鲷鱼啦,石鲈啦,冷藏箱装得满满的。"

"哦。"直子一边走,一边点了点头。

在家里天天看到鱼还专程去钓鱼啊，平介有些好奇。或许是总和鱼打交道，和鱼很亲近，所以喜欢钓鱼吧。

"尤其是石鲈，钓到了很多，都送给附近的邻居啦。因为鱼真的很大，大家都很吃惊。"

"啊？免费送给别人了？"直子问道。

"是的。"

"哎呀，卖了多好。"

"我才不占那种小便宜呢。"少年对直子说道。

卖了多好呀，平介在他们身后想，又大又新鲜的石鲈一定能卖个好价钱。

"田岛学习怎么样？"平介在后面问道，"擅长哪一科呢？"

"唔……"少年想了想，说，"算术吧。"

"算术好，真厉害啊！"

"其他科目也不错，语文、理科、社会这些都不错。"

哪有自己夸自己的啊，平介听了有些别扭。"哦，高才生啊。"

"嗯，算是吧。"他眉头都没皱地说道，"哦对了，体育不好。"

"这样啊。"看不出来啊，平介看着少年匀称修长的身材想。

快到学校的时候，越来越多的孩子朝着同一个方向行走，他们边走边嬉笑打闹，一派童真世界的景象。

"小美！"循声望去，川上郁子正挥着手朝这边跑来，身上的格子裙随风飘动。"怎么回事，两个人竟然已经走在一起了，真是的。"她来回看向直子和少年，看到平介的时候忙低头致意："早上好。"

早上好，平介应声。然而她的视线已回到直子身上，然后叽叽喳喳地说起了昨天的电视节目。直子只是默默地听着。

平介回味着川上郁子刚才的话。为什么那么说呢？两个人竟然已经走在一起了，这是什么意思？听起来像是在揶揄两人，难道说两人已经公开交往了？太不像话了！这些小学生，不会玩真的吧？

前方已经可以看到学校，三座已经褪了色的水泥建筑映入眼帘。平介并不知道藻奈美的教室在哪里，思忖着或许直子知道，因为直子曾来学校参加过几次公开课。

一个胖胖的小男孩朝他们走了过来。天气还有些凉，可他的太阳穴附近已经密密地出了一层汗。到了夏天他可不好过啊，平介不禁这么想。

"哟。"胖男孩跟直子搭话道，"你怎么样啊？"

"刚，你好像又胖了呀。"直子身边的少年说道。

"啊？没有吧？跟以前一样啊。"胖男孩嘟着嘴说道，说罢转头看向平介，后知后觉似的缩了缩脖子。

走进校门，平介和直子要分开了。直子回头看了他一眼，朝他挤了挤眼睛，好像在说，别担心，我能做好。

平介环顾了一下四周，发现自己连老师的办公室都不知道在哪里。这时，那个胖男孩走了回来，抬头看着他，说："请问……"

"怎么了？"平介问他。

"我做什么了吗？"

"什么？"平介俯视着胖男孩，"什么做什么？什么意思？"

"听说，"胖男孩瞟了他一眼说，"听说您问了好多关于我的事……"

"啊？"平介张大了嘴，然后马上明白是怎么回事了。他指着胖男孩的胸口问道："你是田岛？"

胖男孩点了点头。

"啊……原来是这样。原来你是田岛,家里开鱼店的?"

"是的。"

"哈哈哈,原来是这样。我并不是只对你一个人感兴趣,我想了解一下直子……呃,藻奈美的同学们的情况。"

"哦,那关于我还想知道什么?"

"没事了。哦对了,你等一下,刚才那个男孩是谁啊?和藻奈美一起走的那个男孩。"

"他是远藤。"

"哦,原来是远藤。谢谢,谢谢。那么,你要好好学习哦!"

听了平介的话,田岛带着疑惑的表情迈起短腿小跑而去。看着他的背影,平介不禁想,怪不得说田岛不擅长体育呢。

他又拿出那张照片看了起来,翻来覆去对照着人脸和名字,发现刚才找到的那个男孩确实就是这个胖男孩,不过体形不一样。看来过去的这十个月,田岛的体重增加了一倍。

平介翻到照片背面,在密密麻麻的名字中寻找"远藤"这两个字,很快就看到了"远藤直人",确认好位置后又将照片翻过来对照人脸。照片中,远藤站在班主任桥本多惠子旁边。只是当时的他脸庞看起来还很稚嫩,身体也很瘦小,和桥本多惠子看起来像一对母子。看来这十个月里,远藤长大了,比起田岛更有大人的样子。

平介抬头看着这所直子所在的学校。直子啊,这里可是一个你完全不了解的世界。要留心啊!平介在心里为妻子摇旗呐喊。

10

午后雨果然下大了,空气里有了些凉意。平介在轻便西装外面罩了一件雨衣出门了。早上送直子上学的路上已经有了很多小水洼,他撑着伞,想象着直子因没穿长靴而后悔的模样,不由得笑了。

从新宿站西口出来走十分钟左右就到了一家城市酒店,事故受害者家属们集会的会场就在酒店的会议室里。入口处有一张小桌子,前面坐着一名年轻女子。平介签了名,走了进去。会议室里整整齐齐地排列着桌椅,能容纳近一百人,有一半左右的位置上都坐着人。事故中有二十九人丧生,重伤仍未出院者有十几人,因此准备这么一间大会议室理所应当。而且,同其他集会不同,这次会议的出席者并不会因下雨或者是工作日而缺席。

由于是滑雪大巴出了事故,所以受害者大多是年轻人,且大学生居多。从出席集会的成员来看,都是他们父母亲年纪的人。平介在里面反而显得有些年轻。原以为出席者多为女性,没想到男性占了一半以上。大概那些从来不出席社区集会的人今天都专程请假赶来了吧。

平介斜前方坐着一对夫妇,男子看上去五十多岁,女子稍微年轻一些。男子整洁的头发大半花白,他小声地说了些什么,女子点了点头回应,手里攥着条白色手帕,不时按按眼角。

他们失去的是儿子还是女儿呢?不管是儿子还是女儿,都正值青春,他们大概也对其寄予了厚望。平介想起自己失去的女儿,想象着他们的心情,却无法共情,大概每个人心中的悲伤都不尽相同吧,旁人岂能理解。

"您是……杉田先生吧?"一个声音传来。平介循声望去,一个五十岁左右、面色黝黑的男子笨拙地挤出微笑。

"是的。"平介回答。

男子舒了一口气。"果然是您,我在电视上看到过您。"

"嗯。"平介点了点头。经常被人说起这件事,他已经习以为常了。"媒体的人自作主张地播放那些画面。"

"就是。您女儿还好吗?"

"托您的福,她很健康。"

"太好了。虽然只有女儿一人获救,也是件幸事啊。"男子频频点头。

"不好意思,请问您是……"

"啊,抱歉,"男子说着从西装内侧口袋里掏出名片,"这是鄙人的名片。"男子经营着一家印刷公司,位于东京都江东区,名叫藤崎和郎。

出于礼节,平介也向对方递上了自己的名片。

"杉田先生在这起事故中失去了妻子,对吧?"男子边将名片插入名片夹，边询问平介。

是的，平介回答。

男子点了点头，继续说道："我妻子三年前因病去世，女儿又在这次事故中丧生，我成了孤家寡人一个，干什么都提不起精神。"

平介点点头，表示理解。"那么事故发生前，您和我现在的情况一样啊，父女二人相依为命……"

藤崎苦笑了一下，摇了摇头，说："不，是父女三人。"

"哎？可是……"

"我有两个女儿。"藤崎竖起两根指头，"她们是双胞胎，穿着一样的滑雪服，一起出的事，一样的遗容。"

说到"一样的遗容"时，他的声音有些哽咽。平介听完，感觉胸中生出了像铅块一样沉重又冰冷的东西，缓缓沉积在胃底。

"哪怕只活下来一个人，我也会觉得就像两个人都健在一样，因为两个人是一体的。可上天对我太残忍了。"藤崎苦笑着说道，表情有些扭曲。

确实如此，平介想。如果发生在直子身上的事发生在这对双胞胎身上，或许谁都不会注意到，甚至连本人也不会，只会觉得一个人幸存了下来。

回过神来，平介发现会议室里有几个人在低声啜泣。看来事故造成的影响还没有过去啊，他想。

受害者家属协会有四名干事，是在最开始集会时选出来的。一个看似大企业里能干的部长，一个看起来是商店店主，一个似是退休的老年人，还有一个家庭主妇，外表各不相同，但脸上都流露出给人压力的表情。把交涉事务都委托给他们办理肯定没错，平介一开始就这样想。

那位能干的部长——平介也不知道实际上是不是——姓林田的男子正在给大家详细说明最新进展。一方面，客运公司承认了司机的过失，表示会在赔偿问题上尽量表达诚意；另一方面，司机也有疲劳驾驶的嫌疑，因此有必要追究客运公司的社会责任。长野县警以怀疑大黑交通违反《道路交通法》为由，搜查了客运公司和负责人的住宅，这件事平介也通过新闻了解到了。

接下来一位姓向井的律师站到了前面。他体格健壮，理着平头，看起来像个柔道运动员。他用洪亮的声音说明了情况，大概的意思是：赔偿金额不论年龄、性别一视同仁，如果有人对受害者家属协会预期的金额有所不满，可以个人名义向客运公司提出交涉。

有人问目前向对方索赔的金额是多少，向井律师毫不犹豫地说道："最少是八千万元。"平介心想，大概这就是能争取到的上限了。

八千万元究竟是多是少，平介并没有概念。他只知道赔偿金额再高，也无法稀释人们心中的悲伤。家属中有比平介更加现实地考虑问题的人，有人提议拿不到一亿元就不罢休。旁边的藤崎听到后也点了点头，可能很多人预想的都是这个金额。

"当然我们会尽量争取更高金额。无论什么谈判，都需要双方让步。大家也不想无限期拖延下去吧。"

向井说完，很多人都点了点头，平介也这么想。不想拖着耗费时间，确实如此。这件事早点解决比较好。但有一点绝不能忽视，这次事故绝不能被遗忘，不希望被人们迅速忘记，如此惨痛的事故绝不能随时间的流逝而淡化。

林田又站了起来，说明了以后的计划，并且叮嘱大家不要把在这里说的话外传，尤其不能被媒体嗅到风声。

"媒体的那帮家伙要是知道了，肯定会为了博取眼球写奇怪的东西。"林田眉间挤出皱纹。看来是不想被媒体中伤，平介想。

"此外还有一件事想跟大家说。"林田的语调微妙地发生了变化，表情也有些僵硬，"其实，今天有人强烈要求想见大家一面。"他一副努力一口气把话说完的模样继续说道，"是梶川太太。"

短暂的沉默过后，空气躁动了起来。

"梶川太太是……"前面的一个中年女子说道。

"嗯。"林田点点头，"是司机梶川的妻子。她今天过来了，在等我们协商结束，她说无论如何都想来向大家道歉。"

躁动的空气一下子又凝固了。每个人体内的血液似乎都在急速倒流，平介就有这种感觉。他能感觉到自己的脸越来越热，相比之下手脚却像麻痹了一样冰冷。

突然有声音响起，平介前面的一名男子站了起来，是那对夫妇中的丈夫。他用低沉的声音对妻子说："我们回去。"这简短却突兀的一句话里，深埋着万念俱灰的悲伤。

他的妻子赞同他的行为，点头回应后也站了起来。在大家的注视下，二人慢慢地向后门走去。林田没有说话，也没有人开口制止。有几个人跟在他们后面也走了出去。他们都面无表情，仿佛戴着能乐的面具。

林田环顾一圈剩下的人，问道："现在可以请梶川太太进来了吗？"

没有人回应。林田露出一副为难的表情，平介顿时同情起他来。林田本人应该也不欢迎这位梶川太太。"那么，山本女士。"林田对唯一一名女干事山本由加里说道。山本会意地点了点头，打开前门走了出去。

令人尴尬的沉默持续了一两分钟，山本由加里再次露面。"我把她带来了。"

"请带她进来吧。"林田说。

跟在山本由加里身后的是一名瘦小的女子，脸色很差，在荧光灯下越发显得憔悴不堪。白色开衫的肩部有些濡湿，大概是刚才在雨中行走的缘故。

"我是梶川的妻子。"她埋头说道，声音和身形一样细弱，"都是我丈夫的过失，让大家失去了重要的家人，真的非常抱歉。"她深深地低下了头，单薄的肩膀颤抖着，从平介的位置都能看得一清二楚。

空气突然凝重起来，所有重量仿佛都压在她瘦弱的身体上，似要将她压垮。但她缓缓地抬起头来，说道："丈夫虽然死去了，但是作为妻子，由我代替他尽最大努力赔偿大家。这番话无论如何都想告知大家，所以今天来到了这里。"她说着说着声音变得颤抖起来，不停用手帕擦拭着眼角。

"林田先生，"这时一个身着正装的男人突然站了起来，说道，"为什么要把这个人叫来？"

"因为……"

林田正要解释，"是我拜托林田先生的。"梶川的妻子说道，"是我提出了这么无理的要求……"

"请你闭嘴！"穿正装的男人打断了她的话，"我在问林田先生。"

冰冷的话语让梶川的妻子陷入了沉默。

"嗯，理由有两个。"林田说道，"一个是梶川太太想来向大家道歉，另一个我刚才也说了，要想搞清司机疲劳驾驶的问题，梶川太太的

63

证言至关重要。因此我想还是尽早见面比较好。"

这解释合情合理，穿正装的男人看起来也无异议，只是在坐下的时候，自言自语了一句："有和我们见面的必要吗？"

"你啊，根本没有必要道歉。"不知什么地方传来一个女人的声音。平介伸长脖子寻找，发现是坐在第一排的一名中年女子在说话。她看向梶川的妻子继续说道："开车的人又不是你。其实你也是这么想的，对吧？但是碍于面子，不做点什么就会被大家指指点点，才想着以这种方式道歉的吧？不管你如何道歉，我们也不能欣然接受，所以还是算了吧。"

"不，我怎么会……"梶川的妻子想要反驳。

"算了，算了。什么都别说了。你这个样子站在那里，好像我们欺负你似的。"说罢，中年女子长长地叹了一口气。房间里充斥着死一般的寂静，连这声叹息都清晰可闻。

这番话大概说出了很多人的心声。平介听到周围的人小声咕哝着"没错没错"。他也嘟囔了一句。虽然理智上明白梶川太太失去丈夫也很痛苦，但就是无法和她站在同一立场。

"那么，梶川太太，就到此结束吧。"林田对像被霜打了一般的梶川的妻子说道，声音里有种不合时宜的轻松。

梶川的妻子轻轻点了点头，林田随即给了山本由加里一个眼神。山本由加里心领神会，站起身来带着她走向前门。正要开门时，平介身旁的藤崎突然站起来，说道："你丈夫是杀人凶手！"

房间里瞬间又沉寂下来，时间仿佛停滞了一般。梶川的妻子眼看要哭出来，山本由加里搂着她的肩膀向门口走去。家属中有人抬头看着藤崎，也有人故意不看他。

大家心里都是怎么想的,平介并不知道,只是,没有人因为藤崎的这句话而如释重负。他说了一句不该说的话。阴风吹进房间,寒冷笼罩了整个屋子。刚才说话的那个第一排的中年女子脸上明显现出了不悦。

然而,没有人指责藤崎。大家能做的,不过就是装作没听见罢了。

"那么,"林田环顾室内一周,问道,"大家还有什么问题吗?"

11

　　走出酒店时，雨下得更猛烈了。平介撑着伞，独自一人走向新宿站。

　　给直子买些蛋糕回去吧——他这么打算着，在新宿站附近转悠。说来也奇怪，当直子还以他妻子的身份活着的时候，他一次都没有想过给她带礼物。正想着要去小田急百货看看有没有好吃的店时，平介发现车站柱子后面蹲着一个女人。是司机梶川的妻子。难道她身体不舒服吗？可好像又不是，因为她正在抽烟。只见她不时把手伸向一旁的烟灰缸，弹弹烟灰。虽然她的腿整齐地并拢在一起，但是在公共场合，一个女人蹲在地上看起来总是不太雅观。大概她太累了。虽然她看上去也就四十来岁，但是弓起身来像个老太婆。

　　平介想装作没看到，可晚了一步，她的视线好像捕捉到了他，失神的眼睛大大地睁着，嘴也大张着。"啊！"她好像还发出了一声轻呼。没办法，平介只好点头致意。或许她在电视上看到过平介，所以认识他。她立刻站起身来点头致意，随即便要转身离去。然而，下一个瞬间，她的身体如同跳舞一般摇摆起来，双手像要抓住什么似的在空中挥动，接着整个人跌落在水泥地上。"啊！"她发出了一声低低的悲鸣。

平介急忙走上前去。路过的人驻足观望，却没有人出手相助。"你怎么样？"平介向她伸出右手，问道。

"嗯……没、没事。"

"是头晕了吧？"

"嗯，站起来的时候稍微有点头晕。"

平介心想一定是她蹲久了突然站起来的缘故，何况她看起来本就没什么精神。

"抓住我。"他再次向她伸出右手。

"麻烦您了。"她抓住平介的手，刚要站起来的时候脸一歪，又跌了回去。平介仔细一看，她的右脚踝好像扭伤了。

"脚扭了吗？"

"没，没事。谢谢……太感谢了。"她想凭一己之力站起来，但是没有成功，看来她的脚踝很痛。平介伸出手帮忙，她终于勉强站了起来，但走路似乎还是很吃力。

"你家在哪里？"平介问。

"啊……劳您费心了，我自己能回去。"她说着，皱了皱眉头。

"没有人来接你吗？"

"嗯，没事，我自己有办法。"

梶川的妻子好像下定决心不能麻烦平介。她的心情可以理解，平介其实也想赶快离开，可是看到这情况，他不能不管。

"你家在哪里？你不告诉我的话，我没办法帮你。"平介有些严厉地说道。

她有些惊讶，略微迟疑了一下。"在……调布。"

"调布啊，那跟我一个方向，我们打车吧。"

"啊，不用，不要紧，我能走回去。"

"那怎么行。大家都看着呢，按我说的做吧。"

她随身带着一个黑色手提包、一个百货店袋子，还有一把折叠伞。平介把它们拿在右手上，左手帮她支撑起身体，如此一来才勉强可以移动。

在出租车上，二人几乎没有说话。她能说的只有"对不起，麻烦您了"，而他能回应的也只是"哪里，没什么"。

出租车在一栋隔板建成的简易二层公寓前停下了。平介本来打算支付车费，梶川的妻子则坚持由她来支付，最后两人各付了一半。

她说："就送我到这里就可以了，您还坐这辆车回去吧。"可平介还是下了车，因为她的家在二层。艰难地爬上二楼后，她邀请平介到家里喝点东西，大概是觉得事已至此不能让他直接回去。

"不了，我把你的东西放下就走。"

"那怎么行，您专程送我回来……我马上叫人给您沏茶。"

平介有些在意这句话，叫人为我沏杯茶？

门口的名牌上写着"梶川幸广"，旁边并列写着"征子"和"逸美"。征子大概是她的名字，那么逸美是他们女儿的名字吗？打开门，她朝屋里喊道："逸美，逸美！"屋里随即发出一阵声响，一个初中生模样的短发女孩走了出来。她穿着牛仔裤和运动上衣，看到平介的时候有点吃惊。

梶川征子向她介绍了事情的经过。"真服了你了。"梶川逸美一副厌烦的表情。

"总之你先去给杉田先生沏杯茶吧,再把坐垫拿来。"梶川征子吩咐她。

平介有点待不住了。"不用了,真是太麻烦你们了。"

梶川征子向他低下头,说:"请至少喝杯茶,拜托了。"

听一脸憔悴的她这样说,平介不好再推托,否则就太没有男人风度了。"那就打扰片刻。"平介说着,在玄关脱了鞋。

梶川家是两居室,进门不远处是一间还算宽敞的餐厅兼厨房,再往里就是两个房间,看起来一间是西式,一间是日式。平介想,日式房间里应该设有佛龛,因为空气中飘荡着线香的气味。

梶川征子突然又蹲在了地上,平介以为她又头晕了,但并不是这样,她朝平介跪下了。

"杉田先生……这次,真的非常抱歉。您妻子的事,我不知道该怎么向您道歉。"她的额头已经抵在了地板上。

"梶川太太,请别这样。我不希望你这样做。别这样,拜托了。"平介抓着她的手腕,想要拉她起来。原来她是想道歉,才拜托他来屋子里坐一会儿。

大概是扭到的脚踝又开始疼了,她皱着眉头呻吟:"好疼。"

"啊,没事吧?"平介慢慢地把她扶起来,让她坐在椅子上。

梶川征子叹息了一声。"对不起,没办法一直道歉直到让您满意……"

"真的不要再这样了。"平介说。

令人尴尬的沉默在屋内扩散开来。水壶发出咻咻的声音,逸美关掉火,拿出茶壶泡茶。不一会儿,她将泡好的茶注入茶杯端到平介面前，茶杯看起来像购物时的赠品。

"谢谢，那个，你上初中了？"

"初二。"

"哦，比我女儿高两届。"

平介说这句话并没有特别的含义，梶川征子却无法轻松对待，费力地挤出一句："让您女儿也遭遇了这么严重的事故……我本来想当面向她道歉的。"

我女儿已经死了，平介本来想这么说，她活下来的只有身体而已，而我的妻子则失去了身体，都是拜你丈夫所赐……

"我爸爸，"站着的逸美突然说道，"他很累。"

"是吗？"

平介问完，她轻轻点了点头。"从去年年末开始就没有休息，新年也在工作，回家也只是为了睡觉而已，总是一副疲惫的样子。他说有滑雪大巴的工作时，就连小睡一会儿的工夫都没有。他很辛苦。"

"所以确实存在过劳的问题啊。"平介对梶川征子说。

征子点点头。"尤其是一月和二月，特别严重。虽说滑雪场的酒店里有供司机休息的地方，但是假期正值旅游旺季，那些地方都被充当客房了，他们只能在餐厅打盹。司机虽然会交替着开车，但是坐在副驾驶座上也睡不踏实。在服务区停车时还要检查轮胎上的防滑链什么的，没法睡觉。"

"真是辛苦啊。"平介附和道，然而并没有生出同情，这些都不过是事故发生的借口罢了，他有点讽刺地说道，"可是确保身体保持健康也是工作的一部分。"

梶川征子好像挨了耳光一样，表情扭曲地低下头。

"我们家很穷。"逸美说道,"为了多赚点钱,爸爸他很拼命。"

"要是穷的话就不会住在这种房子里了。"

"这是因为爸爸一直在拼命工作啊……"说到这里,她转身走进了里面的西式房间。

"对不起,这孩子不懂事,冲撞您了。"梶川征子又低下了头。

没什么,平介啜着茶说道。茶是淡淡的玄米茶。

"那我就先走了。"他正要起身,电话铃响了。电话机放在墙边一个组合柜上。

征子伸出手去拿听筒,西式房间的门开了,逸美尖锐的声音传来:"是骚扰电话!"征子略微踌躇了一下,还是接起了电话。"您好。"紧接着,她眉头紧皱,把听筒从耳边拿开,几秒后默默地放下了。

"果然是那种电话吗?"平介问她。

她轻轻点了点头。"最近已经很少了。偶尔来这么一通。"

"今天已经接到好几个这样的了。"看来是逸美接的电话。

平介听了很不是滋味,为了早点摆脱这种不快的情绪,他就势站了起来。"那我就告辞了。非常感谢你们的招待。"就在他穿鞋的时候,电话铃又响了。征子看了看他,一副悲伤的表情,然后和刚才一样伸手去接电话。

平介抬起手轻轻地阻止了她。她有些吃惊地投来目光。平介略一点头,拿起了听筒。

"杀人犯!"传来一个像发自深邃井底的声音,低沉得一时分辨不出是男是女,"还要活到什么时候?早点去死吧!这样才能补偿其他死去的人。凌晨两点之前上吊,否则……"

"够了!"平介怒吼道。对方大概没想到会有男人的声音,匆忙挂断了电话,听筒里只剩下嘟嘟的忙音。他把听筒放回原处,问征子:"报警了吗?"

"没有。听说警察不会管这种恶作剧电话。"

或许确实是这样。平介沉默了。即使有充分的证据,她大概也不会报警吧。这时,平介看到电话机旁放着一张小小的卡片,拿起来一看,发现是一家公司的员工证,上面贴着征子的照片。证件上有个"准"字,说明征子不是正式员工,而是像某个季节才有工作的"准员工"。"田端制作所……是家金属加工工厂?"

"是的,您怎么知道?"

"是我们公司的分包工厂,我也去过几次。"

"啊,原来是这样。那您就职于BIGOOD?"

"是的。"平介点点头。BIGOOD股份有限公司,是他所在公司的名字。创始人姓大木,所以公司名字就是由BIGWOOD省略而来。"你什么时候开始在那里工作的?"

"去年夏天。"征子回答道。

"哦……"这个回答出乎平介的意料。他还以为是家里的顶梁柱不在了以后,她才开始工作的。

"跟您说这些话可能有点奇怪,但是我们真的没有钱。"征子体察到他的内心想法,说,"虽然我老公不眠不休地干活,但总是存不下钱。"

"钱都花了当然剩不下。"

"我们也没有大手大脚。"

"你丈夫那样超长时间工作的话,应该会有一笔不小的补贴。"

"但是他的工资真的很少。为了家里不会入不敷出,他才那样拼命工作。"

"难道是借了高利贷？"平介感到十分困惑。

"我也不知道。他从来没有给我看过工资明细。生活费是他从银行取出来后拿给我的，但是那点生活费实在是太拮据了，我才想着去工作赚钱。"

"说不定你丈夫是个节俭的人，银行账户里可能有不少存款。"

征子摇头否认。"存款没有多少，所以我才必须要去工作赚钱。"

这可真是件怪事，平介心想。要是大巴司机赚得那么少，还会有人愿意干吗？可梶川征子看起来也不像在撒谎。

"客运公司的工作环境和待遇情况过段时间就会公之于众。"平介带着几分旁观者的语气说道，开始穿鞋。并不是对她们没有同情之心，只是不想和她站在同样的立场上，对她产生共情，否则就像背叛了受害者家属协会的同伴一样。

"先告辞了，你多保重。"他说着走了出去。梶川征子好像说了些什么，但他根本没有听。

12

晚饭是竹笋饭和茶碗蒸,还有照烧鲕鱼,都是平介爱吃的。

"竹笋饭好像有点咸了。"直子这么说,可平介觉得和平时并没什么两样。直子对味道很是敏感,经常会把"是不是有点咸"这句话挂在嘴上。

"今天早上那件事,后来怎么样了?"

"哪件事?"

"田岛和远藤,我好像弄错了。"

"啊,"直子笑了,"是啊,好险。不过没关系,好像谁也没注意到。"

"那就好。孩子们长得真快啊,才隔了不到一年变化就那么大。"

"因为这个我这一天过得可辛苦了。尤其是上了六年级,有的孩子不光体形变了,相貌也发生了很大的变化,还有的孩子一副大人的样子。我只能把脸和名字重新对号入座。"

"都记住了吗?"

"怎么可能。马马虎虎蒙混过关罢了。"直子边吃竹笋饭边说。

她手里端着自己的碗,而不是藻奈美的小碗。这让平介看着觉得有点怪怪的。

"说起来,那个姓远藤的孩子到底是什么人啊,为什么会对直子……我是说对藻奈美用那么亲昵的语气说话?"

"你很在意?"直子坏笑着问他。

"怎么回事?笑得那么坏。"

"没有,我就是觉得,你果然还是很在意啊。我也很在意来着。"

"别卖关子了。你肯定查清楚了吧!"

"好吧。那个远藤啊,是藻奈美的第一男友。"

"第一?什么?"

"就像阿拉伯国王一样嘛,有第一夫人、第二夫人什么的。跟那个差不多。"

"真无聊。那还有第二、第三男友吗?"

"好像没有明确的第二和第三男友,总之可以确定的是远藤是第一男友,今年冬天开始关系急速升温的。"

"岂有此理!小孩子就想这些事。"平介说完开始吃茶碗蒸。鲣鱼味的酱油用来调味非常好,十分美味。这是直子的味道啊,平介心想。

直子低低地笑着。"虽然平介是个无趣的人,但是藻奈美可不随你,她很受欢迎。从走廊走过的时候,经常有其他班级的男孩子拍她一下就跑。"

"只是开玩笑吧。"

"你真傻。小学生想要吸引喜欢的女孩子的注意,反而会做出让那个女孩子讨厌的事。你应该有过这样的体会吧?"

"早就忘了。"

吃完晚饭,平介帮直子洗碗。直子用洗洁精擦拭餐具,然后平介负责冲洗干净。直子感叹说,之前平介从来没有帮她干过活。

"虽然我知道你是直子,可看到这么小的手,就有些放心不下,会担心摔掉盘子划破手。"

"其实藻奈美的个头和手的大小都跟我差不多,不同的是她太瘦了。"

"是啊,很瘦。"平介想象着直子原本的样子说道,直子原来的身高是一米五八,体重有五十多公斤。

"你可能不知道,最近藻奈美开始干家务活了呢。今天我做的这些她估计也能做。"

"真的吗?"

"针线活也做得很好呢。你那件深灰色上衣的扣子就是她缝好的。你没注意到吧?"

"一点也没注意到。哦……原来是她。"他说完深情地看着直子,也就是藻奈美的身影,暗下决心要好好保管那件衣服上的扣子。

"只是,"直子转向右边,"她力气还是太小,洗个碗都没有力气。"

谁让她的手腕只有大人的一半那么细,平介暗忖。

"对了,你们集会的情况怎么样?"

"嗯,没太大进展。"

平介讲了赔偿金额的事,听到八千万元的时候,直子一时没反应过来,过了一会儿摇了摇头。

"目标是八千万的话,最后能拿到的应该达不到这个数。"

"肯定是。"直子洗完碗,用热水冲洗手上残留的洗洁精。

"比起这个，倒是这之后发生了一件奇怪的事。"

"奇怪的事？"

"嗯。"平介把梶川征子来集会和结束后去她家的事告诉了直子。

直子转动着乌黑的大眼睛认真听着。"真是辛苦你了。"

"总之，事情确实有点突然。"

二人来到起居室，跟平常一样到了用遥控器打开电视的时间了。直子突然说道："刚才听你那么说，我突然想起了一件事。"

"什么？"

"在大巴上听到的。"

"什么事？"

"两个司机在聊天，我稍微听了一下。当时正好到了一个服务区，其他人都下车了，只有我和藻奈美在车上。藻奈美睡得很香，我实在不忍心叫醒她。正犹豫该怎么做的时候，前方传来了声音。我们前边正好是司机交替休息时用的座椅，再往前就是驾驶座。"

"他们说什么奇怪的话了吗？"

"那倒没有。但是有一点我印象深刻。说什么喝点容克①比较好，还有咖啡因之类的话题。话是谁说的我不清楚。"

平介双臂环抱，仅凭这几句对话就能知道他们工作过度。

"这种事是不是应该告诉警察比较好？"平介思考着。

事故发生之后，长野县警方问过平介可不可以向藻奈美提一些问题，大概他们想要搜集幸存者的证言。当时平介以女儿受打击太大为由拒绝了。几天后，警方再次提出了该要求，平介依然拒绝了。

---

①全称容克皇帝液，是日本的一款保健品，据称有消除疲劳、保持头脑清醒等功效。

原因是藻奈美当时精神还处于不稳定的状态，而且事故发生时在睡觉，什么都不知道。可实际上，平介不想让别人随便见她，原因不言而喻。

"没问题，这种事可以说。"直子说。

"知道了。"平介点点头，但是他依然不想让直子站到证人席上。

"继续刚才的话题。"

"什么？"

"其中一个司机说了这样的话：'你真拼命啊，明明今天能休息还来工作，赚那么多钱要干吗？'"

"哦，他也意识到梶川工作太多了吗？"

"不是这个问题，你不觉得'赚那么多钱要干吗'这句话奇怪吗？梶川太太不是说无论她的丈夫多么拼命工作，收入都没有增加吗？"

"嗯，她是这么说的。"

"可是，要是加班没有补贴，那个司机还会说那种话吗？从话中可以推断，加班应该是有不少补贴的。"

"补贴是多是少都只是个人的主观感受而已。"

"但是你也不觉得梶川家过得很奢侈吧？"

"这倒是。"两居室的公寓、廉价的组合家具和看似赠品的茶杯在平介脑海中浮现。"那是怎么回事？明明赚了不少钱，家里却那么拮据。"

"或许是……"

"梶川把钱用在了家以外的地方。"

"有可能。"

"赌博？"

"女人？"

"这也有可能，而且可能性比较大。梶川太太可能完全不知情。"

"不知情，或者装作不知情？"

"有可能。"平介想起征子瘦削的脸颊，看起来她不像在撒谎。或许只是演技太好？

直子突然抿嘴笑了起来。平介惊讶地看着她的脸。她看起来并不是因为想到有趣的事才笑的，微微上扬的大眼睛目光茫然，平介问她"怎么了"。

"突然觉得有点可笑。"她说，嘴角还挂着意味不明的微笑。

"可笑？什么？"

"因为，"她看着平介，"想想事故可能是这样才会发生的，就觉得很可笑。一个因为养情人或者赌马赌自行车而拼命赚钱的司机硬撑着开车上了路，最后出了事，那么多无辜的人失去了生命，我和藻奈美也变成了现在这样。"

死得毫无价值，她又加了一句，语气如同碎冰一样冰冷且尖锐。

"我会查查看的。"平介说，"司机梶川赚的钱都用来干什么了，我一定会弄明白。"

"算了吧，老公，你不用非做这种事。抱歉啊，我只是发发牢骚。"直子微笑着说道，这次的笑容里没有了不自然。

"不行，这样子我也不能接受。"平介说着，向佛龛上直子的遗像望去。

13

信誓旦旦地说了那种话，然而两周过去了，平介还没有开始着手调查司机梶川的事。他心里想着必须要做点什么，但是一直没有时间。日本经济形势大好，平介所在的公司工作日和周末的加班也增加了不少。

他现在的工作单位是电子式燃料喷射装置的制造工厂。所谓电子式，指的是通过电脑控制向发动机输送的汽油量，取代了以前的汽化器。平介由衷地认为这是一种向高水平发展的象征。

星期二中午，他和往常一样，在老地方和固定的牌友打牌。老地方是指工厂门口的休息室，里面有一张大会议桌，周围摆了一圈折叠椅。固定的牌友是指在同一生产线上的同事，有在车间干了三十多年的老手，也有不到二十岁的年轻人。他们玩的是七桥，也算是赌博的一种，每个月月底结算输赢款数，平介几乎没有赢的时候。

"啊，又来了。"眼看平介就要赢了，还是被旁边入职两年的年轻人拓朗抢了先机。平介将牌扣到桌上。"适可而止啊，我最近可是不上夜班。"

"哎？下周我们也不上夜班？"拓朗问道。为了不弄乱整齐的发型，他经常歪戴着工作帽。

"只有我不上夜班。你们都是夜班，好好干活吧。"

"哎？为什么班长跟我们不一样？"

"什么为什么，我还不能上夜班。"

拓朗没大听明白，还想说什么，旁边的中尾达夫拍了拍他的手腕，意思是你这家伙真迟钝啊。

"科长同意了吗？"中尾问道。他比平介大两岁，据说之前做过寿司店的学徒。

"嗯，夜班的工时都改为协助 B 班了。"

"这样啊。听说 B 班人手不够，你要是去了，可是帮了他们大忙了吧？"

这时拓朗好像终于明白过来了，默默地点了点头。

事故发生后第一天上班，平介就问科长小坂，自己能不能想办法先不上夜班。要是上夜班，接下来的一周里直子就得一个人在家里过夜了。一个女人独自过夜已经让他很不安了，更何况现在直子的外表是一个小学生。小坂答应他会考虑，前几天给了回复。不上夜班就没有补贴，这让平介有点心疼，可如果真的出了什么事就迟了。

"哦，说曹操曹操到。"中尾看向门口，小坂正朝他们走来。

"在玩啊，谁赢了？"小坂看着得分表问道。小坂个子不高，脸却很大，脖子还短，看起来就好像脑袋直接扣在躯干上一样。"哦，是拓朗吗？平介怎么样？"

"还是老样子。"平介的回答把大家都逗笑了，意思是他从没赢过。

"马上就轮到我赢了,等着。"平介把帽檐转到后面,伸手去拿牌。

"抱歉啊,稍微耽误你一会儿,"小坂对平介说,"有件事想拜托你。"

平介咂了咂嘴,伸出去的手又缩了回来,接着站起身。"唉,好不容易手气好了些。"

"觉得可惜的应该是我,班长走了谁当冤大头啊?"拓朗接着说道。平介拍了一下拓朗的头,离开了"赌场",和小坂在稍远一些的长椅上坐下。

"我想让你下午去一趟田端。"小坂说,"现在公司不是委托那边在试做D型喷枪嘛,可是他们不清楚喷嘴的口到底该开在哪个位置。所以公司想派生产技术部的同事去看一看情况,要是你也能去就最好不过了。"

"哦,这样。可以啊,我去一趟比较好。"

D型喷枪是预定明年正式生产的产品,现在由田端制作所试做,做出样品后会让公司的研究人员反复测试,作为最后的确认。一旦正式投产,平介将是生产线的负责人,所以他有必要了解试做阶段出现的问题。

不过平介也有工作之外的考虑——梶川征子在田端制作所工作。

"太好了。那我去跟生产技术部门的同事说一声。"

"好的。"

"那个,"小坂又压低了声音问道,"你女儿怎么样了?已经稳定下来了吗?"

"嗯,还好。"平介回答。一说到这个话题,他不知不觉就低下了头。

"这样啊,那太好了。总是想不开也不是办法。"小坂顿了一下,继续说道,"可是你一个男人养孩子还是太困难了,尤其还是个女孩。"

"我知道。"平介嘴上这么说,其实他现在根本没有养育女孩的感觉,而是夫妻二人一起生活。

"嗯,现在估计还不行,但是你得好好考虑。到时候不要客气,随时来找我商量。"

"啊?"平介盯着小坂那张圆盘大脸,"科长你在说什么?"

"还能说什么,是说你再婚的事啊。给孩子找个新妈妈。"

"啊……"平介张大了嘴,连连摆手,"不,没,没这种打算。"

"算了算了,"小坂说道,"目前估计还没办法,但早晚得想想。你还是把这事放在心上,一旦有了这种想法,就来找我。知道了吗?"

小坂说罢,拍了拍平介的肩膀。平介只好答应了。

"嗯,就这些事。"小坂说着站起身,走出了工厂。平介目送着他的背影,想到了两件事,一是小坂真是个热心的人,二是他和直子结婚仪式上的证婚人就是小坂。

下午,平介和生产技术部的两名负责人乘车前往田端制作所。两名负责人都是平介可以推心置腹的人,木岛稍微比他年轻一些,川边则是个二十五岁左右的年轻人。在生产线上的时候他们总是见面,以至于把对方的脸都看腻了。

田端制作所位于府中,突兀地建在一片农田之中,房顶的形状完整呈现了社会课本中的闪电形状。不同于生产线整齐排列着的BIGOOD工厂,这里机器繁多,但并不是毫无秩序地随意摆放,而是一个可以应对总公司诸多无理要求的体系。

平介、木岛和川边一起视察D型喷枪的喷嘴工程,听负责人报告情况。大概因为他们是总公司来的人,一位明显比平介年长的班长说话时竟十分紧张。平介很想告诉他，我们并不是什么大人物。

关于出现的问题，他们谈了一个半小时左右。班长的话十分具有参考价值。问题很多，该如何解决则由生产技术部来负责。木岛和川边一边喝着速溶咖啡，一边严肃地商量着对策。平介以要去和一个熟人打招呼为由同他们告别，在工厂内闲逛起来。这家工厂有一千多名工人，大都是男性。若想找女性，大概行政人员中会有，可是这家工厂应该没有 BIGOOD 那样的临时行政岗位。

说到有女员工的车间，应该就是卷线车间吧。平介猜测着，边走边找。虽然卷线机中装有电磁石，但将导线卷入卷线机仍需要人工完成，这样的工作比较适合女性。

卷线车间位于工厂一角，大概有十名女工。她们都戴着安全帽和护目镜，根本看不清脸。平介只得在不引起他人怀疑的前提下靠近她们，若无其事地看向每个人的脸庞。

一名女工停下工作，凝视平介，四目相对时又慌忙低下了头。她戴着的安全帽和护目镜看起来都大了一号，或许是脸颊消瘦的缘故吧。她离开工作岗位，走到一个貌似负责人的男子面前说了些什么，男子朝平介的方向看了一眼，点了点头。

她小跑着向平介靠近，摘掉了眼镜。正是梶川征子。

"前几天真是非常感谢，帮了我大忙。"她低下头说道。

"你的脚好了吗？"

"嗯，已经完全好了。给您添麻烦了，真是对不起。"

"没什么。你这样离开岗位不要紧吗？"

"嗯，我跟股长说明情况了。"

"哦……"平介有些在意是怎么说明的。他不想分散她的同事的注意力，打扰她们正常工作，于是带着梶川征子走到一台高大的高频波电源装置对面。平介见过这台衣柜大小的方形装置，应该是用高频波来淬炼金属轴的。"今天过来视察，顺便看看你在不在。"平介说。

"这样啊。"梶川征子看起来很紧张。

"那天回去以后，我好好想了想你说的话，有些地方怎么都不能理解。"

他说罢，梶川征子抬起头看着他，一副委屈的表情。

"你丈夫的工资应该不至于那么少，我听到了别的线索。应该还不至于少到你必须出来工作的地步。"

"可是，"她又低下了头，"我们家真的没有多少钱。"

"是不是你丈夫把钱用在了别的地方？"平介问，他自己也知道这句话听起来有些残忍。

征子又抬头看看他，问道："您的意思是他在外面有女人了吗？"

"也有可能是赌博，可能有你不知道的欠款？"

她摇了摇头，说："不可能，据我所知这种事绝对不会发生。"

很多人瞒着妻子在外面举债，这种事很常见。平介想这么说，又实在说不出口。"你说没见过他的收入明细。"

"是的。"她点头。

"一次也没有过吗？哪怕只有一次，难道没有想知道他到底赚多少钱的想法吗？"

"对不起。"梶川征子低了下头，就像挨了老师训斥的学生一样。

"真是不敢相信啊。"平介叹息道。这是他的肺腑之言。换成直子，一定能立刻回答出平介这个月的工资大概有多少。

"他那个人,"征子淡淡地说,"不太和我讲他自己的事。"

"但你们俩已经相处很多年了,不是吗?"

"六年。"

"啊?"

"我们结婚六年。"

"哦……"平介的脑海中浮现出逸美的脸,"可是你女儿……"

"是我的。"

"这样啊。那你和前夫离婚了?"

"不是。逸美的爸爸大约十年前就得癌症去世了。"

"原来是这样。"平介突然同情起眼前这个女人来。还有逸美,这六年她能接受一个新的父亲吗?"你丈夫是第一次结婚吗?"

"也不是,听说他很久之前有过一段婚姻。但他从没说过以前的事,所以我不了解。"

"这样啊。"平介心想,我这是在做什么?现在并不是打听她身世的场合。"总之你丈夫没有外遇,也没有赌博,是吗?"

"嗯,那是不可能发生的。"她毫不犹豫地小声否定了。

平介不想让她离开岗位太久,看了看手表,说:"我得走了,打扰你工作,真是抱歉。"

"您能再稍等一下吗?我马上就回来。"她说。

"什么事?"

"呃,麻烦,稍等……"她小跑着离开了,是和卷线车间完全相反的方向。几分钟后她回来了,手里拿着一个白色的包裹。"这个是送给您女儿的,希望您能收下。"

那是一个录像带大小的包裹,包装纸上印着白色巧克力的字样,大概是谁送给她的北海道特产。

"不用了,还是拿回去给你女儿吧。别辜负送礼物的人的心意。"

"没事。我收到两份,而且逸美不是特别喜欢甜食。"

梶川征子用力往平介手里塞,一个推着推车的年轻作业员诧异地从他们身旁走了过去。

"那我就不客气了。"平介觉得再拒绝的话就不像一个大人会做的事,便收下了。

"那我回去工作了。"梶川征子说罢,返回了岗位,好像完成了一个重大任务似的,脸色好了一些。

平介决定坐川边的车回去。在车上,平介打开包装,把白色巧克力分给了木岛和川边。要是还有剩余,他打算下了车都分给同事。直子喜欢甜食,但是如果知道是梶川征子送的,估计不会开心地收下。

"杉田,你不吃吗?"木岛拿着巧克力的盒子问平介。

"嗯,那我也吃一个吧。"平介从中拿了一个将棋大小的巧克力放进嘴里,令人怀念的甜味在口腔中扩散。平介好多年没吃过巧克力了,直子说吃巧克力容易蛀牙,所以几乎没有买给藻奈美吃过。

14

平介到家的时候已经将近九点。本来还打算尽量早点回家,但由于加了两个小时的班,回来晚了。

直子正在起居室里看电视,看到平介后说着"回来啦,我马上给你做饭"就站起身来。平介到二楼的卧室换上家居服,返回一楼的时候,厨房里已经飘出香喷喷的味道。

"啊,今晚是鸡蛋鸡肉盖饭吗?"平介嗅了嗅,说道。

"猜对了。"直子又补充道,"还有蛤蜊味噌汤。"

平介边说着"真不错啊"边走到餐桌前坐下。鸡蛋鸡肉盖饭和蛤蜊味噌汤都是他喜爱的食物。他四处找报纸看的时候,发现房间角落放着一本书和一个本子,便顺手拿起来看了看。是算术课本和笔记本,课本里夹着一张印有算术题的白纸。

"你在学习啊?"平介对着厨房的方向问道。

"嗯,那是作业。明天要交的。"直子大声回答,大概是换气扇太吵了。

"哦，真不容易啊。辛苦你了。"

"不能光说辛苦我啊，待会儿你得帮我。"直子端着放有两碗饭的托盘走进起居室，纤细的胳膊看起来令人担心。

"需要我帮忙吗？"

"这还用说嘛！还有谁能帮我啊。"直子将两碗饭稳稳当当地放到餐桌上后，又返回厨房，这次要端味噌汤。

"你不是说不能帮孩子做作业吗？"

"我又不是你的孩子！"直子端着味噌汤说道，"就帮我看一下吧。我觉得很难。"

"难吗？我倒觉得很怀念呢，这不是鸡兔同笼算法嘛！"平介看着直子的作业说道。

"你知道？不愧是高专毕业啊。"

"不管怎么说，这六年级的算术，直子你应该会吧？"

"完全不会。单纯的计算题还行，这种有文字描述和图形的题我就不会了，以前就这样。"

"哦。我先开动了。"平介拿着筷子，双手轻轻合十说道。饭和汤都很美味，平介确信直子的手艺没有下降。

平介觉得，这么擅长烹饪，算术不好也不要紧。可在现实中他这种想法是行不通的。

"你觉得藻奈美会怎么做？会哭哭啼啼地跟我说不会做吗？"

"我觉得不会。那孩子和你一样擅长算术。说实话，我压力很大。"直子皱起眉头，一副与藻奈美年龄不符的表情。

"怎么了？"

"我突然感到一股无形的压力，同学们都觉得我很擅长算术，实际上并不是这样。我才是那个需要辅导的人,又不能突然说自己不擅长了,再加上老师也是一副这道题对藻奈美来说不算什么的表情,虽然我努力敷衍过去了,但是总有一天会露出破绽。一想到这个,我就忐忑不安。"

"嗯。"平介一边啜着汤,一边倾听直子的担心,"不过毕竟只是小学生的算术啊……"

"不要说得这么轻松!"

"你看,你都三十六岁了。"平介说到这里忽然住了口,因为他现在也不知道直子的年龄按多少岁算比较好。不过看起来直子并没有抵触"三十六岁"这个说法。

"不管多少岁,不会的东西就是不会嘛!小学时不会做的题,不会因为年纪的增长就变得会做。"

"这样说来也没错。"平介伸手去夹小碟子里的咸菜。电视里开始播放时长两小时的连续剧,不过一看演员大概就能判断出谁是凶手了。"那吃完饭歇一会儿,然后给你来一个算术特训吧。"

"虽然很郁闷,但是没别的办法了。"

晚饭后二人关了电视,把餐桌当成书桌,开始了算术特训。

一个小时后,出现了出人意料的结果。

"什么嘛,这么简单!"直子把作业全都做完后,瞪圆了眼睛说道,"有史以来第一次这么轻松地做完算术题。不愧是我老公,教导有方!"

"不不,不是我教得好,一般吧。"

"但是你讲得很浅显易懂,我反而就不明白,之前怎么就做不出来呢?"

"或许是,"平介凝视着她的脸,然后目光微微上移,说道,"大脑和以前不同了的缘故?"

"啊?"直子完全没想到这一点,伸手拍了一下脑袋。

"意识虽然是直子的,但大脑是藻奈美的呀。才能和擅长的科目都是由大脑决定的,你现在自然拥有和藻奈美相同的资质。"

"哦,是这样吗?"直子一副恍然大悟的表情。既然身体变了,那么大脑也会发生变化,自己早该意识到这一点了,她想。"可我不像藻奈美那样喜欢算术和理科。"

"是吗?真的是这样吗?特训前后有没有什么变化呢?现在还讨厌算术吗?"

直子低头看着自己放在餐桌上的手,垂下的睫毛看起来十分修长。"我也不知道。"她抬起头来,"明天有算术课,想到这个我居然没有肚子疼。这个算不算?"

"以前你会肚子疼吗?"

"会很疼。"她说着笑了起来,"我去泡咖啡吧!"

"哦,好啊。"

直子用膝盖撑着一条腿要站起来,突然愁眉苦脸起来。她皱起眉,歪着头:"咦?真奇怪!"

"怎么了?"

"好奇怪啊!"

"到底怎么了?"

"等下……"直子慢慢地站起来,低头看着平介,眨了几下眼睛,然后走到走廊上,进了卫生间。

果然肚子疼起来了吗?平介这么想着,打开了电视。新闻刚开始,马上就要播报今天职业棒球赛的结果了。他将注意力集中在新闻上,因为他是巨人队的球迷。

体育新闻播完后,出现了广告,直子还没有回来。等到开始播报天气预报的时候,直子才从卫生间里走出来。她一脸复杂的表情,好像有什么心事,又好像有什么新发现。不过不管是哪种情况,似乎都不严重,平介很随意地问了句:"到底是什么事啊?"

"嗯……"直子低吟了一声,并未马上回答。

"怎么了?哪里不舒服吗?"

"嗯……倒没有什么不舒服。"直子回到原位坐下。平介总觉得她有点不对劲。她定定地看着平介,过了一会儿说:"明天吃红豆饭吧。"

"什么?"平介一时没反应过来,不过很快就明白了,他并不是迟钝的人。他瞪大了眼睛,身体后仰。"啊,是那个……"

"嗯。"她点了点头,"对了,她还没来过呢。她有的朋友来得很早,大概五年级就经历过了。"

"嗯。"对这种话题平介做不出什么回应,"那怎么办?"

"什么怎么办?"

"身体哪里不舒服吗?就是说,嗯,有没有不适应?"

"哦。"直子稍微放松下来,"没什么不适应的,生理期习惯了就好了。不管怎么说我也是经历过二十多年的人了,而且第一次量很少。"

"那你刚才怎么处理的?"

"刚才?用了卫生巾啊。是我以前用剩下的,就是有点大。"

"嗯。"平介随便应了一声。这种场合还能说什么呢?平介挠了挠头，心想，如果是藻奈美遇到了这样的事，他一定也是这种反应。

"总之，恭喜你。"

"多谢。"直子点了一下头，接着笑了起来，"藻奈美的身体在一点点变成女人啊，只希望她不要像我一样痛经那么严重。她那么像你，可惜只有这件事随不了你。"

"是啊。"对于直子的玩笑话，平介实在笑不出来，因为她刚才那句"变成女人"一直在脑海中回响。现在的直子在精神上是个完全成熟的女人，如果身体也慢慢变成熟，两个人该如何相处呢？

15

与整个住宅的面积相比,杉田家的浴室显得很宽敞。浴缸的长度足以让成年人伸展双腿,旁边的淋浴空间也很大。看起来这栋房子以前的主人很喜欢洗澡。平介当时看中这栋房子也是因为这间宽敞的浴室。平介泡在浴缸里,环顾浴室的各个角落,看到粘钩上挂着的小小浴帽,开始琢磨直子最近有没有用过。放置洗发水和肥皂的架子上有一把粉色柄的安全剃刀,那不是平介用的。平介用不惯剃刀,每天早上用的都是电动剃须刀。粉色柄的剃刀应该是直子用来剃腋毛的。平介想,现在直子估计是用不到它了。

按照杉田家的习惯,每个人每天晚上都要泡澡。今天直子生理期,所以平介一个人用浴缸。从直子住院起,平介才开始一个人泡澡,事故发生前那些不上夜班的晚上,平介总是和直子或者藻奈美一起泡,最大程度地利用这间宽敞的浴室。如今他觉得不能再和直子一起泡澡了。夫妻一辈子一起泡澡都没关系,只是现在的直子既是直子,又不是直子,她的外表是女儿藻奈美。

平介几个朋友的女儿和藻奈美差不多大。近来他们都在感叹，不能和女儿一起泡澡了。藻奈美也到了这样的年纪。虽说在自己家里别人都看不到，但这么做应该也不合适了。平介越想越混乱，大脑里一团糨糊。他用水沾湿毛巾，按在额头上，迈出了浴缸。

起居室里，直子正在准备第二天要用的东西。桌子上放着课程表，她正对照着课程表将课本和笔记本装进书包。

"我刚才就在想，你为什么要在这里整理学习用品呢？"平介一边从冰箱中取出一罐三百五十毫升的啤酒，一边问道。

"不行吗？"

"不，不是不行。藻奈美有自己的房间啊。"

二楼的西式房间就是藻奈美的，有六叠大。

"你这么说也没错。只是，怎么说呢……"直子有些含糊地回应。

"有什么问题？"

"没什么问题。我只是不想用那个房间。"

"为什么？"

"嗯，虽然我这么想也许很无聊。"直子看着平介，说，"那个房间现在还保持着藻奈美在时的样子。"

"哎？"

"桌子上放的东西啦，还有床上被子的形状啦，我都尽量保持着原来的样子。只有需要拿课本和笔记本等必需品时，我才会碰一下，但也会非常小心，尽量不碰不相关的地方。"她说着，低头看向自己的手。

听到这里，正打算拉开拉环的平介愣住了。为什么自己没想到这一点呢？他开始讨厌自己的粗心大意了。直子不但每天要模仿藻奈美的样子去上学，还要打扫房子，一定每天都在为如何收拾女儿的房间而苦恼。

"原来是这样啊。"

"对不起。我自己也觉得这样做很傻。"

"我能看看吗?"平介说着离开了坐垫。

"藻奈美的房间?"

"嗯。"

"当然可以。"

平介站起身来,直子也跟着他站起来。

杉田家二楼有两个房间。走上楼梯后,有两扇相对的门,右边是藻奈美的房间,左边是夫妻俩的卧室。

轻轻推开右边房间的门,一股洗发水的幽香扑鼻而来。房间内一片漆黑,直子伸手去摸墙上的电灯开关,啪的一声,白炽灯闪了一下后照亮了屋子。

"原来如此。"平介说道。

很明显,这就是藻奈美的房间。窗边的桌子上放着一本杂志,封面是微笑着的男子偶像组合。墙上也贴着这个偶像组合的海报。藻奈美不久前告诉过平介,这个组合的名字是"少年队"。书架上整齐地排列着少女漫画,小小的床上铺着方格床单,枕边放着泰迪熊玩偶——啊,就是那只小熊——平介心想。床单表面有轻微的凹陷,是藻奈美躺过的痕迹吧。平介觉得,如果触摸,或许还能感受到她的体温。

"你是怎么打扫的?"平介问道。

"光打扫地板。"

"那其他地方很快就会积满灰尘。"

"嗯。"直子点了点头,"不可能总是保持这个样子。"

"是啊。"平介重重地叹息了一声。这时,藻奈美的椅子映入了眼帘,上面铺着一个有草莓图案的坐垫。他还记得,藻奈美小时候坐这把椅子太低,够不到桌子,于是直子给她做了这个垫子。藻奈美一直用到事故之前。

"直子,你能坐到椅子上让我看看吗?"

"椅子?"

"嗯。"

直子似乎是怕碰到其他地方,极其谨慎地拉开椅子,慢慢坐了上去,然后问平介:"这样可以吗?"

平介双手叉腰,注视着坐在椅子上的直子。一瞬间,藻奈美仿佛又回到了他的世界里。他觉得像是看到了令人怀念的照片。"藻奈美……"他喃喃道。

直子不会不知道丈夫看到了什么。"麻烦你,"她说,"能把镜子拿过来吗?"

"镜子?"他马上察觉到她想做什么,"在哪里?"

"尽量拿个大的来。"

"我知道了。"他突然有了一个想法,"等着,我马上去。"他走出房间,马上钻进了对面的日式卧室。墙边有两个衣橱,窗边是直子的梳妆台,都是结婚时直子的嫁妆。他走近梳妆台,两手抱起镜子使劲拽。搬家的时候就已经发现镜子部分脱落了。他把镜子从梳妆台上完全拆下来,抱着回到藻奈美的房间。

"真厉害,你居然想到了这个主意。"直子佩服地说道。

平介把镜子立在地板上,朝向直子。"怎么样?"

"稍微往上一点，再往左一点。嗯，好了。"直子成功地在镜子中看到了女儿的身影。过了一会儿，她用湿润的双眼望向平介："好想拍张照片啊。"

"那我去拿照相机。"

"还是算了。"直子一副拍了照也没有意义的语气。她再一次看向镜子里的女儿，不时变换着脸的角度和身体姿势。

"你就用这个房间吧。"平介说，"打扫也正常……做。"

直子点了点头，然后抬头看向平介，微笑着说："知道了。"

他们都在二楼，就顺势在卧室铺上被褥，准备睡觉。自从结婚以来，两个人一直睡双人被褥。

平介睡得迷迷糊糊之际，有人拍了拍他的肩。睁开眼睛一看，只见直子正凝视着他。"怎么了？"他朦朦胧胧地问道。

直子扭扭捏捏地说道："我说，那个，怎么办？"

"那个？那个是什么？"

"就是说，那个。那、个！"

"啊？"平介听得一头雾水，但随即明白了直子的意思，睡意立刻消散得无影无踪。他睁大了眼睛。"那个啊……"

"嗯，怎么办？"

"什么怎么办？什么也不能做啊，这种状况。"

"也是啊，怎么可能做什么呢？"

"当然了，别说傻话了。跟自己的……女儿，还是小学生……"

"可是平介啊，什么都不做，你忍得住吗？会不会憋得太难受？"

"这不是忍得住忍不住的问题。我知道你是直子，可是你这个样子怎么做啊！我又不是变态。"

"也是。那你要和别的女人做吗?"

"唔……"平介坐直身体,在被子上盘起腿,"这件事我还没考虑过。先别说我,你呢?有那种需求吗?"

以前直子是有的,有时候她躺下后会用手指捅捅平介的侧腹,小声呢喃:"老公,我们做吧?"

"一点都没有。就算是想象也不知道该想些什么。身体完全没反应。"

"真奇怪。不过可能这才正常。"一个小学生若是一想到性的问题身体就有反应,那反倒成了不得了的大事。"总之这件事不行,只能放弃。"

"知道了。"直子面无表情地点了点头,"不过可以用手或者嘴,但是你应该不同意吧。"

"你净说些什么傻话!求你了,别再跟我说这种事了。就算你是用直子的语气在说话,可在我看来也是从藻奈美嘴里说出的。"

"这样啊。对不起,你就当我没说好了。"

"嗯。"平介再次把腿伸进被窝里躺下,在盖好被子前,他又说道,"我有一个建议。"

"什么?"

"咱们的称呼。现在我在家里叫你'直子',你叫我'老公'或'平介'。我觉得还是改一下比较好。"

"用和在外面时一样的称呼?"

"对。我们需要养成这种习惯。今后的路还长着呢。"

"是啊……"直子望着天花板,思考了一阵子。平介则一直盯着她睡衣上的图案,上面有很多只猫,生气的猫、哭泣的猫、微笑的猫、装模作样的猫等等。

"我知道了。"过了一会儿,她终于说道,"我也觉得这样比较好。"

"嗯。"

"那今天晚上你就不是老公了,而是老爸。"

"没错。"

"那晚安吧,爸爸。"

"晚安……藻奈美。"

平介躺在被窝里,但是睡意全无。他听到了直子均匀的呼吸声。还是孩子的睡眠质量好啊。平介头脑清醒地凝视着黑暗,思索着自己失去的到底是女儿还是妻子。

16

一个男子站了起来，面颊有些轻微的颤抖，从很远的位置都能看到他满脸油光，烤海苔一样稀疏的头发贴在脑袋上。或许是爱打高尔夫球的缘故，他连宽阔的额头都晒得黝黑，看起来气色不佳。

"四千万到四千四百万。"男子低沉的声音打破了沉寂的空气，这就是所谓攻防战开始的信号。平介不想在这里待着，又逃不掉。"这是我们考虑的赔偿金额，因年纪和性别会有不同。"

说话的男子是大黑交通总务部长，姓富井。这真是个倒霉的差事啊，平介在心里同情他。虽然和他身处不同的立场，但是毕竟引发事故的人不是他。

事故受害者家属协会和大黑交通关于赔偿一事的交涉依旧在新宿的酒店会议室里进行。距离事故发生已经三个月了，这天是星期六，受害者家属悉数出席。大黑交通一方则有富井和另外五名公司代表，以及一名顾问律师到场。房间前方是大黑交通代表席，与之相对的则是家属席。平介心想，看起来就像记者招待会一样。

"赔偿金额是按照什么标准制定的？"家属方的代理律师向井发问道。

刚坐下的富井又站了起来。"嗯，主要是参照过去发生的事故案例制定的，基本上就是我方能提供的赔偿上限了。另外，运输省[①]也发出指示，要求我们拿出最大的诚意。"

家属代表林田举手发言："你所说的上限应该指的是非人为因素导致的事故，诸如突然出现恶劣天气，或者受别的车辆影响行驶等状况。但这次的事故不在这个范围内吧？"

"什么意思？"

"这不是一起单纯的事故，而是人为过失导致的灾难。再说得明确一点，我们认为这就相当于过失致死。难道不对吗？让没有充分休息的司机晃晃悠悠地持续疲劳驾驶危险的滑雪大巴，迟早会出事，这不是明摆着吗？你们用这种危险的大巴揽客赚钱，不是犯罪又是什么?！我们只能认为你们根本没把乘客的安全放在心上。做出这种近乎杀人的行为，还想着按照之前事故的赔偿标准来打发我们，不觉得太天真了吗?！"林田情绪激动地一股脑说完这些，重重地坐下。有几个人轻轻地拍了拍手。

可想而知，大黑交通的代表们都是一脸愁容。"过失致死""杀人"这样的话语让他们内心无法平静，却也无法否认。

几天前，劳动标准局[②]宣布他们已向东京地方检察厅递交材料，

[①]日本负责掌管水、陆、空交通运输及海上安全等事务的中央政府机构，2001年并入国土交通省。
[②]日本厚生劳动省的下设机构，通过都、道、府、县的标准局监督《劳动标准法》等规定的执行情况。

以违反《劳动标准法》为由对大黑交通的两名干部提起公诉。而在此之前，关东运输局对大黑交通进行了特别安全监督检查，明确表示大黑交通违反了防止过劳驾驶的相关法律条例，在保证运输安全方面存在严重过失，勒令该公司所属的八辆观光大巴停止运行十四天。监督检查结果表明，该公司有四名司机近一个月没有休假，持续驾驶，这违反了《机动车运输条例》中所规定的禁止司机过劳驾驶一项。此外，长野县警本部还以违反《道路交通法》为由对大黑交通展开调查取证工作，待结果公布，可能还会有新的处罚。

目前的形势对家属们来说是有利的，因此林田才做出那一番强势发言。

"太卑鄙了，连好好认罪都做不到！"平介身边的男人说道。是失去一对双胞胎女儿的藤崎。"我看前天的报纸，你们居然把过失都推到那个疲劳驾驶的司机身上。"

"不是的，关于这件事……"大黑交通方的另一个人站了起来，会议开始的时候介绍过，他是大黑交通运行管理部长，姓笠松。"超负荷工作不是公司要求或强制的。特别是造成这起事故的司机梶川，是他自己请求负责排班的上司给他多排一些班次。"

平介盯着笠松的脸。

"真的吗？"藤崎疑惑道，"就算需要钱，也不至于完全不休息地拼命吧。"

"我说的是事实。我们内部调查过了。"笠松激动地说道。

可能是真的，平介心想。直子听到一个司机说"赚那么多钱要干吗"，很明显是听这句话的那个司机自己要求加班的。梶川估计很需要钱，平介想。但是那些钱都用到哪里了呢？

"即便是这样,公司也负有不可推卸的责任。"向井律师发言,"根据《劳动标准法》,企业不仅不能强制要求员工超负荷劳动,对于员工提出的超负荷劳动的要求也是不能允许的。"

"对,您说得没错。"笠松低下头说道,"我们不会逃避责任。只是有人误会了几天前的报道,在此我想澄清一下。至少在梶川这件事上,不存在强制这种说法……"

"但是,这和强制又有什么区别?!"林田反驳道,手里好像还拿着一个笔记本,"这是你们公司前年的数据,大巴司机一个月的工作时间比同行业平均值多六十小时以上,平均每个月加班五十小时,是同行业其他公司的三点五倍。导致这种现象的根本原因,就是你们的基本工资低于其他公司。因此司机只有通过加班补贴来提高收入,尤其是还要负担子女教育费的三四十岁的司机,这一倾向更加明显。关于这一点,你们大黑交通怎么解释?"

大黑交通的几位代表无法反驳,哑口无言,甚至还有人点了点头。

"那么,"因话题偏离而被晾在一旁的总务部长富井开口道,"大家觉得多少金额比较合适呢?"

林田等四名干事和向井律师小声商量了起来,他们四人并列坐在一排,表示他们代表其他家属同对方交涉。过了一会儿,向井开口道:"不论男女老少,赔偿金额一视同仁。这是家属们达成的一致意见。关于金额,我们已经商量过多次了,就是之前的数额,不能再降了。八千万元。"

这番刚毅果决的发言无疑给了大黑交通的代表一记重击,只见他们不约而同地垂下头,在场职位最高的专务董事双手抱着白发苍苍的头。他原本要继任下一任社长,平介看到他明显一脸不悦。

这番交涉估计还会持续很久，平介也忧虑起来。

最后，这天的交涉以大黑交通的代表回去商量后再做回复告终。这对家属们来说是不是有利局面，平介不得而知，但是从干事们和向井律师的表情来看，似乎还不错，形势又向利好方向前进了一步。

平介走出会议室，大黑交通的人正在走廊里收拾资料，运行管理部长笠松独自在稍远的地方往文件上写着什么。平介走近他，搭话道："不好意思，打扰一下。"

笠松大概没想到会有家属向他搭话，表情很是狼狈。他将平介从头到脚看了个遍，然后答应了一声。

"刚才你说梶川是自己要求超负荷工作的？"

"嗯。"

"梶川是有什么特别需要花钱的地方，才这么拼命工作吗？你知道些什么吗？"

"不，这些我还不知道，负责人没跟我说。"笠松面露困惑，大概是不知道为什么家属会对这种问题感兴趣吧。

这时，平介身后有人喊。"杉田先生！"

平介扭过头去，发现是林田，便向笠松说了声"谢谢"，来到林田身边。

"杉田先生，请别单独和对方的人说话，会很麻烦。"林田皱着眉头。

"啊，真是对不起。"平介一边道歉一边心想我谈的不是私事，而是事故原因。他并未特别在意赔偿金，当然，不是说他不打算收，而且当然越多越好，只是他不想在这件事上花费太多的精力和时间。比起赔偿金，没查清事故发生的原因更令他焦急。司机超负荷工作导致事故发生，这一点已经形成共识，但是他为什么要超负荷工作，这一点尚不明朗。是因为需要很多钱吗？为什么需要那么多钱呢？是花钱大手大脚，还是借了别人的钱？是在外面养了女人，还是赌博欠了债？平介想知道这些。如果这些弄不清楚，他就无法接受目前的状况。

他看到藤崎正在和向井律师说话，对谈断断续续地传到耳中。藤崎好像在说，一亿元怎么样？向井一副为难的表情，似乎在解释八千万元都已经很难争取到。

17

在新宿站准备买车票回去的时候,平介发现没有零钱。他看到一家商店,便走了过去,想买本周刊杂志换些零钱,还能消磨乘电车的时间。可是他常看的那本怎么也找不到。一本男性周刊的封面吸引了他的注意,具体来说,是封面上那个摆出性感姿势的女子吸引了他的目光。由此可以窥见这本《快乐星团》杂志的存在价值。平介从没买过这种色情杂志,就算在公司的更衣室里看到了,也从没有打开看过。要不要买一本呢?他很难决定。店员是个看起来五十岁左右的胖女人。他有点在意别人会不会用奇怪的眼光看他。一迟疑,他更加觉得难为情了,最后拿了一本不怎么想看的杂志,打开钱包准备付钱。这时候,一个年轻的上班族男子站到他身旁,扫了店面一眼后,毫不迟疑地拿起一本《快乐星团》,然后递出一张千元钞票。女店员一副漠然的表情找了零。

原来是这样,大大方方去买就可以了——平介一副刚发现那本杂志的姿态,想都没想就拿了起来,和刚才选的周刊杂志放在一起,向店员递出一张万元钞票。他本想赶快离开，没想到女店员一遍一遍地数着要找给他的零钱。她看起来完全不关心平介买了什么杂志。

在回去的电车上，平介看着那本普通的杂志，《快乐星团》则和赔偿交涉的资料一起放进了包里。他此刻的心情就像是买了心心念念的玩具回家一样。

下了电车，快走到家附近的时候，平介看到桥本多惠子迎面走来，栗色的长发随风飘动着。她很快也注意到了平介，微微张着嘴停下了脚步，脸上洋溢着自然的微笑。

"啊，老师您好。好久不见。"平介点头致意。

"杉田先生，我刚才去您家了，但是家里没人，还想着下次再来呢。"

"哎？这样啊，如果现在方便的话，就请到家里坐坐吧。"

"但您刚回来，不累吗？"

"没事，没做什么累的事。请吧请吧。"

"好吧，那我就稍微打扰一会儿。"桥本多惠子调转方向，和平介并肩朝平介家走去。"藻奈美好像不在家，她去哪里玩了吗？"

"应该不是。"平介看了看手表，快五点了，"这个时间她应该是去买晚饭的材料了。"

"哦，"桥本多惠子恍然大悟似的点了点头，"藻奈美最近已经完全担负起妈妈的责任了啊。"

"嗯，会帮我干很多活了。"

"真了不起。我还吃妈妈做的饭呢。"

"啊？老师和父母一起住吗？"

"是的。但他们总想赶我出去。"

"要是老师有意，一定会有适合的对象。"

"没那回事。学校的世界很小。"桥本多惠子连忙摆了摆手，看起来很认真的样子。

那我来竞选一下吧，平介想开玩笑来着，却没有说出口。这句话无论如何都太不妥当、太欠考虑了。

到了家门前，平介先按了按门铃。对讲机中并没有传来直子的声音。

"可能还没回来。她在家的话比较好吧？"平介问道。虽说是老师，可一个年轻女子到只有男人在的家里做客总归是不太好。

"不，我觉得和您谈比较好。"

"哦，这样啊。那就请吧，只是房子有点小。"

平介打开家门，请她进去。桥本多惠子一点拘束的样子都没有，说着"打扰了"径直走进屋里。当她从身边走过的时候，平介闻到一丝洗发水的香味。

平介请她坐在一楼的起居室里。打开冰箱一看，里面只有啤酒和麦茶，平介想，为了这种场合也应该买一点果汁啊。直子以前说饮料对孩子的牙齿不好，所以家里已经好久没有买过果汁了，如今成为孩子的她还保持着这个习惯。平介将麦茶倒进玻璃杯。

"谢谢您。"桥本多惠子低头致意。她坐在电视机前面的坐垫上。这些待客用的坐垫是结婚时直子带过来的，之前一直没用到，事故发生之后频繁有人来家里吊唁，便从柜子里拿了出来。否则像今天这样的日子就只能让桥本多惠子在玄关等着，平介费九牛二虎之力找坐垫了。

"那么，今天您来有什么事吗？藻奈美在学校有什么问题吗？"

"不是不是，"桥本多惠子连摇头带摆手地说道，"没什么大问题，只是我想和您商量一件事。"

"哦。"平介挠了挠鬓角。桥本多惠子说这话的时候表情有些严肃。"什么事？"

"前几天您女儿来找过我。"

"嗯。"

"她说想上私立中学。"

"啊？"平介向后一仰，手中的麦茶差一点洒出来，"私立中学……是说麻布中学或者开成中学吗？"

"是的。不过您说的这两个都是男校，当然还有相对容易考的普通些的学校。"

这句话可以理解为麻布和开成都很难考吧。平介对这些完全不懂，这两所中学的名字也只是从直子那里听说过而已。

"有女校吗？"

"当然有。比如樱荫中学，还有白百合学园。"

"哦。"平介按着鬓角的手又往脑袋上摸去，"听起来就像是很好的学校。"

"是的。"桥本多惠子点头道，"这两所学校水平非常高，偏差值达到六十以上才能考上。"

"这样啊。"其实平介并不懂。实际上，他对大家都谈论的偏差值并不是很了解。几秒后，他瞪大眼睛问："您是说藻奈美说她想上这样的中学？"

"具体的学校名字我没有问她，听她的意思还没考虑好。这件事您不知道吗？我还以为是和您商量以后决定的呢。"

"我一点都不知道。"

"这样啊。那就是说，这是藻奈美自己的决定。"说到这里，桥本多惠子喝了一口麦茶。

一旁的平介凝视着她嘴角的动作，脑海里突然闪现出一个疑问，不知道她嘴唇上的口红有没有在玻璃杯边缘留下痕迹呢？然而她喝完放下的杯子上并没有沾到口红。他将视线从玻璃杯上移开，双臂环抱。"她为什么有那种想法呢？"

"我想应该是她认真为将来做打算后做的决定。"

"啊……"平介的脑海中浮现出直子的脸，想到"将来"这个词，不由得感到一阵莫名的烦躁。既然是以藻奈美的身体存在，那么将来就是属于藻奈美的。不是杉田直子的，也不是平介的。平介一直故意忽略这件事，就是因为不想考虑，他才想先维持现状。可是直子却不是这样想的，她可能把这件事当成了自己的。

"意思是，为了将来考虑，去私立中学比较好吗？"

"这就是问题所在。"桥本多惠子以班主任的严肃表情直视着平介，"她说她认真考虑过了，现在努力考上一所私立中学，将来可选择的出路就会增多。"

"可选择的出路……"

"嗯，藻奈美说了可选择的出路这样的话。我总觉得她最近说话措辞都很成熟，聊着聊着就会忘记她还是个孩子这件事。"

这是当然了，平介心想，可他只能装作什么都不知道。"应该是故作成熟吧。"

"不，不是那样。她没有故意装出大人的样子，而是从内心流露出那种大人一样的沉着冷静。之前我就发现了，班里的男同学们打扫卫生时吵闹，藻奈美让他们注意，那语气比我还要淡定……"说到这里，桥本多惠子连忙住了嘴，"抱歉，说了些题外话。"

"没关系。那老师您有什么建议吗？"

"我不认为上私立中学就能增加将来可选择的出路。公立学校也有公立学校的好处。就拿这个学区的第三中学来说，校风不错，教学水平也很高。但如果藻奈美坚持的话，我也会尊重她的意见。但我想还是要征求一下您的意见，所以才来打扰您。"

"意见什么的……这件事我可是第一次听到。"

"是啊，我也觉得震惊。"

"对了，要想上私立，需要特别做什么吗？"

"要做很多准备。要收集资料选学校，藻奈美还要准备考试，最好还要参加一下公开的模拟考试。"

"哦……"平介身子往前挪了挪，"考试？还要考试吗？升中学还要考试吗？"

"当然。"桥本多惠子睁大了眼睛，似乎不敢相信他居然连这个都不知道。

"可是那种考试不就是智力测试那种吗？脑筋急转弯那种……"

"不是不是，"桥本多惠子摇了摇头，"有的学校只有作文考试，但只是极少数。大多数学校都会考语文和数学，还要写作文，有的学校还会考理科和社会。"

"那岂不是和中考一样？"

"没错。因此小升初考试从某种意义上说就是提前体验竞争残酷的中考。藻奈美所说的可选择出路里也包括了不用参加中考的出路。"

"哦，原来如此。"直子是什么时候考虑这些的呢？平介一时没找到答案，估计是在他埋头工作的时候吧。

"但是，我不赞成她这么小就卷入考试战争，我希望她再好好考虑一下。"

"我明白了。我会和她好好商量的。"

"那就拜托了。从我个人的角度，我不希望她脱离现在的班级。她是个很能干的班干部，让我省心不少。一旦开始准备考试，就不能和大家一起玩耍了。太可惜了。"桥本多惠子面带微笑地说道。"那我就告辞了。"

就在她起身告别的时候，玄关处传来开门的声音，紧接着直子的声音响起："我回来了。"

桥本多惠子看向平介。

直子继续大声地说道："咦？这双鞋怎么跑出来了？哎，你猜我在超市发现了什么？芋头茎！就是十年前我们在大阪的姨妈家吃的那种，超市里居然有，东京居然也有这种东西——"她一边说着，一边穿过走廊。来到起居室门口时，她猛地停下脚步，说话声戛然而止，像突然被切断电源的娃娃一样。"咦？老师您怎么来了？"她来回看着桥本多惠子和平介的脸。

"嗯，我找你爸爸商量点事。"说完，桥本多惠子将目光移到直子提的超市购物袋上，直径两厘米左右的红色根茎露在外面。"那是芋头茎？"

"嗯，芋头的茎。"

"哦……"桥本多惠子一副无法领会的表情。

"不是，那个，是一年前……一年前，去大阪的亲戚家里吃饭。"

平介慌忙掩饰,"藻奈美,你真笨啊。刚才你说是十年前。"

"是吗?抱歉,是一年前。嗯,一年前。"

"那就是去年啊。不过这东西要怎么吃呢?拌沙拉?"

"不是,是煮着吃。关键是要把涩味煮掉,并不难。"

"藻奈美自己能做?真了不起!"

"十年……一年前亲戚做的时候我帮忙了,还写了烹饪笔记,估计现在还在。"

"好厉害,好想跟你学。"

"嗯,随时可以。现在的年轻人……也包括我啦,现在的人都不太做这种东西了呢。"

话题转到烹饪上,她的语气越发不像个孩子了。平介在一边直着急。"藻奈美,老师要回去了,别这样缠着她。"

"是是。"直子拿着购物袋,又走到玄关。

"对了,刚才你说什么,鞋子怎么了?"桥本多惠子换上浅口便鞋后问直子。

"啊,那个,我妈妈也有双一样的。我还以为是妈妈的鞋子。"直子回答。

"这双鞋?真的吗?还有这样的事。"

"是吗?"平介问道。

直子点了点头:"妈妈很喜欢这双鞋呢。但是好像更适合老师,对妈妈来说偏华丽了,得像老师这样有又细又长的腿穿上才好看。"

"哎呀,别盯着看啦。"桥本多惠子向后退了一步,转身低头致意,向平介告别,"那我就告辞了。"

"您慢走。"

送走桥本多惠子后，平介锁上了门。玄关处已没有直子的身影。平介走进房间，发现直子正在厨房里把蔬菜从购物袋中拿出来。

"你想上私立中学，都没跟我说过。"平介站在她身后，说道。

"我本来打算跟你说的。"直子背对着水池站着。

"为什么？为什么要瞒着我？"

"我还没决定。想以后跟你商量。"

"为什么那么想？告诉我理由。"

"首先，很久以前我就有这样的考虑。"

"很久以前？"

"在这件事发生之前。"直子摊开双手，"藻奈美还活着的时候，我就想过，是不是让她上私立比较好，并且是那种一路直升大学的中学。我不想让她因为中考和高考吃苦。"

"也就是说，直子不想将来吃苦，于是现在选择一条轻松的出路？"平介语带讥讽。

"你听我说完。没错，之所以考虑明年要升初中的时候马上就想到私立，是因为很早之前我就考虑过。但现在我又有了另外的想法。你看，实际上现在要升学的人是我。考虑到另外的理由，我还是想上私立。"

"另外的理由是什么？"

"简单来说，"直子靠着水池，两脚交叉着，"我想学习。"

"啊？"平介听完大跌眼镜，这句话完全出乎他的意料。惊讶过后，他开始觉得有意思，笑了起来，边笑边盘腿坐下。"你是认真的吗？喂，可不是会做小学的题目就能考上东大。"

然而直子脸上的肌肉一动没动，面无表情。"我是认真的。"语气很是冷漠。尤其是这话从一个孩子的嘴里说出来,就更显冷漠了。平介脸上的笑容瞬间消失。

"我变成这样已经三个多月了。你知道现在的我是什么感受吗?你觉得我还是情绪消沉,每天生活在怨天尤人的叹息里吗?"

"不。"他摇摇头。

"虽然我有时也会难过,觉得自己很可怜,但我还是认为应该按照自己的方式努力活下去。尽量为藻奈美继续她的人生。我很想回到之前我们三个人生活的状态,可是回不去了,没办法改变。既然这样,就只有认真考虑接下来怎么活。我是这么想的。我每天都在思考该怎么做。最后的答案只有一个,就是不要过后悔的人生。"

"后悔?"

平介说罢,直子莞尔一笑。"你肯定偶尔也会这样想,如果年轻时努力学习就好了。我也是。"

"是吗?"

"我对孩子寄予了期望。我不知道你怎么想,可我对藻奈美寄予了很大的期望。不是那种具体的职业,比如希望她成为钢琴家、空姐之类,而是希望她成为一个独立的女人。不仅在精神上,经济上也是,不要依附于男人,成为一个坚强的女人。在这个基础上如果能成为佼佼者就更好了。"她干脆地说道。

"直子你,"平介舔了舔嘴唇,说道,"难道被我养着,你觉得不满意吗?后悔了吗?"

"不是这样。作为你的妻子,我很满足。我觉得这样很好。我可没有说过要放弃做家庭主妇,全身心投入到工作中这种话。"

"但是你不是不想让藻奈美过和你一样的人生吗?"

直子慢慢摇了摇头。"不是，我觉得，独立的女人也可以当家庭主妇。我讨厌的是，因为不能自立而被迫当家庭主妇。就算讨厌丈夫——你别误会啊，我是说假设——就算讨厌丈夫，有很多女人因为生活无法自立而不能一走了之。我不希望藻奈美有一天处于这样的处境。只能依附于男人的人生，你不觉得太悲惨了吗？我只是运气好罢了，因为是你，所以可以托付。如果把你换成别人，一个差劲的男人，会怎样呢？说到底，我的幸福都掌握在你手中啊。"

"你也有过觉得这样的自己很悲惨的想法？"平介问她。

直子做了一次深呼吸，凝视着丈夫的脸。"没必要瞒着你，老实说，我有过几次。"

"这样啊。"平介叹息道。

"对不起，我不想让你不开心。不是你的错，都怪我。和你在一起一直都很轻松愉快，事到如今也没有什么悲惨的事。"

"直子一直都过得很普通，我觉得。"

"可我过得并不悲惨，对，你说得没错，是很普通。至于这是不是一件悲惨的事，因人而异吧。"

平介用指尖咚咚咚地敲打着桌面，不知该如何回应。

"所以，"直子继续说道，"我决定代替藻奈美成为一个能够自立的女人。这第二次人生的机会，除了我谁也没有。我不想浪费这个奇迹。"

看着慷慨激昂地陈述观点的直子，平介想起了以前的一个女同学，初一时的同学，初三上半学期时成了学生会会长。

"嗯，我理解你的心情。"平介想不出更好的话。

"谢谢。我认真考虑后的决定是，为了能心无旁骛地学习，必须身处那样的环境。"

"是说私立中学吗?"

"嗯,但也不是说任何一所私立都可以。教育水平不高的学校还是不行。哪怕是某所高中或大学的附属中学,我也不会丧失上进心。我打算以自己能达到的最好的学校为奋斗目标。"

"哇,看来你干劲满满啊。以后是不是就没工夫理我了?"平介挠着脑袋开玩笑地说着。其实这是他的真心话。他自己也意识到了这一点。

"必须要打起精神来。考试可是没有硝烟的战争啊。"直子说着点了点头,好像对自己的说法很满意。

"可非得从初中开始吗?暂且读一个附近的中学,然后中考的时候开始奋斗怎么样?桥本老师说第三中学也很不错呢。"

平介说罢,直子斩钉截铁地否定了他。"她还年轻,不太懂。"

"她当老师已经好几年了吧,说人家年轻……"

"就是不行。虽然人不错,可是像个大小姐,对现实的理解太肤浅。"直子外表是个小学生,可内心已经三十六岁,批评起年轻女教师来毫不留情。

"别说老师的坏话,人家可是担心你才专程来找我的。"

"咦?"直子歪着头看向平介,"你很护着她嘛。"

"并没有。"平介嘟囔着噘起嘴。

"算了。"直子说着把头转向一边,然后又看向平介,"我的考虑就是这样,希望得到你的允许。而且私立的学费比公立要贵不少,所以需要爸爸你的理解和支持。"

此前明明一直叫"老公"来着,这下突然变成了"爸爸",真会找时机啊,平介心想。可这样的想法他说不出口。"只要你高兴就好。"除此之外,他想不到别的话来回应。

"多谢啦!"直子的话里有掩饰不住的喜悦,"我会努力的!那我先去煮芋头茎了。"

她转身面向水池,伸手拿过案板。晚饭的小菜除了煮芋头茎之外,还有盐烤竹荚鱼和用嫩豌豆拌成的凉菜。三样都很美味,尤其是吸满了海鲜汁的芋头茎更是无可挑剔。平介很佩服直子再现十年前吃过一次的食物的烹饪手艺。连这都能做到,何必要不顾一切地学习去考好学校呢?平介心想。

吃过晚饭,直子迅速收拾洗碗。正在观看夜间棒球比赛转播的平介对她洗碗的声音很是在意。

"不用那么大动作地洗碗吧,能不能稍微小声一点啊?"

"会浪费时间!"她说着,双手没有停下。

她洗完碗后,平介才理解了她的意思。她擦干手,根本不打算坐下休息一会儿,就要上楼去。

"你要去哪儿?"平介问。

"去房间。"她回答,"我决定从今天开始,每天最少学习两小时。"

"今天?今天就开始了吗?"

"择日不如撞日。"直子说完这句和十一岁的外表不相符的老气横秋的话后,径直上了楼。

平介只好又将目光投向电视屏幕。巨人队正在和广岛队鏖战。一人出局,跑垒手在二垒和三垒,击球手是山本浩二,投手是江川。平常的他一定会身临其境般集中精力关注比赛,可今天完全无法集中精神。目光捕捉到房间一角的手提包,他拿过来打开,取出那本《快乐星团》。翻开的瞬间，一个女人的胸部图片跳进他眼里。那是一对像碗一样浑圆的乳房，形状极好，乳头呈淡粉色。女模特身材纤细，两腿修长，看起来还不到二十岁。

女模特的照片共有六页，每一张照片都摆着激发男人性欲的姿势，迷离的表情很容易让人联想到性高潮。平介突然勃起了，手下意识地游移到两腿之间。已经好久没做爱了啊，他想。上一次和直子做还是在事故发生的前一天。直子一边说着"我不在的几天，不许在外面拈花惹草哦"，一边钻到他怀里。

平介手拿杂志站了起来，脚下注意着不发出声音，溜进了洗手间。他看着身材纤细的裸女开始自慰，桥本多惠子的脸和裸体重合在了一起。

18

进入七月,雨下个不停。这天一大早,许久未见的蓝天出现了。

"今天好像会很热,大家肯定很开心。"吃早饭时,直子放下筷子,看着外面说道。早餐的小菜是昨晚剩下的天妇罗。直子平时都会煮味噌汤,今天却没有,因为她起晚了。平介知道她前一晚熬夜学习了,并没有取笑她。

"为什么天热大家会开心呢?"

"那是因为今天是这个的日子啊。"直子说着,手拿筷子做出游泳的动作。

"游泳啊,真好。"

"好几年没游泳了,不知道还会不会。"

"听说和骑自行车一样,是不会忘记的。"平介说着扒拉了一口米饭,随后像是想起了什么,又抬起头问直子,"藻奈美会游泳了吗?"

"当然啦,以前还上过游泳课呢。自由泳也会,蛙泳也会……"说着直子的脸色就变了,"啊,蛙泳……"

"没事吧？"

"有事。"直子摇着头，"唉，怎么办……"

平介知道，直子只会自由泳。年轻时一起去海边的时候，直子刚开始还不愿意沾湿脸，转眼间就跳进海里游了起来。那时直子的身体很年轻，整个人水灵灵的。当然，不同于现在的年轻。

"去年夏天藻奈美参加了学校的游泳大赛，还是蛙泳。"

"糟糕。今年如果突然不能蛙泳了又说不过去。没办法，就说生理期好了。啧，难得遇到适合游泳的好天气。"直子无精打采地说道。她这个样子倒很像个小学生。

平介比直子早一步走出家门，穿好鞋子后，直子突然拍了拍巴掌。"对不起，我忘记告诉你一件事。昨天傍晚有人打电话找你。"

"谁打来的？"

"一个姓梶川的人，应该是那个司机的妻子吧。"

"要说梶川，大概就是了。她说什么？"

"没说什么，只说会再打来。"

"哦。"平介思索着会是什么事。自上次在田端制作所分别后，还没有联系过她。

"可能晚上会再打来。"直子说。

"你问她的电话号码了吗？"

"啊，我没问，还以为爸爸你知道呢。"

"我不知道。不过没关系，她肯定还会再打来。"他这么说着，心中猜测着梶川征子打电话来是因为什么事，可是毫无头绪。

这天一上班，小坂科长又要他去田端制作所走一趟。

"D型喷枪之前出现的问题好像解决了，希望你过去检查一下。

说是用了什么特殊的夹具,要是能拿来图纸就再好不过了。你要是忙,就让别人去。"

"没事,还是我去吧,我也想知道到底是怎么回事。"

"好吧,这样就帮我大忙了。那我和对方联系一下。"小坂一副安心的表情,然后突然想起了什么似的微微一笑,从上司变成了一个亲切大叔。"还有,我有件好事要跟你说。"

"好事?"

"听说她三十五岁了,比你死去的妻子还小点呢,而且还是初婚。我看过照片,感觉挺好的。"

平介意识到小坂话里的意思,连忙摇头摆手,说道:"这种事我还完全没考虑呢。"

"我懂的,当事人都是这样,所以需要旁人帮忙嘛。总之见一面怎么样?"

"算了,不管怎么说,现在谈这事还太早。"

"是吗?好吧,既然你都这么说了,我就不勉强你。只是,"小坂凑到平介耳边,"那个怎么办呢?应该积存了不少吧。"

平介知道他指的是什么,说道:"什么?没没,没那种事。真的,我一点那种想法都没有。"

"真的吗?我才不信呢。"小坂半信半疑地歪着头。

"那我先去田端了。"平介逃也似的离开了。

顺利借到了公司的业务用车,平介开车向着田端制作所出发。他很喜欢去别家工厂和分包工厂之类,准确地说,是他喜欢在路上花费的时间。在同一个地方和同样的同事持续做着同样的工作,有时会觉得被世界甩在身后了。因此,哪怕只是很短的时间,他也想到公司外面转转，感知一下自己如今到底在哪里。

和田端制作所商谈了一个多小时就结束了。这次不是出现了问题，而是问题解决了，所以是一项轻松的工作。对方负责对接的是一个年轻人，颇有点扬扬得意。

会面结束后，平介走向卷线车间。他想起直子说梶川征子打过电话。一排女工中没有她的身影。平介走近一个坐在那里、看似负责人的男子。男子面前有一个写着"主任"字样的牌子，长着一张四方脸，看上去很粗犷，但眼神很温和。大概他对女性照顾得相当细心吧，否则不会被任命为这个部门的负责人，平介心想。

"啊，她最近一直休息。"一听平介打听梶川征子，男子马上回答道，"不知道是不是身体不舒服，我们也很担心她。"

"是不是住院了？"

"不知道，我倒是没听说。"男子歪着头，"你找她什么事？"

"没事，只是认识，想来打个招呼。"平介道了声谢后离开了。

他想起梶川征子羸弱的身体和苍白的脸，可能她一直在硬撑着工作，而且还不得不面对世人冷漠的目光。那个打电话到她家的阴暗的声音又刺痛了他的鼓膜。她为什么要打电话联系自己呢？平介越来越担心了。

走出工厂，平介钻进车里，启动引擎，正打算把挡杆挂入低速挡的时候，发现车门上放着一张地图。他取出来，翻到西东京的大图。

梶川征子位于调布的家离这里不远。他看了看手表，刚过上午十一点。现在匆匆回公司，也要午休时间才能到达了。他挂好挡，缓慢地发动汽车。以前他坐出租车去过，还记得路。他把车停在一栋熟悉的公寓前，走上楼梯，按响了挂着"梶川"门牌的人家的门铃。

家里似乎没有安装对讲机。

没有人应声,他正打算再按一次时,门里面传出了声音:"来了。"

是她女儿的声音,名字应该叫逸美。

"很抱歉突然造访,我是杉田。"

门打开了一条缝,门链依旧挂着,门内侧是一张如少年一般的脸,逸美看上去有些紧张。

"你好,你妈妈在家吗?"

平介说罢,她说了句"请稍等一下"就关上了门,然而她并没有取下门链。等了一会儿,里面传来了咔嚓咔嚓解开锁链的声音,大概是问过她母亲了吧。

"请进。"逸美一副僵硬的表情迎接平介进屋。

"打扰了。"

他脱了鞋站在玄关,与此同时,里屋的门帘也掀开了。梶川征子身穿一件毛巾质地的长连衣裙,憔悴的脸上带着一丝笑容,还有一些惊讶。

"杉田先生,您怎么来了?"

"我去田端制作所了,顺便过来看看你。昨晚你往我家打电话了吗?我也不知道你家电话,所以贸然来访……"

"嗯,我以前去参加受害者家属集会时拿到了一份通讯录,上面有杉田先生家的电话号码。"

"原来如此。"平介点了点头,"对了,听说你请假了。"

"嗯,身体有点不太舒服……快请进来,这就给您倒杯冷饮。"

"不用麻烦了。你打电话找我有什么事吗?"平介迅速进入正题。他来之前暗下决心,坚决不进屋。梶川征子察觉到他无意闲聊,就没再说什么，低下头请他稍等一下，便消失在里面的日式房间。

一直在水池边洗东西的逸美这时端来一个托盘，上面放着一个盛着麦茶的玻璃杯。"请慢用。"

"啊，谢谢你。"平介慌忙端过玻璃杯，然后小声问逸美，"你妈妈哪里不舒服？"

逸美迟疑了一下，开口说道："是……甲状腺。"

"哦。"平介不知该如何回应，只点点头，喝了一口麦茶。

既然能具体地说出"甲状腺"这个词，估计是医院下了诊断。可是，甲状腺生病会怎么样、病名是什么，平介完全没有概念。他原本也不知道甲状腺到底是身体的哪个部位，有什么作用。

"多谢款待。你今天学校放假吗？"

"不是，妈妈她好像今天特别不舒服，所以……"

"你请假了？"

逸美轻轻地点了点头。平介不禁叹了一口气，心想这母女俩的人生真是不幸，而且是世间罕见的不幸。失去家里的顶梁柱，妈妈也病倒了，这个孩子今后该怎么生活，想到这里平介感到一阵胸闷。

梶川征子从日式房间走出来，手里拿着几张纸。"这是从我丈夫的行李中找到的。"

平介接过来，发现那是一沓现金汇款凭证。收款人都一样，是一个叫根岸典子的人，仔细察看发现是在每个月的月初和月末汇出的，金额在十万到二十万不等，偶尔也有超过二十万的，最早的一次汇款是去年一月。里面还夹着一张纸，上面写了一个位于札幌的住址。

"这是……"平介看向梶川征子。

她收了收下巴，缓缓说道："我听我丈夫提过一次根岸这个姓，是他前妻娘家的姓。"

"那这是他的前妻？"

"我觉得是。"

"你丈夫一直在给前妻汇钱吗？"

"是的。"梶川征子点了点头。

她双唇紧闭，露出落寞的微笑，平介能理解她的心情。丈夫的心并不在自己和孩子这里，这让她感到孤独和空虚。

"你丈夫和前妻是什么时候离婚的？"

"确切时间我不知道，我想应该是十年前。"

"那这十年间他一直在给她汇钱吗？"

平介对这个男人产生了一种钦佩之情，觉得他还挺有情有义。平介知道有些人虽然离婚的时候答应得好好的，保证以后每个月要支付生活费和抚养费，但一年以后几乎没人能继续下去。

"我不知道。但我感觉也就是这一两年的事。"

她的意思是，近一两年来家里的经济状况才开始恶化了吗？"你丈夫没跟你提过这件事吗？"

"完全没有。"梶川征子因沮丧而垂下头。

"那个家比我们重要多了。"逸美阴沉的声音突然从后面传来，语气犀利。

"逸美！"梶川征子语带责备地喊道。

坐在餐厅椅子上的逸美生气地站起来，弄出很大的动静，走到里面的房间，吭的一下关上了门。

梶川征子忙向平介道歉，平介回答没什么。

"总之,从这些就能知道为什么我丈夫要拼命干活了。我觉得应该先告诉您,因为您总问我丈夫为什么要拼命赚这么多钱,觉得您应该很想知道。"

"嗯。很抱歉,说了一些奇怪的话,什么赌博、出轨之类的。"

平介向她道歉,她摇摇头说没关系。然后接着说:"我觉得要是那样反而更好。"

对于这句体现了内心煎熬的真心话,平介不知该怎样回应。他看着征子,只见她紧咬着嘴唇,好像后悔说出了这样的话。

"他的……前妻没有联系过你们吗?"

"没有。汇款突然中断,估计她也很为难。"

"不知道她知不知道发生了事故。"

"可能知道吧。"

"如果知道,就应该来上一炷香,毕竟你丈夫一直待她不薄。"

"她怎么来呢?丈夫已经再婚了,她应该知道。"

"即便是这样……"平介气得想说些什么,却没说出口。自己生什么气呢?他想。可他还是无法接受,情绪郁结于胸。他的目光又落在那一沓现金汇款凭证上。"我能拿一张吗?"

"啊?"梶川征子睁大了眼睛,"当然可以。"

"我想拿给女儿看,司机酿成事故的原因她也一直想要知道。"

"嗯,我懂了。"

平介取出一张凭证,在上面写下那个位于札幌的住址,然后把剩余的凭证还给了她。"你的身体怎么样了?你女儿为了照顾你好像请假了。"

"没事,没那么严重。她太担心我了。"梶川征子在脸前摆了摆手,但看起来很没有力气。

"有困难请告诉我。买东西什么的能行吗？啊，今天晚饭的小菜什么的准备好了吗？"

平介这么一说，征子连忙摆动双手。"没事。您不用这么费心。"她一脸困惑。

平介看着她，恍然明白自己站错了立场。对她来说，在这里与受害者家属面对面，本身就让她感到痛苦。"好吧，那你自己保重。向你女儿问好。"平介微微低头，然后开门走了出去。

"让您专程来一趟，真是抱歉。"梶川征子频频低头致意。她欲哭无泪还要强装笑颜的表情深深地留在平介的记忆中。

平介返回车内发动引擎，突然想起来又忘记问梶川家的电话号码了。但他没有回去，而是继续驾驶，想着今后大概再也不会见到她们母女二人。

这天吃过晚饭后，平介把这件事告诉了直子。直子一边看着凭证，一边听他讲。

"就是这样。司机梶川拼命工作的理由不是因为赌博或者女人。"平介放下筷子，双臂环抱，盘腿而坐。

"嗯。"直子把凭证放在桌子上，"原来是这样。"她的回应慢了半拍。

大概是直子突然听到真相，有些不知所措吧，平介想。"这个姓根岸的一点联系都没有，真是奇怪。如果知道事故，应该出席葬礼才对。"

"谁知道呢。"直子歪着头吃完了剩下的茶泡饭。

"我打算给这个人写封信。"平介说，"说实话，我就是因为这个才拿了一张凭证。"

直子停下手里的筷子,不可思议地看着平介。"你要写什么?"

"首先要告诉她司机梶川发生事故这件事,她有可能还不知道。然后希望她能来扫墓。什么都不做也太不近人情了。"

"为什么要由爸爸你来做这些?"

"什么为什么……最近我总是睡不安稳。不是有句话吗,上船容易下船难。"

直子放下筷子,跪坐着转向平介。"我觉得爸爸你没必要做这些事。虽然我也觉得那个梶川太太很可怜,丈夫去世,自己又生病,肯定过得很艰难,但是不好意思,我并不会同情她。因为我们已经很可怜了,不是吗?"

"你说得没错。但是我们最起码还能好好过日子。"

"不要说得那么轻巧,你知道我是怎么熬过来的吗?"

直子的这句话仿佛一双无形的手打在平介脸上。他没有了言语,垂下了头。

"对不起。"直子马上向他道歉,"爸爸你的性格就是这样,见不得别人悲惨。"

"这并不是什么优点。"

"不是啊,我都懂。爸爸你是温和的人,不会轻易恨一个人。跟我不一样,我会因为不合理的事而发火。"直子说完,吐了一口气,"其实刚才听你那么说我有一点失望。"

"失望?"

"嗯,老实说,我更期待梶川是因为赌博或者出轨而受困于金钱,然后拼命工作导致事故发生。虽然说'期待'很奇怪,但这是我的真心话。"

"为什么？你之前不是说，如果是因为那些事就无法原谅吗？"

"所以说嘛，"直子浅笑一声，"真是那样的话，我就能毫无理由地怨恨他了。每当悲伤得无法自拔时，就得发泄。你可能不理解，但是当无法忍受自己的遭遇时，就希望有一个怨恨的对象。"

"我能……理解。"

"但是给前妻汇钱什么的，就恨不起来了。心中的怨恨没有了发泄的对象，就只好迁怒于爸爸你了。"

"这倒是没关系。"

"信，你写吧。"直子说道，"爸爸要是想写，那就写，没关系。也许对方真的不知道梶川去世了呢。"

"还是算了。仔细想想还挺麻烦的。"平介说着把凭证攥在手里。

19

　　离学校越来越近，孩子们的欢声笑语越发清晰起来。有时扩音器中还有女人的声音传出，然而那并不是桥本多惠子的声音。广播里播放着《天国与地狱》这首曲子。过了这么多年，运动会还是老样子，平介心想。

　　平介抵达学校的时候已将近十二点。不知道哪个年级的学生正在进行拔河比赛。嗨哟、嗨哟——连拔河时的口号也没什么变化。家长席上已经坐满了人，大多数父亲都手拿相机，还有人拿着摄像机。平介拿的是相机。他在场内慢慢走动，寻找着直子。太阳被云层遮挡着，这种天气最适合运动了。早上直子出门之前还一直在想请假的理由，不想因为这种事让自己疲倦。

　　"运动会这种事，想参加的人去参加不就行了？强制大家都参加真没必要。"直子抱怨着走出了家门。

　　平介知道她不想参加的理由。近来她连着几天复习备考，身体本来就吃不消，还要在星期天的早上早起，肯定很痛苦。

平介找到了六年级学生所在的场地，左顾右盼搜寻着直子的身影，可桥本多惠子首先进入了他的眼帘。她好像在检查纸箱中的比赛用球。

仿佛感觉到有目光在注视自己，桥本多惠子抬起头来，马上看到了平介，于是面带爽朗的笑容走了过来。其他女老师都穿着遮住腿的运动长裤，她却穿着白色的短裤。

"您今天不上班吗？藻奈美说爸爸周末也经常工作，所以可能来不了。"

"嗯，今天没事。"平介摸着头回答道。

最近一段时间，他自慰的时候脑海里总是会浮现出桥本多惠子的脸。在他的幻想中，她化身成了一个搔首弄姿的妓女。因此，当他这样面对着她的时候，简直不敢正视她的脸庞。

"拔河比赛很快就结束了，之后就是午间休息。"桥本多惠子说着看向平介的手，见他两手空空，便问道，"咦……便当呢？"

"啊，我没准备，打算带她出去吃。"

今天有家长陪同，所以学生中午可以到学校外面去吃饭。

"出去吃倒是没问题。"桥本多惠子手扶下巴，思考着什么。

就在这时，拔河比赛结束了。"午休时间到下午一点。"广播中传来播音员的声音。

"杉田先生，要是找到藻奈美的话，你们就在这里等我，好吗？"

"啊，好的。"

平介正说着的时候，桥本多惠子就走开了。没办法，他只好站在原地。"爸爸！"戴着红色发带的直子轻轻挥动着双手向他走来，"你在这里发什么呆呢？"

"啊,没什么。"平介讲了刚才和桥本多惠子的对话,直子听完只哼了一声。

过了一会儿,桥本多惠子回来了,手里拎着一个白色的便利店袋子。

"如果不嫌弃的话,就吃这个吧。是我自己做的,就是样子看起来不太好。"她说着,把袋子递给平介,里面应该是便当。

"啊,不用,太不好意思了。这应该是老师的午饭吧。"

"我还有。我就猜会有家长没带便当,所以多做了一些。没关系,请收下吧。"

"这样啊。那,怎么办?"平介问直子。

"我怎么都行。"直子摸着头发说。

"那就不客气地收下了,真是非常感谢。"

"里面还有罐装茶。"桥本多惠子说着就走向了教师席。

"当班主任真不容易啊,要为学生考虑这么多。"

平介说罢,直子惊讶地抬头看着他。"你真笨,怎么可能会多做一些出来呢?"

"啊?老师这么说的啊。"

"她不这么说,你会收下吗?她大概去吃给教职员发的面包了。"

"真的吗?要是这样,那我岂不是干了一件坏事?去还给她好了。"

"算了,现在去还反而很奇怪呢。"

直子带着平介走到教学楼后面,两人并排坐在出入口的一小段台阶上。在这里完全看不到操场。

"这里完全没有运动会的气氛。咱们还是去家长席吧。"

"就在这里吧,也没有那么多尘土。先不说这个,把茶给我,我渴了。"

平介把袋子里的罐装日本茶拿出来递给直子，然后打开便当盒，里面有小小的饭团和五颜六色的小菜。

"真好吃。"平介咬了一口饭团说道。里面有鳕鱼子。

"看着感觉还行。"

"她为什么要把自己的便当给我们呢？"

"谁知道。"直子喝了一大口茶，然后说道，"她应该是喜欢爸爸吧。"

平介似乎被这句话噎了一下，说道："这是什么鬼话！开玩笑也要有分寸。"

"我没有开玩笑，她确实很在意爸爸，今天还问了我好几次你会不会来。"

"我可带着一个孩子呢。"

"但你单身，年龄差什么的根本不是问题。然后就是长相。"直子端详着平介的脸，"她喜欢你并不是什么奇怪的事。"

"怎么可能。来，直子你也吃！"平介把便当放到直子面前。

"叫我藻奈美啦，至少今天要这样。"直子环顾着四周小声说道。

"啊，抱歉。藻奈美……"平介总是没办法用女儿的名字称呼她。

直子伸手抓起煎鸡蛋饼，整个放进嘴里。

"味道有点重啊。是在乡下长大的吗？"她歪着脖子说道。

平介这时已经因桥本多惠子的事情有些飘飘然了。真的是那样吗？看来有希望啊！可是另一方面，他心中的另一个自己在说：你是怎么回事？你已经有直子了，绝对不能让她看到你这副样子。"运动会结束后你打算干什么？一起去吗？"平介连忙转移话题。

"今天……要签合约吗？"

"嗯，在新宿的那家酒店。"

事故赔偿金的数额基本上定下来了，今天是正式签约的日子。昨天晚上平介就提议直子和他一起去，作为家属参加最后一次会议。

"还是算了吧。"她把茶递给平介。

"好吧。"

"自己的生命被估价的瞬间，我还是不想在场。不管多高的价格。"

"我明白了。"平介接过凉茶，咕咚咕咚喝了起来。

广播里传来午休结束的通知，直子赶忙回去了。平介四处寻找桥本多惠子，想对她道声谢。看到她就在入场处，平介向她走近。她也发现了平介，跑过来问他："便当还合口味吗？"

"非常好吃。太感谢了。"平介低头致意。

"那太好了。那就把便当盒给我吧。"她说着伸出手。

"不不，"他连忙挥手道，"洗完再还给您。女儿说这是最基本的礼貌。"

"藻奈美吗？她始终那么懂事呀。"桥本多惠子微笑道。

平介想着应该多说几句，说不定她也这样希望，可一时之间却找不到话题。这时有位女教师呼喊她的名字，她马上应了一声。

"那我先告辞了。"

平介凝视着她的小腿，直到她走远。

午休后的第三个竞技项目是六年级学生赛跑。平介走到家长席最前排。

信号枪发出声音的一瞬间，五名运动员争相出发了。这是五十米短跑，参赛的孩子们会经过家长席前。家长们热烈地大声为他们加油助威。

这时平介注意到，终点处拉着终点线的人中有一个正是桥本多惠子。她当然没有注意到平介，而是温柔地微笑着，迎接拼命奔跑着的孩子们。

直子出发的时刻相对较晚，大概是由于个子比较高的缘故吧。完全看不出她在紧张，表情看上去反倒有些嫌麻烦。枪声一响，五个人一起冲了出去，有两个人领先，直子排在第三位。她保持着这个位次冲到了终点，其间平介为她拍了两次照。

如此说来，藻奈美一直都是第三名啊。哪怕精神上已经成了大人，可是身体还是没有变。这个结果就是最合适的。冲过终点线后，直子看着平介，苦笑着轻轻扬了扬手。平介也以同样的方式回应了她。

最后，他又举起相机，只是这次他从取景框里看到的是拉着终点线的桥本多惠子。秋风吹拂着她栗色的长发，她用那只没有拉着线的手拢了拢掠过脸庞的发丝。在这个瞬间，平介按下了快门。

五千二百万元——平介看着协议上写着的这个金额，完全没有概念。不过是五和二的后面跟着六个零罢了。这个数字的意义，平介完全没有真实感，但是据说能争取到这个金额已经算是成功了。根据大黑交通以往的赔偿案例和用霍夫曼式计算法①得出的最后结果，都远远小于这个数字。

然而平介也完全没有获胜的心情。至此，深爱的人真的不存在了，不能再心存幻想。有的只是这样的心情。

"这样可以吗？"坐在对面的男人问道。平介从没见过他，也没

---

①在损害赔偿等方面，计算将来应得利益的一种方法。

见过他身旁的男人。平介刚走进这间屋子的时候，这两个人站起来郑重地低头致歉，不知道有多少真心的成分。自事故发生已经过了好几个月，大黑交通上至社长下至职员，发生了很大的人事变动。眼前这两个人也是，虽说是大黑交通的职员，但是对事故完全没有责任。

平介觉得，发生的一切都会随着时间的推移而逐渐风化，只有面前的这张纸还记录着这场悲剧。

平介在指定的地方签字，在向井律师的指示下盖章，再写下银行账户，这就算结束了。

"辛苦了。终于结束了。"向井说着，嘴边浮现出微笑。对于他来说，这应该是一项重大的工作，露出如此放松的表情也是理所当然。

"非常感谢您。"平介对向井致谢。

平介刚站起来，对面的两个人一齐站起身，对着他说道："真的非常抱歉。"

没必要道歉，反正和你们没关系——他想这样说却没说出口，只是默默地点了点头，离开了房间。

待家属们全部签字盖章完毕，向井律师将他们召集到会议室里进行了简短的说明，并一起商讨如何应对媒体。

"具体的赔偿金额，"向井说道，"我觉得媒体最想知道的就是这个。"

"告诉媒体有什么好处吗？"受害者家属协会的林田问道。

"以后如果发生同样的事故就可以作为参考了。这回的数额估计打官司是争取不来的。"

"也就是说，对我们没有什么特别的好处？"

"可以这样说。"向井垂下了眼帘。

最后大家通过投票，一致同意不公开具体的赔偿金额。

"还有别的问题吗？"向井环视众人。

平介有问题想问，又有些犹豫，如果现在不提出来，以后就没有机会了。

"如果没有的话,那就到此——"向井刚说到这里,平介举起了手。向井一副意外的表情看着他。"什么？"

"梶川得到多少赔偿？"平介问道。

"梶川？"向井好像一时没反应过来他说的是谁。

"梶川，大巴的司机。"

"哦。"向井点了点头。平介周围有人发出同样恍然大悟的声音。"这个我不知道，因为和家属是两回事。"

"这样啊。"

"大概会有慰问金什么的吧，我不知道。怎么了？"

"没，没什么……"平介只好边说边坐下。

其他家属也都诧异地盯着平介。"他可是导致事故发生的罪魁祸首啊。"不知是谁这样说道。

耗时七个月的赔偿金交涉到此就告一段落。家属们朝向井和干事们致谢，然后互相寒暄，三三两两地陆续离开。没有人露出满足的神情，只有不得不收起愤怒的无奈。平介想起直子说过的话——需要一个在无法忍受时怨恨的对象。

走出酒店，夜幕已经降临。他想去喝酒，但是考虑到直子一个人在等他，就放弃了。他打算买一些奶油泡芙带回家，便朝车站走去。

20

嘴里呼出的气体瞬间就化成了白雾,平介把两只手放进大衣口袋,轻轻地跺着脚。不仅是因为冷,还因为心里不安宁。平介心想,不应该这么早就经历这些事。至少应该等藻奈美考高中的时候……他看了看周围,基本上都是父母带着孩子。那些父母看起来几乎都是富裕的知识分子阶层,孩子们看起来也都很聪明。只有自己和藻奈美看起来没有什么优势,平介感到不安起来。

眼前出现了一包面巾纸,是戴着红色手套的直子递过来的。"你的鼻涕出来了。"

"啊。"平介连忙抽出一张纸巾擤了擤鼻涕,周围没有垃圾桶,他只好把纸塞进大衣口袋。

"你很平静嘛。"平介看着直子的脸。

"现在着急也没什么用。反正结果已经出来了。"

"话是这样说。"

"而且,"直子点了一下头继续说道,"没问题的,应该。"

"很有自信嘛！"

"要是我落榜了，别人也考不上，绝对的。"

"那要是落榜了就是我的错喽。面试的时候我太紧张了。"

面试时被问到为什么选择这所学校时，平介按照预先准备的答案流利地回答了出来，可是最后的关键时刻，竟然把"和女儿商量后我们决定上这所学校"说成了"和妻子商量"。面试官们当即变了脸色。因为杉田家的情况他们也都了解。

"那点小事，不要紧。"

"真的吗？"

"没准还会起好作用。这所学校对名人没有抵抗力，你知道吗？"

"对名人没有抵抗力？"

"就是喜欢名人，比如作家啊艺术家之类。"

"为什么？"

"爸爸说错的话会让他们想起我们是那起重大事故的受害者，因此如果落榜就会更辛苦。而且他们或许会顾虑媒体。"

"会这么顺利吗？"

"总之不会产生坏的作用。没事。"直子拍了拍平介的手腕。

这一天是直子报考的学校放榜的日子，考试于前一天结束。考试前后直子的表情完全没变化。她说的也只是让平介准备好入学金而已。

告示板上终于贴上了白色的纸，上面用黑色笔迹密密麻麻写着一些数字。家长和孩子一拥而上。

平介的视线也被吸引了过去，他问了直子的准考证号开始搜寻。

她的考号是"236"。二三得六,平介用九九乘法表记住的。

"有了。"直子先发现了,一副事不关己的语气淡淡说道。

"哎?在哪里在哪里?"

"你看哪里呢?在左边。"

平介顺着她指的方向看过去,确实看到了。

"啊,真的有,有了有了!喂,你干得不错嘛!"平介做了一个胜利的手势。

"所以我说没问题嘛。赶快办完入学手续回家吧。"直子说完就走了起来。

平介赶忙追上去,心情有一点低落。如果考上的是真正的藻奈美,直子在现场也许会开心得哭出来。

她变了,平介想。

办完入学手续之后,两个人去了吉祥寺。这次直子要上的中学就在离吉祥寺不远的地方。他们买了东西,还打算吃顿饭。

"我们两个好久没在这种正经的法式餐厅吃饭了,有好几年了。"坐在桌子对面的直子高兴地说道。

"这么说来,好像自从生了藻奈美,我们就一直在家庭餐厅吃饭。"

"因为那孩子喜欢吃肉饼嘛。"

平介喝了半瓶红酒。这时,直子说她也想喝。

"你不是不能喝吗?"

"嗯,可是现在很想喝。应该是身体和以前不一样了?我们家都不擅长喝酒,但是现在的身体里有爸爸的基因,应该能喝了吧。"

"小学生居然还想喝酒?"

"已经是中学生了。"直子举起酒杯,向平介伸过去,"倒酒。"

"我可不这么认为。"平介在意着周围人的目光，往直子的大杯子里倒了一点。

不知在哪里学到的，直子先把杯子放在鼻子下面轻轻摇了摇，让气味飘进鼻子里，然后才让红色的液体顺着喉咙流下去，随即露出一副吃了梅干的表情。

"怎么样？"平介问。

"不甜。"

"当然不甜。又不是果汁。"

"但是，"她又喝了一口，仿佛品味似的动了动嘴唇，"但是我竟然可以。"

"是吗？"

最后直子喝掉了剩下半瓶酒的三分之一。

他们在餐厅前搭上了出租车，途中直子睡着了，大概是红酒的作用。不过看起来她确实能喝酒。平介注视着她的睡脸，感到一阵不可思议。心是直子的，可身体里毫无疑问流着自己的血。

到家已经九点多了。平介抱起直子上了二楼，虽然很累，还是帮她换上了睡衣，然后把她在床上放好。不知她是睡着了还是醉了，嘴里不停说着："老公，对不起。老公，对不起。"频频道歉后，她身子翻到一侧，瞬间便发出了均匀的呼吸声。

平介泡在浴缸里，花了很长时间才让满是寒气的身体暖和过来。泡完之后，他边看体育新闻边喝罐装啤酒。喝了一罐后，电视里播报起巨人队的训练情况。

睡觉前他看了看直子的房间。她正抱着被子熟睡。他进屋把被子拉到她的肩膀上，关上灯走出房间。

回到自己的卧室，平介钻进被窝闭上双眼，可完全没有睡意。他拧开一旁的台灯，旁边有一本文库本，他伸出手去拿，但随即把手缩了回来。那本推理小说前几天就读完了。再往前边就是书架，可他并没有特别想读某一本的心情。他趴在被褥上，下巴抵在枕头上，怔怔地看着榻榻米。他们刚搬来时还是青绿色的榻榻米，如今已经晒成了茶色。可以确定的是，时间一直在流逝，以后也会继续。榻榻米的茶色会越来越深，自己也会渐渐衰老。

　　一阵难以言说的孤独感突然向他袭来，他觉得自己被丢弃在看不到尽头的黑暗隧道里。一直陪伴着他的直子也不见了身影，只有她的声音还在。她已经去了另一个世界，这个世界里只有自己。他心中不禁升起一股怒火，自己成了那些不合理之事的牺牲品。我的人生在哪里？难道要一直这样吗？

　　平介从被子里伸出右手，从书架最下面一层抽出一本名为《品质管理》的书。这是本专业书，他当然不是想看这本书。翻开封面，里面夹着一张照片。他拿了出来。

　　桥本多惠子笑颜如花，是运动会那天他偷拍到的。

　　平介把手伸向两腿之间，握住阴茎。那里慢慢膨胀起来。

　　我可以恋爱啊，他想。我也有恋爱的权利。因为我什么都没有了，没有妻子，没有分享性喜悦的对象。我有的，只是莫名其妙被扭曲的命运。

　　他看着桥本多惠子的脸，极尽所能幻想着猥琐之事。他想自慰。他已经对着这张照片做过几次了，今夜却没有成功。他手中握着的他自己正在急速地萎靡下去。

　　他放弃了，将照片重新夹在书里，然后把头埋进了枕头。

一阵寒冷的空气触碰到肌肤,平介睁开了眼。藻奈美的脸就在眼前,在灯光的映照下,正微笑着看向他。

"抱歉,我睡不着了。"直子说着,钻进平介的被窝里。

"现在几点了?"

"夜里三点。"

"怎么了?"

"不知道为什么突然就醒了。我睡了多久?"

"你在出租车上就睡着了,睡了六个多小时吧。"平介打了个哈欠。

"好久没有睡得这么好了。我总是睡六个小时左右。"

"考完试就放下心了吧。"

"也许吧。"直子突然把身体靠近平介,脸颊靠在平介的胸膛上。"喂。"她仰视着他,一副要说什么的表情,"我帮你用手弄出来吧。"

平介吓得一哆嗦,心想难道是自己刚才打算自慰被发现了?"别开玩笑了。"

"我没开玩笑。你要是不想看见我的脸,我就把脸藏起来。"

"不行。真的,这样不行。"

"是吗?"

"嗯。"

"好吧,或许是吧。"直子往上躺了躺,脸向平介靠近。那是藻奈美的脸,是自己一直疼爱的女儿的脸。

她凝视着平介,思索着什么。平介的身体不由得僵直了,心想直子应该有事要跟他说。

突然间,她眼神上移,手也伸了过去。"这是什么?睡觉前你还看这种书?"

是《品质管理》,他忘记放回书架了。糟了!他想。

她在平介的脸上方哗啦哗啦地翻动书页。平介不知道她在看哪一页。

"净是些数字。"

"是啊,挺无聊的一本书。"平介正说着,直子的表情突然僵住了。她半张着嘴,盯着书里的某处。平介觉得那双眼睛里充满血丝。

她一定发现了桥本多惠子的照片,一瞬间平介想到了各种各样的借口:忘记是什么时候拍到的了,打算还给她却稀里糊涂忘记了,看书时手边没有书签,便顺手拿了一张照片放进书里而已——

然而,直子没有给他机会辩白。她什么都没说,合上书,又把脸埋在平介怀里。大约过了一分钟,她窸窸窣窣地从被窝里钻了出去,脸上恢复了笑容。"对不起,打扰你睡觉了。"

"你要走吗?"

"嗯,晚安。"

"晚安。"

直子走后,平介看向身边那本书。已经合上了,只是里面的照片露出了五毫米左右的边缘。

他把书放回书架,关上了台灯。

21

司机一路上都驾驶得非常谨慎。从他操作手刹的动作中可以看出，他不到最后一刻不会放松的决心。如果当时的大巴司机梶川也能这么谨慎就好了，但现在这样说也于事无补。

事故过去整一年了。家属会干事们提议要举办一周年祭。经他们交涉后，决定由大黑交通负责运送所有家属到事故发生地点。对方应该没有什么异议，住宿费据说也由其承担。

车门打开，担任领队的大黑交通员工先行下车，然后很快又上来了，手里拿着麦克风。"请大家按顺序下车，不要着急不要冲撞。路面有雪，小心滑倒，请务必扶好，一次一个台阶地缓慢下车。"

众人按照指示从前排乘客开始按序下车。轮到平介二人了。"走吧。"他对坐在窗边的直子说道。她穿着黑色的连帽大衣。

外面的寒风缓缓地刮着，在车里因为空调热得头脑发涨，一吹冷风还挺舒服，可没多大一会儿脸颊就冻得生疼。

"还是很冷啊。"平介嘟囔着，"耳朵快冻掉了。"

"这还冷？"直子问道。平介这才意识到，来这里对于她来说就是回到了娘家。

事故现场已经完全修复好，之前在电视和报纸上看到的破损的防护栏已经都换成了新的。平介站在崭新的防护栏前，向下张望当时大巴坠落的谷底。

据说斜坡的倾斜角度有三四十度，可是由于眼睛的错觉，看起来要更加陡峭。这条直通死亡谷底的斜坡有几十米，斜坡的另一端流淌着一条小河，感觉就在正下方流淌。

正值中午，路面的积雪反射着足以灼痛双眼的强光，河面也闪烁着光辉。然而事故发生的时间是在尚未大亮的清晨，晨曦又被周围的树林遮挡，山谷仍处于一片昏暗中。平介想象着黑暗中爬行山路的大巴坠落时的场景，越想越觉得恐怖，胃抽搐了一下。关于那一车乘坐着巨大棺材的乘客们的记忆，他无论如何也无法想象。

周围传来了一阵轻微的啜泣声，有人向着谷底合掌祈祷。直子只是呆呆地看着斜坡下面。从东京一道来的年轻僧侣开始诵经。家属们闭上眼睛，各自陷入回忆，啜泣声也未曾停止。站在平介旁边的老妇人呜咽起来。

诵经结束后，大家把各自带来的花束抛向谷底，也有人用故人生前喜爱的物品代替了花束。当有人抛下一个橄榄球的时候，人群中传来了深重的叹息声。死去的大概是一名大学橄榄球部的学生。

一直望着谷底的直子抬起头来，说："喂，你相信吗？"

"什么？"

"当时我以为自己要死了。不可思议的是，脑子里突然浮现出死时的惨状。全身被各种锋利的东西刺穿，脑袋像西瓜一样被切开。"

"别说了。"

"但是我觉得没关系。我不想让藻奈美死。如果她死了,我就没脸见你了,会对你觉得抱歉。不敢想象吧?明明自己要死了,没必要担心那些。总之当时我一心想让藻奈美活下来,自己怎样都没关系。"然后她又问了一遍,"你相信吗?"

"相信。"平介回答,"正如你所愿,藻奈美活下来了。"

"但只有身体活下来了。"她耸了耸肩。

之后就交给我吧,平介心想。藻奈美的身体和直子的心,由我来守护,这是上天赋予我的使命。

"浑蛋!"不知谁喊了一声。平介循声望去,是失去了一双女儿的藤崎。他两手放在嘴旁,又喊了一次。"浑蛋——"

像是被他触动了一般,别的人也跟着喊了起来。喊的内容不尽相同。一个女人喊的是"永别了"。

平介也想喊些什么。他想到了"安息",心想这个不错。他冲着山谷站好,深吸一口气,正要喊的时候,直子拉了拉他的袖子,说道:"太土了。"

"是吗?"

"嗯,我们走吧。"直子说着,朝大巴走了过去。平介连忙跟在她身后。

年祭旅行回来的第二天,举行了小学毕业典礼,地点在一个古旧的讲堂。平介坐在讲堂后方的家长席上,注视着毕业生们依次上台领取毕业证。

"杉田藻奈美。"台上叫到了平介女儿的名字。

"到！"直子清脆地答道，然后起身和其他毕业生一起以同样的步伐走上台，领取毕业证，并向校长行礼致意。整个过程平介都认真注视着。

毕业典礼结束后，大家在操场上告别。直子被同学们包围着，因为要上私立中学，今后就不会和大家再见面了。同学们争相和她握手，让她签名，平介站在稍远的地方注视着这一切。有个女孩子哭了，直子拍着她的肩膀，说着安慰她的话。她的行为举止与其说是孩子们的同学，不如说是母亲。

比起直子，更多的孩子聚集在桥本多惠子身边。她不仅要和孩子们告别，还要应付众多家长。她那平日里十分白皙的脸庞今天有些红润，不过好像并没有流泪。

告别持续了一阵子，最后毕业生和家长开始从正门往外走。终于完成了一项工作，老师们在感慨的同时，露出松了一口气的表情。

直子终于回到平介身边，手里拿着卷放着毕业证书的深咖啡色纸筒。

"让你久等了。"直子一脸疲惫地苦笑道。

"握手攻势真厉害啊。"

"手都握疼了。对了，"直子看着同学聚集的地方，问道，"打招呼了吗？"

"跟谁？"

听平介这么问，直子微微皱了皱眉头。"跟她呗。这还用说吗？！"直子轻轻地动了动下巴，指向桥本多惠子所在的地方。

"啊。"平介拍了拍后脑勺，说，"应该去打个招呼。"

直子叹了一口气，移开视线，看向斜上方，说道："你去吧，我在这里等你。"

"什么？我自己去？"

"嗯。"直子又看向地面，踢着操场上的干土，"你不是有很多话要跟她说吗？快去吧，这可是最后的机会了。"

平介瞬间明白了。那天夜里直子果然看到了书里夹着的照片。那之后她什么都没有说，但是心里肯定为要不要接受平介的恋情而烦恼不堪。

"知道了。"平介说，"走吧，一起去。"

"什么？"直子抬起头来看他。

"一起去打招呼。"平介重申。

"可以吗？"

"当然，你不去才奇怪呢。"

走吧，平介说着伸出右手。直子犹豫了一下还是握住了。两个人走向桥本多惠子。

"非常感谢您，请老师您保重身体。"平介的说辞和其他家长的一样。

"也感谢您的配合，今后多多保重。"桥本多惠子微笑着回应，那只是老师面对家长时再普通不过的表情。

回家的路上，平介一直拉着直子的手。仔细回想，已经很久没有过和她这样手拉手走路了。他心想，说来也怪，事故发生前，他和藻奈美走路的时候总是拉着手。关于桥本多惠子的事，直子什么都没说。

到家时，邮递员正停在信箱前，准备投送邮件。平介叫住他，直接拿过了邮件。是一张速达明信片。看到发件人的时候，他略微有些吃惊。

"谁寄来的？"直子问。

"梶川逸美。"

"梶川……"

"是大巴司机的女儿。"平介翻过明信片，看着背面的文字，全身的血仿佛都开始倒流，鸡皮疙瘩起了一身。

"出什么事了？"

平介把明信片递给直子。"梶川征子过世了。"

22

梶川征子的葬礼在她居住社区的集会所举行。集会所是一座老旧的平房，门面狭窄，沿街象征性地摆了几个可怜兮兮的花圈。

平介是昨天收到梶川逸美的明信片的。上面写着：

今早母亲去世，葬礼暂定周日。感谢您之前的关照。

时间和地点都没有提及。平介昨天连忙乘车到梶川家的公寓，敲门却无人应声。听到敲门声，住在梶川家楼下的主妇告诉了他葬礼的地点和时间。平介问主妇是否知道征子的死因，她皱着眉说道："好像是心脏麻痹。早上开门准备去上班的时候晕倒了。"

"什么工作？"

"我听说是大楼保洁。"

难道她辞了田端制作所的工作吗？这么一想他又觉得不是。应该不是辞职，大概是被辞退了。

平介回到家后，问直子他可不可以去参加葬礼。直子回答，这种问题还用问吗，当然可以。

集会所的入口离大街有些远，平介走了进去。一个看似七十岁左右的矮小老人和梶川逸美并肩站在入口的左侧。平介想象不到老人的身份，要说是梶川征子的父亲，年龄没问题，但长相不像。

很快便轮到平介上前烧香祭拜了。本来前来吊唁的客人也不多。

梶川逸美身穿中学校服，眼眸低垂，静静站在一旁，手里攥着一条白色手帕，一定是用来擦泪的。平介从她身边走过的时候，她不经意间抬起了头，一开始还没注意到平介，面无表情，待二人眼神交会的时候，她吃了一惊，一双大眼睛倏地瞪圆了。平介站在原地，她则沉默地又低下头，再也没有抬起来。于是平介没有停下脚步，向前走去。集会所里弥漫着线香的气味。

葬礼第二周的星期六，梶川逸美联系了平介。这天平介上班，直到晚上七点多才回家。像是算好了时间似的，电话在八点左右打来了。可能是逸美听母亲说起过平介周六也可能上班。

"谢谢您专程来参加葬礼。"逸美语气僵硬地说道。

平介的脑海里浮现出她少年般的神态。"别客气。你肯定很辛苦吧，有很多事要做。"他真心为逸美打电话给他而高兴。虽然出席了参加葬礼，但仍然对她们的事一无所知。那种场合下他无法问逸美，她也什么都没说。

"那个，奠仪，嗯……给您回礼。"

"回礼？"

"啊，对。我想亲自给您。"她生硬的语气像是在责备自己不能好好表达心意。

"不用那么费心。"平介说,"我给的并不是什么大数目,不用专程来回礼。"

"大家都这么说,可是……"逸美支支吾吾地说道。大家应该指的是在葬礼上帮忙的大人们吧。可能葬礼上有亲戚在,而平介没注意到。

"你的心意我收下了,谢谢你。"

"但是,我想给您。我有东西想给您。"

"东西?给我?"

她应了一声,声音里饱含着某种决心。

平介想继续问下去,却作罢了。如果问了,可能更难抉择要不要收下。"这样啊。既然你这么说,那我就不客气地收下了。那么,我去你家里拿可以吗?"

她沉默了一会儿,说道:"家,已经没有了。"

"什么?"

"昨天我从公寓搬出来了。现在在亲戚家。"

"原来是这样。亲戚家在哪里?"

"在一个叫志木的地方。"

"志木?在埼玉吗?"

"是的。"

平介对志木完全没有印象,只知道这个地名,但从未想过这片土地会和自己扯上什么关系。他一边说话一边打开交通地图。"在志木哪里?周围有没有什么标志?"

"不知道……我也是刚来。"逸美声音低沉。

大概是以前也没什么来往的亲戚吧。平介一想到以后她艰难的生活，就可怜起她来。

挂电话前，两人约定在车站见面。

第二天周日下午，平介带着直子坐电车换乘东武东上线到了志木站。一开始平介打算自己一个人赴约，直子提议一起去。他没有问理由，因为他感觉直子也无法回答。

梶川逸美在检票口不远处靠墙站着，身穿的红色运动服只有袖子部分是白色的。看见平介，她点了点头。当看到平介身旁的直子的一瞬间，她如同看到了耀眼的阳光，眼睛眯了起来。

"饿了吗？去哪里吃点东西吧。"

逸美一副不知该如何回应的表情，歪头想了一下。

紧接着直子开口道："肯定饿了呀，我们去吃东西吧。"

"是吗？那走吧，找一家店。"

志木站周边比平介想象的要宽阔得多，沿着大路走就能看到对面有大型超市等几栋建筑。车站旁边就有一家家庭餐馆，平介他们走了进去。

"别客气，多吃点。"直子对逸美说道，然后她看向平介，"我爸爸赌马爆了大冷门，赚了不少，对吧？"

平介不禁"啊"了一声，看着直子的脸。他才没有赌过马呢。看到直子趁逸美不注意向他飞快地眨眼睛，他才明白直子的意思。"没错，我随便买了一注，没想到一下就爆了个大冷门，赢了！"

逸美僵硬的表情稍稍缓和了一些，终于把目光瞥向菜单。即使如此，她最后也只点了咖喱饭，大概是在自己喜欢的食物里面选了最便宜的。接下来直子则点了肉饼、炸鸡块等大多数孩子爱吃的食物，然后问逸美:"你爱吃圣代还是冰淇淋?"逸美有些拘谨地说都可以,直子毫不犹豫地又点了两个巧克力圣代。

平介知道为什么直子要一起来了。如果他一个人来赴约,可无法应付拘谨的逸美。

"你妈妈的事真是难为你了。生活稳定下来了吗?"平介问她。

逸美点了点头,说道:"嗯,虽然还是觉得太突然。"

"我听说是心脏麻痹。"

"嗯,好像是更复杂的病,但是就类似心脏麻痹。"她歪着头说道。

"哦。"平介喝了口水,他也知道并没有心脏麻痹这种疾病。

"当时我正在收拾早饭的碗筷,听到门口有动静,过去一看发现妈妈倒在地上,一只脚穿着鞋,另一只脚光着。"

"然后你马上叫了救护车?"

"我打电话叫了,但是来不及了。大概我打电话的时候她就已经不行了。"逸美低着头说,"就像睡着了一样。"她打开斜挎着的小包,从中取出一个纸巾包着的东西放在桌子上。"这个。"

"奠仪的回礼?"平介问道。

她点了点头。

平介把纸巾拿起来,打开一看,里面是一块旧怀表。"哎?真罕见啊。"这是一块银色的怀表,直径大约五厘米,斜上方还镶着一个龙头。他想打开表盖,可是不知道哪里的零件卡住了,无论指尖怎么用力都打不开。

"表盖好像坏了。"

"好像是。"

"爸爸……我爸爸生前一直随身带着它,事故发生的时候也带着,可能就是在那时候坏掉的。"

"是这样啊。"平介一边拨弄着怀表,一边咕哝道。

"爸爸以前总说这块表很贵,是他所有东西里最贵的。"

"这么贵重的东西应该由你保管吧。"

逸美摇了摇头,说:"如果被亲戚发现这是父亲的遗物,肯定会被扔掉……"

"啊?怎么可能!"

她看起来并不像是夸大其词的样子。"真的会这样。"她悲伤地说道。

平介的心一下子沉了下去。可能对她的亲戚来说,司机梶川就像瘟神一样吧。

"而且,"逸美抬起头来,有点害羞地说,"我很想给杉田叔叔些什么。您专程参加了葬礼,我很开心。"

"不不,那也不至于……"平介正说着,一旁的直子在桌子底下蹭了蹭他的腿,好像在说:别说了,收下吧。平介拿着怀表,问逸美:"我真的可以收下吗?"

逸美点了点头。

"那我就收下了。"平介用纸巾慎重地把怀表包起来,放进裤子口袋。

他们点的食物陆续被端上来。

吃完饭,逸美一直把他们送到车站检票口。平介想说些什么作为告别,可什么都想不出。如果他再说些矫情的话,又会被直子说"土"。

"好吧,那你要保重啊。加油哦!"平介总算是说出了这句话。

梶川逸美默默地点了点头,嘴唇抿成一条直线。

进了检票口,平介立即问直子:"你怎么知道她饿着肚子?"

直子抬头看着他,叹了一口气,说道:"她现在不是寄人篱下吗?端起人家碗,心中有顾忌。这句川柳①你听说过没有?那孩子现在肯定连饭也不敢多吃一碗。"

"哦……这样啊。"

平介回过头去,发现梶川逸美还站在检票口,真挚地望着他们。平介朝她挥了挥手,直子也做了同样的动作。

梶川逸美立刻露出一副要哭了的表情。

---

①日本诗的一种,类似俳句,不过以口语为主,表达形式比较自由。

23

直子的中学生活在平介看来可以说是有惊无险,对于身体和精神的不统一,她已经能调节得很好,偶尔说出的不自然的言辞对于一个在知名私立中学上学、有些成熟的女生来说也并不奇怪。唯一不能用有惊无险来描述的大概就是她入学后的成绩了。倒不是不好,相反,第一次期中考试她就拿到了全年级第七名,此后也从未跌出前十,第三学期的期末考试更是考到了第三名。

"她在上哪个辅导班吗?"开家长会的时候,班主任这样问平介,脸上写满了发自心底的惊叹:藻奈美看起来是个平凡无奇的少女,却拥有那么强的学习能力。

平介回答说没有上任何辅导班,老师更诧异了,不停地问他关于学习和教育的方法,甚至还得出了平介家有学者血统的结论。

"她好像学习很努力,但我没有太关心,也从没逼她学习。我们在家里几乎不谈成绩的事。"

平介这番话任谁都不会相信。大家更愿意相信,杉田藻奈美强大的学习能力背后有着某种秘诀——特别的教育方法或超一流的家庭教师。因此每当开家长会的时候，平介都会被热衷教育的妈妈们逼问。

可是直子真的没有做特别的事，只是保证每天的学习量，从不半途而废，也从不偷工减料。她总是在干家务活的间隙学习，或者学习一段时间后做家务。她也看电视、出去玩，对她来说，这些只不过是休息的方式。比如说，她规定每天看电视的时间是一个半小时，不管有多么想看的节目，她也绝对不会破例。

有时候平介会问她，怎么能做到如此自律。她一边灵活地削苹果皮，一边淡淡地说："如果打破了一个规矩，就会接着打破第二个、第三个，持续下去就完蛋了。学习也是这样，我之前的人生就是一个例子。其后果就是，从小学到短期大学的十四年里虽然上了学，却没学到什么安身立命的手艺。我可不想同样的事发生两次，死也不要再产生那么深切的懊悔。"她把苹果漂亮地切成四瓣，用叉子叉起一瓣递给平介。平介边吃边在心里暗忖：之前的人生那么让你后悔吗……

看得出来，直子从没有要把学习当成生活全部的打算，她好像还认识到了学习之外的活动的重要性。和以前相比，她开始读更多的书，甚至还把布满灰尘的微型组合音响清扫干净用来听音乐。

"这世界上有很多很棒的东西，比如不用花钱就能感到幸福或改变世界观的东西，而且都能轻易得到。我总在想，为什么我现在才发现呢？"在看到一本感人的书或者听到一首动听的乐曲时，她就会眼睛熠熠生辉地这样对平介说。

此外，直子还很重视交朋友。当然，她积极结交的都是些比她的精神年龄小很多的朋友。她成绩优异，又很会照顾人，因此在朋友中非常受欢迎。有时候她还会在星期天叫上几个朋友到家里来玩，做好吃的招待大家。每次她端出自己做的食物,都会让大家惊叹一番。

"好棒啊!藻奈美,你怎么做到的?"

"没什么,这都是小菜一碟,你们想做也能做出来,现在有很多方便的料理工具嘛。以前不是家家都有微波炉的时候,不会用蒸锅就什么都做不了。所以说,现在的年轻妈妈们真是幸运呢。"

"真受不了你,藻奈美,说话像个大婶一样。"

"所以说,我也应该感谢厨具的进步嘛。"直子已经非常擅长在快要露出破绽的时候自圆其说了。

那些孩子都是我的老师哦——朋友们离开后,直子对平介说道。"我的意思是,我不是单纯地把那些孩子作为中学生行为举止的范本,而是和他们在一起,能感觉到之前的旧价值观获得了更新。不仅如此,我还感受到,自己所不知道的精神之花一朵朵地绽放了。和她们接触之后,我眼中的世界的颜色都不一样了。"

这些话里的每个字平介都听懂了,但是无法真正理解,只能说"这样啊,那就好"之类的话。不得不承认,平介和她之间产生了看不见的沟壑。对此平介只能解释为,她的人格虽然是直子的,但是和学习能力一样,感性也是由藻奈美年轻的大脑支配的。毫无疑问,现在的直子能看到只有十几岁的少女才能看到的事物,成年人对此无法感知。麻烦的是,直子并未完全意识到自己身上感性的变化。平介也无能为力。对他而言,直子——虽然外表是藻奈美,但人格——依旧是他的妻子。

这天,平介回来得比平时要晚。为了欢迎新入职的两名员工,公司举办了欢迎会。在第二家酒馆喝到中途平介便借故离开,可回到家仍快十一点了。小酌之后，他心情很爽快。他在玄关一边脱鞋，一边向屋里喊道"我回来了"，然后走进卫生间。浴室的灯亮着，里面传来淋浴的声音。

平介打开浴室的门，看到了直子纤细的后背。她正在洗头发，被平介的动作吓了一跳，立即回头看向他，手里的莲蓬头也掉在了地上，热水飞溅，打湿了浴室的墙壁。她慌忙关上水龙头。

"你吓到我了，不要突然开门嘛！"直子的声音有些尖锐。

"啊，抱歉。"平介心想刚才敲一下门就好了，"我刚回来，能泡澡吗？"

"啊……我快洗完了。"

"我想赶快洗，身上都是烟味，很臭啊。"他说着就开始脱衣服。

很久没有和直子一起泡过澡了。每次他想泡澡的时候，直子总是在学习。

他脱光之后走进浴室，直子正在洗脸。他用脸盆中的温水冲了一下身子，然后坐进浴缸，还发出了中年男人特有的仿佛是从腹部深处发出的呻吟声。"今天可真累啊。"浴缸的水没过他的胸部，"把科长给得罪了。大家都去吃饭，可好像没人告诉科长，然后科长就说自己是不速之客。本来是让大家高兴的聚会，没想到把大人物给得罪了。"

"哦，这是挺麻烦的。"直子听上去有些心不在焉。她正拧干毛巾擦头发和脸庞。她将身体扭过去，背对着平介，然后才用毛巾擦身体。平介觉得奇怪。

"怎么？你不泡澡了？你不总是洗完头发以后还要再泡一下吗？"

"嗯，今天就算了。"直子仍然背对着他。

直子准备出去时，平介瞥了她一眼。"喂！"他在浴缸中喊道。

"怎么了？"直子说着，只是回过头来看了看他。

"那里，长出来了，是吗？"平介指着她的小腹，"让我看一下嘛。"他在浴缸里稍微起身。

"行了，有什么可看的。"直子将腰扭向另一侧。

"就让我看看吧！"他说着伸手去抓她的腰，往自己身边拉。

"别碰我！"直子甩掉他的手，顺势按住他的肩膀。他一时重心不稳，摔在了浴缸里，鼻子里涌进了水。

直子走出浴室，嘭的一声关上门，没穿衣服就走出了卫生间。

平介怔怔地蹲在浴缸里，一时没反应过来发生了什么。怎么回事？我可是她的丈夫，丈夫看妻子的身体有什么错?！难道是因为身体是藻奈美的吗？可藻奈美是我的女儿啊，小时候她的尿布都是我换的。平介心里翻涌着委屈和愤怒的情绪。不过，过了一会儿，这样的情绪渐渐消解了。他隐隐约约地意识到了问题所在。虽然无法具体地说清楚，但是他明白，直子心里有一条细细的线，在他想要走进去的时候绊了他一下。

他顾不上洗净身子就出了浴缸，这才想起来没有准备替换的内裤和睡衣，他想让直子帮他拿进来，可最后还是穿上脏的内裤和裤子走出了卫生间。

直子不在一楼的起居室。平介走上二楼，先去自己的卧室换了内裤，穿上睡衣，然后轻轻推开直子的房门。

直子身穿红色的睡衣，在房间中间抱膝蹲着，怀里抱着那只泰迪熊，背对着平介。她应该注意到房门开了，却仍旧蹲着一动不动。

"那个……总之，对不起啊。"平介挠着头说道，"我可能喝得有点多了，最近好像酒量越来越差了。"他试着大笑了两声，可直子还是没有反应。

他打算放弃了,准备关上门的时候,直子开口道:"你觉得奇怪吧?"

"什么?"他问。

"你觉得奇怪吧?"她又说了一遍,"我居然因为那种事生气。"

"没。"说罢平介不再说话。

直子抬起头来,但还是背对着平介,平介看不到她的表情。"对不起。"她说,"不知道为什么,觉得讨厌。"

"讨厌被我碰吗?"

"不只是这样。"

"被我看也讨厌?"

"嗯。"她点点头。

"这样啊。"平介叹道。他抓了抓鬓角,又不自觉地看向指尖。抓完头发的指甲泛着光,虽然泡了澡,但是并没有好好清洁面部。这就是中年男人令人厌恶的原因吧,他自嘲地想。

"对不起。"直子再次道歉,"我也不知道怎么回事,但绝对不是讨厌爸爸你。"

平介什么都说不出来,他不知道眼前的人究竟是妻子还是女儿。不过,不管怎样,他的选择也只有一个。"我知道了,你别在意。以后分开泡澡就是了,浴室门也好好关上。"

直子抽泣起来,瘦小的肩膀颤抖着。

"不要哭。"平介努力让声音开朗起来,"也许这样才正常。"

直子缓缓地望向他,双眼通红。"我们的关系会这样一点一点毁掉吗?"

"不会的,别说傻话!"平介轻轻斥责道。

24

梶川逸美送的怀表已经在一楼起居室的抽屉里放了一年零六个月。这次突然被派往札幌出差,平介才把它拿了出来。

平介是车间生产线上的班长,因此几乎没有出差的机会,但偶尔会去参观学习新引进的技术,这次就是。

平介所在的车间生产的是按照计算机的指令向发动机输送汽油的喷枪。这次公司要引进的是能够在瞬间测量喷枪喷射的汽油量是否准确的装置。和平介同行的还有负责生产技术的木岛、川边二人。而生产测量仪器的工厂就在札幌市。

"要是你想的话,倒是也能当天返回东京。可是那天是星期五,没必要当天返回。平介你也好久没有旅行了吧?听说北海道的秋天可很美,正值红叶观赏期。"小坂科长说罢,又压低了声音继续道,"而且札幌有那种地方哦。"

"那种地方?"

平介不解地歪着头,小坂皱了皱眉头,大概是嫌平介太迟钝。"提到札幌,当然要去薄野①啦。这还用明说吗?"

"哦,原来是这样。"

"发什么愣呢?你啊,老婆不在了以后都没做过吧?偶尔去这种地方放松一下也不错嘛。"小坂又压低了声音说,"听说薄野的浴场里可是有很多美人!"说完,小坂露出一嘴黄牙笑了。

平介从来没想过要去特殊浴场寻欢作乐,只不过能去札幌真是太好了。他还没去过北海道呢。

问题是直子,不过这个问题后来也很容易就解决了。平介去札幌这段时间,直子的姐姐容子要从长野来东京。容子的独生女今年春天来到东京上大学,她早就说过想来看看女儿。

"我要叫姐姐大姨,真期待。"决定了以后,直子窃笑不已。

说到札幌,平介想到一件事。他在起居室自己专用的抽屉里翻来翻去,终于找到一张叠得小小的纸。那是梶川幸广给前妻汇款的凭证。他本来想扔掉,最后还是收进了抽屉。

札幌市丰平区,从地图上看离札幌站并不远。平介至今仍忘不了梶川母女,在失去至亲这一点上她们和其他受害者家属一样,然而却没有人对她们伸出援手。不仅如此,她们还要一直活在这件事的阴影下。

梶川幸广为了给前妻汇钱,才不惜拼到体力的极限努力工作,最后酿成重大事故。然而梶川幸广死后,前妻并没有联系梶川家的人。别说来上香吊唁了,也许她连梶川幸广出事身亡都不知道。

平介一直后悔一件事。在得知梶川幸广给前妻汇款后,他应该

---

①日本数一数二的繁华街区之一,也是日本著名的"红灯区"。

跟那个叫根岸典子的女人取得联系,至少能确认她是不是知道梶川幸广的死。

这次札幌之行,平介想见根岸典子一面,把那些他不知道的事都搞明白。可是事情已经过去两年半了,事到如今再联系她又能怎么样呢?什么也改变不了。梶川征子不能死而复生,逸美也不会变得幸福,只有他一个人会得到满足罢了。要不还是忘记吧。他想着想着,突然想起了那块怀表,然后拉开抽屉翻找起来。

出差定在星期五。星期四一到下班时间平介就离开了单位,步行去了荻洼。他要去的是一家钟表店。

"你带来的真是一块珍贵的怀表啊。"店主松野浩三苦笑着看着表说道。他一脸胡茬,像是在皮肤松弛的脸上撒了一层芝麻盐。

"听说很值钱。"

"哦,这样啊。平介,你从哪里得到的这块表?"

"别人送给我的。"

"不是买的啊。"

"不是,怎么了?"

"没什么。只是……哎,盖子打不开啊。"浩三拿着放大镜研究着怀表,"好像有个零件坏了。"

"希望你能帮我修好。"平介说。

松野浩三是直子的远房亲戚。听直子说,她来东京找工作的时候,受到了他很多照顾。直子在东京的葬礼,他也参加了。平介还记得他搓着满是皱纹的脸放声大哭的样子。浩三没有孩子,和年老的妻子在离荻洼站不远的地方开了家小店,兼做住房,相依为命。虽然是钟表店,可是好像眼镜的业务更多一些,还经营贵金属加工业务,而且多是定做，比如拿一款蒂芙尼戒指的照片给他看，请他照着做，他就能做出一枚一模一样的。平介和直子的结婚戒指就是在这里定做的。

平介把怀表拿来是因为他不知道怀表的价值，如果真是很贵重的东西，他打算拿给根岸典子，到时候就说"我问了专家，说这块怀表很贵重，觉得不能自己拿着，就带来了"。总之，他需要一个见根岸典子的合理理由。最想说服的人，正是他自己。

"啊，终于取下来了。"浩三在工作台上把坏了的表盖修好了，他手里的怀表已经能轻松打开了。

"是值钱的东西吗？"平介将身子探向柜台问道。

"嗯，"浩三歪着头苦笑道，"难说啊。"

"什么意思？价格无法估量吗？"

"价格嘛，也就三千元左右吧。"

"什么？"

"以前这种怀表很常见，而且还修过几次。让你失望了，这并不是古董。"

"原来是这样……"

"但是有其他价值。也许对某个人来说可能是无可取代的。"

"什么意思？"

"就是附加值嘛，你瞧。"浩三站起身来，把表盖打开的怀表放在平介眼前。

平介拿起怀表察看，发现表盖里侧贴着一张小照片。上面是一个五岁左右的小孩子，和梶川逸美长得不像，而且看起来是个小男孩。

169

25

有多少年没有坐过飞机了？平介边想边透过舷窗眺望，期待着能看见海，却只看到了绵延不绝的白云。再加上座位在机翼附近，因此视野被遮住了大半。

"杉田先生明天有什么计划？"旁边年轻的川边问他。川边坐在两人中间，木岛则坐在靠通道一侧。

"想去个地方，然后打算后天早上回东京。你们怎么安排？"

"我们打算明天在札幌市内观光，乘后天傍晚的飞机返回。"

"好不容易出趟差，是吧？"木岛从旁说道。

飞机在千岁机场落地后，对方派了车来接他们，是一辆黑色的车，后座坐三个人都绰绰有余。平介不禁感叹，我们好像政治家啊。其他两人听完都笑了。坐在副驾驶座上的对方负责人也苦笑了一下。

平介他们的公司打算引进的测量器测试预定在北海道大学附近的服务中心进行。这种测试如果顺利，很快就能结束，但是经常会发生预想之外的问题。这次也是，如他们所料，数据调取需要花费一些时间。三人越来越沉默。对方大概是为了讨好他们，午饭准备了丰盛的套餐。三人的心情自然不会因为一顿饭就轻松起来。川边又抱怨了一句："吃法国料理竟然没有酒，真是不讲究啊。"

下午六点多，全部数据总算读取完毕。对方请三人到札幌市内的寿司店吃晚饭，之后又去了大通公园附近的夜总会。工作顺利告一段落，喝起酒来也别有一番滋味。年轻的女招待坐在平介身边，好奇地问这问那，领口大开的前胸和超短裙下露出的大腿让平介不时分神。好久不曾有过这种心怦怦直跳的感觉了。

平介回到酒店时已经过了午夜十二点。他担心时间太晚，直子恐怕已经睡下了，结果打电话过去直子马上就接了起来，看来还没睡。

"这边不用担心，我和大姨一直在聊天。"直子的声音有些雀跃，"稍等一下，换大姨接电话。"

平介向容子道谢。她自然没有想到身边的少女就是自己的妹妹。她只是说："藻奈美跟直子太像了，说话的方式和行为举止都一样。刚才她帮我捏肩膀，手法跟直子一模一样，真是太让人惊讶了。"

平介想起直子以前说过，她经常给姐姐捏肩膀。估计现在在一旁的直子已经忍不住笑了。平介说"那就拜托你了"，然后挂了电话。

第二天早上，平介很晚才吃早饭。吃完后退了房，搭上出租车，告诉司机那张汇款凭证上的地址，司机说大致知道在哪里。

"这附近有红叶好看的地方吗？"平介问司机。

中年司机稍稍歪头思考了一下，然后对平介说："这附近有藻岩山，但是现在还有点不到时候。体育节①前后是观赏红叶的好日子。"

---

①日本的国民节日之一，为每年十月的第二个星期一。

"那我要是下周来就好了。"

"是的,下周差不多。"

平介很少跟司机聊天。而且他也并不是很想看红叶。聊天只不过是想缓解紧张感。

到了目的地,司机说就是这里了,平介便下了车。这条街道小商店林立,他边走边看着住宅的门牌号,最后在一家店前停了下来。

这是一家小小的拉面店,招牌上写着"熊吉"二字。店门关着,挂着一个写有"定休日"的牌子。平介抬头看向紧闭的卷闸门顶部,发现了一个写着"根岸"的名牌。

平介敲了两三下卷闸门,没有任何回应。店的二楼看起来像是有人住,可是窗户紧闭着。他又看了一眼招牌,上面用小字写着电话号码。他从包里取出昨天记录数据用的笔记本,在封面一角记下号码。

这时刚好有一辆出租车经过,平介便招手让车停下载上他,将晚上投宿的酒店名字告诉了司机,这才想起来距离酒店办理入住手续的时间还差一会儿,于是问司机:"请问札幌的钟塔离这里远吗?"

"钟塔?"后视镜里,司机眨了眨眼睛,说,"不远,很快就能到。"

"先去那里吧。稍微打发一下时间。"

"哦……"年轻的司机挠了挠下巴,继续说道,"去倒是没问题,不过在钟塔打发不了时间。"

"是吗?"

"您没听说过吗?那儿可是看了实物会失望的景点的第一名。"

"嗯,倒是听说过那儿没什么可看的。"

"嗯,您去看看就知道了。"

出租车很快就在一条大路边上停了下来。平介正纳闷为什么要停在这种地方时，司机指着路对面对他说："就是那个。"

"那个吗……"平介苦笑道。确实和照片上的有很大差别，倒不如说就是一个屋顶上有座钟的白色小洋房。

"如果有时间可以去旧道厅看看。从这里往左直走就是。如果还有时间，继续往里面走，那里有北海道大学植物园。"司机一边收钱一边告诉平介。

司机的建议对平介很有用。他在钟塔打发了十分钟，去旧道厅打发了二十分钟，接着又在北海道大学植物园转了三十分钟，然后出来搭乘出租车去往酒店。刚好赶上办理入住手续。

走进房间，平介马上拿起电话，拨出刚才记下的号码。响了三声后，对方接起了电话。

"您好，这是根岸家。"一个男子的声音传来，听起来很年轻。

"你好，我是从东京来的，姓杉田。请问这是根岸典子女士家吗？"

"我妈妈现在不在家。"是根岸典子的儿子。

"这样啊。那你知道她几点回来吗？"

"不确定，傍晚应该能回来吧……请问您有什么事吗？"男子的声音里多了几分警惕。可能没听说过杉田这个姓氏，也可能是对从东京来的这种自我介绍表示怀疑。

"其实我想问问关于梶川幸广先生的事……"平介坦言。

对方突然沉默了，在电话这头都能感受到他脸色一变。"关于什么事？"男子的声音明显低沉了几个层次，"我们和那个人现在完全没有联系。"

"这个我知道。我想和你妈妈见一面，当面说清楚。对了，梶川先生去世的事你们知道吗?"

对方没有立即回答,似乎在思考该如何回应。"知道。"男子终于说话了,"但是他的死也和我们没有任何关系。"

"你当真这样认为?"

"……您想说什么?"

"总之我想和你妈妈见一面,我有东西要交给她。你刚才说她傍晚回来,那我就到时候再打电话吧。"

"等一下。"男子说,"您现在在哪里?"

"我在札幌站附近的酒店里。"平介把酒店名字告诉了他。

"知道了,稍后我们联系您。您一直在酒店里吗?"

"嗯,我等你们。"平介回答道。反正已经将札幌观光完了。

"那我妈妈回来以后,我转告她。您是杉田先生,对吧?"

"对,杉田。"

"知道了。"说完,男子就挂断了电话。

平介躺在床上睡了一小会儿,好像做了几个奇怪的梦,然后就被电话铃声吵醒了。

"是杉田先生吧?"似乎是酒店服务员打来的。

"是的。"

"前台有客人来访,是一位姓根岸的客人。您稍等一下。"

平介感觉服务员在把听筒转交给另一个人。莫非是根岸典子本人来了吗?平介有些惊慌。

"您好,我是根岸。"一听才发现是根岸典子儿子的声音。

"啊,刚才打扰了。"平介说,"你妈妈回家了吗?"

"我有重要的事想和您说。您能下来吗？"对方的声音听起来比刚才更生硬了。

平介握着听筒，思考着他这话的意思。"根岸典子女士没有一起来吗？"平介问道。

"是的，我妈妈没来。只有我一个人。"

"这样啊……我马上下去，你在哪里？"

"我在前台等您。"

"我知道了。"平介把听筒放回电话机，走进浴室洗了把脸，想让头脑清醒一些。

走到一楼，他朝前台附近张望。看起来像是住客的人们正在排队办理入住手续。在他们旁边稍远处站着一个年轻男子，身穿白色Polo衫和牛仔裤，个子很高，脸很瘦，小麦色的肌肤使他看上去更瘦了。男子看起来二十岁左右，平介断定就是他。

年轻男子来回张望着，看到平介的时候定住了，一副在确认"就是你吗？"的表情。

平介向他走近，开口道："是根岸吗？"

"是的。"男子回应道，"初次见面。"

"啊，初次见面。"平介点头致意，然后拿出名片递给他。名片上有他事先用圆珠笔写的家庭住址和电话号码。"我姓杉田。"

年轻男子注视着名片，说道："您……在 BIGOOD 工作？"

"是的。"

"不好意思，请稍等一下。"他大步走向前台，在备置的纸笺上写了什么，然后走回来对平介说："我是学生，还没有名片。"说着，将那张纸递给平介。纸上写着熊吉拉面店的地址和电话号码，还有他的名字——根岸文也。

他们走进旁边一家咖啡馆,就座后平介点了一杯咖啡。根岸文也也点了同样的咖啡。

"我因为出差来到札幌,就想顺便联系一下你们。"平介实话实说。

"您在BIGOOD做什么工作?研究?"

"不是的,"平介使劲挥了挥手,"在车间工作,制作汽油喷射器,一种叫ECFI的零件。"

"ECFI……电子式燃料喷射装置吗?"

平介注视着面前这个流利地说出汽车部件名称的年轻男子,说道:"你很内行嘛。"

"我大学的专业就是汽车制造。"

"你在哪里上大学?"

"北星工大。"

"几年级?"

"三年级。"

"原来如此。"平介点点头。北星工大是工科大学中的翘楚。

这时咖啡端上来了,二人几乎同时喝了一口。

"那你妈妈呢?"平介直奔主题。

文也舔舔嘴唇,说道:"其实我还没有把您的事告诉妈妈。至于要不要说,我想先听听您所说的情况。"

"哦……为什么呢?"

"您想说的话好像跟那个人有关。"

说到"那个人"的时候,他脸上明显流露出嫌恶。

"梶川幸广先生不是你的爸爸吗?也就是你妈妈曾经的丈夫。"

"都是过去的事了,我现在不这么认为。我们毫无关系。"文也的表情有些僵硬,眼角都吊了起来。

平介端起咖啡杯,思考着如何将对话进行下去。虽然预想到了这种情况,但是他好像对父亲一点好印象都没有。

"杉田先生,您和那个人是什么关系?"文也问道。

"这个解释起来有点难度。"平介把咖啡杯放到桌子上,"你既然知道梶川先生去世,应该也知道去世的原因吧。"

"他驾驶的滑雪大巴发生坠落事故,我们这边的报纸也大规模报道了。"

"当时马上就知道司机是你爸爸了?"

"同名同姓,而且那个人在这里生活的时候也是大巴司机,肯定没错。"

"这样啊,在这边也是司机啊。"平介点点头,然后直视这个年轻人的眼睛,说道,"我的妻子在那次事故中去世了。"

根岸文也的表情顿时显得惊讶又狼狈。他低下头,然后又抬了起来。"原来是这样,真是可怜。不过我刚才也说了,我们和那个人已经没有任何关系了……"

"不不,"平介笑着摆了摆手,"我没有想来怪罪你们的意思。就像刚才在电话里说的一样,我有东西想交给你妈妈。"他说着,从上衣内侧口袋里拿出那块怀表,放在桌子上。然后尽量简明扼要地介绍了得到这块表的前后经过。文也沉默地听着,当平介说到梶川幸广一直在给根岸典子汇款时,他惊呼了一声,好像从来不知道这件事。

平介打开怀表的盖子,把照片拿给文也看。"刚才我一看到你就明白了,照片中的男孩就是你。梶川先生一直惦记着你,才随身带着这张照片。"

文也盯着怀表中的照片看了一会儿,说:"我明白是怎么回事了。您专程为了这个大老远过来,真是非常感谢。"

"没什么,但是这个,给你。"平介把怀表递给文也。

"可是,"文也说,"这个我不能收下,也不想收下。"

"为什么?"

"我们已经把那个人给忘了。收下它也只会扔掉,所以还是不要收下比较好。"

"看来你很讨厌他。"

"老实说,我恨他。"文也斩钉截铁地说道,"那个男人抛弃了妈妈和年幼的我,突然和一个年轻女人私奔。只要想想那之后妈妈有多辛苦,我就无法原谅他。虽然现在勉强开着一家小拉面馆,可妈妈以前还在工地干过活。我本打算高中毕业就工作,可是妈妈说学费她会想办法,甚至还供我复读。"

平介口中一阵苦涩,心想原来他们离婚是因为这个。那个和梶川幸广一起私奔的年轻女人后来怎么样了呢?应该不是梶川征子。

"但是你爸妈是正式离婚吧?那么,你妈妈是在某种程度上接受了之后,才在离婚协议书上盖了章。"

"不接受又能怎么样?听我妈妈说,好像是在她不知情的情况下提交的离婚申请。如果起诉,就能轻易判决离婚无效。可是我妈妈不想再纠缠,就没有起诉。如果我再大一点,绝对不允许这么委屈的事发生。"

光是听文也讲述,心情就已经变得沉重了,平介心想,文也恨他爸爸也不是没有道理。"至少那些钱应该是表达他的愧疚心情的。"

"钱的事我今天也是第一次听说,但是我不会因为这样就原谅他。他该尽的更大的义务都没有尽到,不是吗?"

"你妈妈也这么想吗?"平介问道,"你妈妈也恨梶川先生吗?以至于知道他去世以后,都没有出席葬礼吗?"

听到这里,文也垂下了目光,好像陷入了思考,不一会儿又抬起头来,说道:"知道事故发生以后,妈妈是想去出席葬礼的。她说,虽然离婚了,但毕竟当过一阵夫妻,至少想去上炷香。如果汇款的事是真的,那么妈妈这样想也情有可原。但是我制止了她,叫她别干傻事。"

"傻事……吗?"

平介十分理解文也的心情。但是,梶川幸广为了给他们汇钱,不仅牺牲了自己,还让妻子女儿过得那么辛苦。平介本来想说这些,可最终没有说出口。这原本和根岸母子没有关系,而且当时文也并不知道梶川幸广给他们汇钱的事。大概他的母亲没有告诉他。

"因此,这东西我不能收下。"文也把桌子上的怀表推还给平介。

平介看看怀表,又看看文也。"不能让我跟你妈妈谈谈吗?"平介说,"只要一会儿就好。"

"不行。我妈妈不想再和那个男人有任何瓜葛。多亏忘记了他,我们现在才能好好地生活。我不想让妈妈受到打扰。"

听他这么说,平介明白了,文也从一开始就不打算让平介见他的母亲。"好吧。"平介叹息道,"你都这么说了,我也没办法。"

"我有个问题,可以问您吗?"

"问吧。"

"您为什么花费那么多努力来找我们呢?何况那个男人是事故的

罪魁祸首，而您是受害者家属。"

平介挠挠头，苦笑着说："我自己也不太明白。有句话叫骑虎难下，大概我也是这样。"

文也一脸莫名其妙的表情。如果想让他明白，就得把自己和梶川母女之间奇妙的缘分详细告诉他。可是现在说那些并没有什么意义，平介也没有自信能讲清楚。

"我觉得您还是从虎背上下来比较好。"文也淡淡地嘟囔了一句。

"确实。"平介拿起怀表，想合上表盖，却又犹豫了一下，看着文也。"你能只收下这张照片吗？我拿着也没用，而且扔掉人像好像也不好。"

文也露出为难的表情，略一思考，大概理解了平介的意思。"我知道了。那照片由我来处理。"他说道。

平介用名片把照片从盖子里面弄了出来。照片并不是粘贴上去的，而是剪成了和表盖一样大小，完好地镶嵌在表盖里面。他把裁得圆圆的照片递给文也。

"我觉得梶川先生从来没有忘记过你。"

"这并不能作为他的免罪符。"像是想打断平介的话，文也用力地摇了摇头。

26

和根岸文也分开之后,平介回到房间,躺在床上。怀表最终还是没能交给他,平介啪嗒啪嗒地开合着表盖。多亏了浩三的修理,怀表恢复完好。

平介一遍又一遍地回想和文也的对话,觉得还有很多该说的话没对他说。也许再也不会见到那个年轻人了,但平介还是想把心中的混沌告诉他。

梶川幸广为什么给根岸典子汇款,最终平介还是不得而知。从文也的话中得知,那并不是正式签订的离婚协议中包含的内容。梶川幸广和根岸典子私下里应该也不会讨论过抚养费和生活费的话题。平介想来想去,只能认为这是梶川幸广为自己赎罪的方式。对自己曾经抛弃的女人和孩子给予物质上的补偿,这并不是无法理解的事。

但如果是这样,那么征子和逸美对梶川幸广来说又算什么呢?难道仅仅是为了接下来的人生而选择的生活伙伴吗?尤其是逸美,她在梶川幸广心里算什么呢?难道仅仅是一起生活的女人带来的拖油瓶吗？曾被他抛弃的亲儿子和如今必须养育的继女，在他心里是怎样平衡两人地位的呢？

对此平介心中满是烟雾一样的不明朗，无法用语言描述。他坐起身来，用力挠了挠头。就在这时，电话声响起，是木岛打来的。他之前曾告诉过木岛今天住宿的酒店。木岛问他要不要一起去吃饭，再去薄野喝一杯。刚好木岛和川边就住在附近的酒店。平介啪的一下盖上了怀表的盖子，说"我陪你们"。

他们在一家美味的石狩锅店里吃了饭，然后计划去川边的朋友推荐给他们的夜总会。

"要是随便去一家店的话，很有可能会被狠狠宰一顿。"川边一边走一边说。

他们俩今天也在札幌观光了一圈，平介一说到钟塔，他们都笑了出来。

"那个太过分了，照片拍的比实物好看太多。"木岛说道。

"看电视剧里的画面完全不觉得奇怪，但是看到实物，简陋得真是让人大吃一惊。"

他们说，今天去过的地方里大仓山是最棒的。他们还乘坐缆车到了山顶的观景台。

三人聊着天，辗转于薄野的街道，然而并没有找到刚才说的那家店。不知是哪里出了差错，他们走进了一条没有酒馆的昏暗街道。

"啊，糟了。"川边小声咕哝着。

街道上充斥着不同寻常的气氛。道路两侧站着几个形迹可疑的男人，看起来不像是一起的，每个人之间都隔着一定的距离。

三人往街道深处走去，马上有一名男子凑了过来，身上穿着一件轻薄的白色夹克。

"你们是来出差的吗？"男子问。

三个人谁也没有回答。

男子又说道："有时间的话就来坐坐。我们店里有不错的姑娘哦，在这一带是最好的，现在来的话随你们挑。"

木岛没说什么，只是摆了摆手。男子见状就离开了。之后又有两名男子上前搭讪，说话的语气都差不多，这让平介觉得有点意思。

"看他们拉客的方式，看来出差来这里光顾的人不少嘛。"木岛说道。

"我在公司还被他们调侃了，说我绝对会去特殊浴场。"川边说着笑了。

原来如此，这就是特殊浴场出来拉客的啊，平介想起出差前小坂对他说的话。

终于看到了他们要找的那家店，三个人鱼贯而入。店面不大，却有五个年轻的女招待。平介比昨天晚上从容了一些，但看着对面女孩穿着的超短裙时，还是心跳得厉害。

川边负责活跃气氛，讲的六本木的故事引起了女招待们的兴趣。他平日里总是一副严肃认真的技术员形象，平介觉得自己看到了他的另一面。

"对了，杉田先生有孩子了吗？"坐在身边的女招待问道。她穿着紧身连衣裙，曲线毕露。

"有。"平介端着盛有兑水威士忌的酒杯说道。

"男孩还是女孩？"

"女儿。"

"多大了？"

"上初二了。"

"这可是最难伺候的年纪呀。"她笑嘻嘻地说道。

"是吗？"

"对呀,上初二的话不就是十四岁左右嘛,正是最讨厌爸爸的年纪。"

"嗯？是吗？"

"嗯。怎么说呢,只要在一起待着就觉得讨厌。"

这时另一个女招待也插话进来："我也是。看到爸爸晾的内裤,我就起鸡皮疙瘩。爸爸用完的厕所我绝对不用,爸爸刚洗完澡的浴室我也很讨厌。"

其他几个女招待都加入讨论起这个话题,讨厌爸爸的气味啦,只穿内裤时露出的肚子上的赘肉啦,还有看到爸爸的牙刷就想吐啦——一说起父亲的坏话就没完没了。

平介问,为什么会这么讨厌爸爸呢？女招待们回答说,她们自己也不知道,总之就是生理上无法接受。

"反正二十岁之前就是这种感觉。慢慢地爸爸年纪越来越大,看起来觉得很可怜,就想着要对他好一点。"旁边的女招待说道。

"真是悲哀啊。"川边语气有点含糊,"当了爸爸以后好像就没什么好事,我还是不要结婚了。"

"又不是想图什么好事才当爸爸的。"木岛说,据说他有两个孩子。"有一天突然意识到的时候,孩子已经在叫你爸爸了。这时候已经无路可退了,只能努力做一个好爸爸。是吧,杉田？"

被木岛这么一问,平介含糊地回答道："是啊。"

"当爸爸很简单,可是持续当爸爸就很难了。当爸爸可是很累的。"

酒精好像开始在木岛身上起作用了。

木岛和川边喝完还想再去另一家。他们已经醉了,所以才不想马上就回去吧。平介在店前和他们告别,一个人往回走,然而刚走没多久就迷路了。札幌的道路像棋盘的格子一样,其实很好认,可他却不知道该往哪个方向走。

绕了一阵子之后,他来到一个熟悉的地方,就是刚才经过的男人们拉客的街道。一走进这条街,很快就有一个男人靠近。他轻轻摆着手,露出一副拒绝的态度继续走,比起刚才三个人一起走的时候稍稍有些不安。

一个小个头男子靠近平介,在他耳边低声说道:"给您介绍个好姑娘!您绝对不会后悔。"

不用了,平介说着摆摆手。

"来嘛,当爸爸的偶尔也该来放松一下。"男子说道。

"爸爸"这个词牵动了平介的心。他停下脚步,看着拉客男子的脸。男子眼见有希望,靠得更近了。"两万五千元就够了,非常棒的姑娘。"

"不是,我……"

"好不容易来一趟,得好好玩一把。您说是吧,爸爸?"男子啪地拍了一下平介的后背。

不知不觉间,平介就和男子并肩走了起来。平介心想必须赶快拒绝,却说不出这样的话。其间男子向他提出交两万五千元的要求。不能去这种店——平介脑海中闪现过这样的念头,可就是无法开口拒绝。别的想法堵住了他的嘴。

偶尔这样也无妨吧。从爸爸的生活中解放出来也无妨吧。

他掏出了钱包。

大楼前立着很多花哨的招牌。男子沿着楼梯往地下走，平介跟在他身后。下了楼梯有一扇门，男子打开门，里面是犹如窗口一样的地方，男子站着朝里面喊了一声，紧接着窗口旁边的门就打开了，走出来一个丰满的中年女人。两个人小声说着什么，平介只好环视周围。昏暗的走廊向右延伸，四周鸦雀无声。

过了一会儿，拉客的男子离开了。中年女人问平介："客人，您去厕所吗？"

"什么？"

"去厕所吗？如果想去的话，请现在去。"

"啊，不用了。"

"真的吗？真的不去吗？"中年女人不嫌啰唆地又问了一遍。平介心想，大概待会儿有什么特殊服务吧。

平介先被带到一间狭窄的等候室。去之前他还担心有别人在等着，可是房间里一个人都没有。墙上还贴着一张很大的裸女照。

很快中年女人又出现了，说了声"请跟我来"。二人走在房门一个接着一个的走廊里，终于在一扇门前停住。打开门，一个身着红色浴袍的年轻女子跪在地上迎接，一头长发紧紧地束在身后，脸长得像猫一样。

平介走进房中，身后的门被关上了。年轻女子缓缓地站起来，移到他身后，为他脱去上衣。"客人，您不是本地人吧？"女子一边把他的上衣用衣架挂起来，一边问。

"嗯，我从东京来的。这你都能看出来？"

"因为您的上衣很厚。肯定是以为北海道很冷，才穿了这么厚的衣服。"

确实如她所说。其实他放在酒店的行李里还有一件毛衣。"观察得真仔细啊。"

"虽说北海道在最北边,可和北极不一样。衣服需要我为您脱吗?"

"不用了,我自己来。"

一进房间就有一张床,里面是一间宽敞的浴室,中间没有墙或任何分隔的东西。平介慢吞吞地脱衣服时,女子就到浴室去看洗澡水的温度和水量。不知什么时候她把浴袍也脱了,全裸着的身体很是苗条。

在女子的催促下,平介躺进了浴缸里,然后女子开始用海绵让香皂起泡。她微微隆起的胸部若隐若现,小麦色的年轻肌肤看起来光滑无比。

平介心想,已经好几年没有这样直视女人的裸体了。当然现在的直子的裸体则另当别论。上一次看曾经的直子的裸体还是事故发生之前,也就是两年半前。这两年我根本就不算是个男人,平介想,我到底是怎么走过来的?

"我第一次来这种地方。"他说。

"哦。是被路边的大叔带进来的吧?"

"嗯。"

"那就是两万五千元喽。"

"对,两万五千元。"

女子低低地笑着,说:"其中大叔就抽了九千元。"

"是吗?"

"下次直接到店里来,点名找绘里香就行了。那样的话就只需要支付一万六千元。"

"哦。"平介一边点头,一边琢磨着为什么拉客的人回扣要收九千元,而不是整数金额。

女子为他洗干净身体,让他躺在沙滩垫上。女子全身涂满了润肤乳,贴在他身上摩擦。当她两腿间到达平介眼前时,他看到了她的私处。他已经很久没看过了,因此突然感到一阵轻微的眩晕,随后冷静地观察着,原来是这个样子啊。

"您好像不是很兴奋。"

"抱歉。"

"您喝酒了吧?"

"嗯,喝了一点。"

"那去床上吧。"

床边有一面镜子,平介一躺下就能看到自己的裸体,因此有些羞涩。枕头旁边有一只小闹钟,他明白那是用来计时的。还剩多少时间呢?这么一想他竟着急起来。或许这让他无法进入状态,无论这个叫绘里香的女子对他做什么,他都无法坚硬起来。

"这个方法对喝了酒的客人最有效。"她说着,拿来浸了冰水的毛巾敷在他的睾丸上,可完全不起作用。"客人,您这是怎么了?"女子有些不知所措地问他。

"好像不行啊。"

"您不是憋了好久才来的吗?"

"是啊。"他想说已经憋了两年半了。

"那怎么办呢?没剩多少时间了。"

"那就算了吧。对不住了,就这样吧。"平介说着起身,坐在床边对她说,"你能帮我把衣服拿来吗?"

"这样真的好吗?"

"嗯。"

绘里香一副赌气的神情,把衣服一股脑地放在平介身边。平介一件一件拿起来穿好。

"您有妻子吗?"女子问道。

他想说没有,可又想到这么大年纪还是单身,而且来到这种地方却是这种表现,就说不出口。"有啊。"他答道。

"所以说嘛,"女子嘲笑似的歪着嘴说道,"只和妻子一个人做就好了。"

平介感到一阵耻辱,涨红了脸。他很想给她一个耳光,却又不能那么做,于是只低沉地说了一声"是啊"。

回去的时候,那个中年女人又出现了。她带平介到之前没用过的电梯前,说道:"坐电梯到一楼,就是刚才进来的正门的另一侧,从那儿出去就是另一条街。"大概是体察到客人离开的时候心情会比来的时候更羞耻吧。

平介按她所说到了一楼,走出去的那条街道完全没有特殊浴场的感觉,十分安静。路旁的垃圾桶边,还有流浪猫在寻找食物。街灯很少,月亮也没有出来,然而这黑暗却拯救了他。他缓缓地走着。

我今后该如何活下去呢?平介想。是父亲,却又不是。是丈夫,却又不是。而且现在连勃起都无法做到了。那么就是男人,却又不是。

他的心为自己的悲惨命运震颤着。

27

直子发布那则宣言是在元旦的早上。矮脚餐桌上摆着她做好的食物，在互道"新年好"后，两个人以日本酒代替屠苏酒碰起杯来。自初中入学考试合格时喝了点酒之后，直子默默地练得能喝了起来。

电视里播放着新年节目。当红的明星们身穿有节日气氛的衣服做着游戏，唱着歌；搞笑艺人们玩着整人游戏；运动员们向答题发起了挑战。仿佛有一种只有今天不用想麻烦难题的氛围笼罩在日本上空，平介也沉浸其中，直到听直子说出那番话。

"中考？"平介又问了一遍。因为正看电视看得入迷，他的脸上还带着笑容。

"是的。"直子伸了个懒腰，点了点头，"希望你同意我参加明年春天的中考。"

"等等。现在的初中，只要不是成绩特别差，不是可以直升高中吗？有必要参加中考吗？"

"我想上别的高中。"

"别的高中？对现在的学校不满意？"

"不是不满意，而是和我的目标不相符。"

"目标？"

"可以说是将来的出路吧。"

"你已经想好将来的路了？"

"嗯。"

"想做什么？"平介说着，关上了电视。

直子明确地回答道："医学系。"

由于刚关上电视机，直子的声音显得特别响亮。

平介认真地看着直子的脸，直子也回应了同样的目光。

"医学系？你想当医生吗？"

"这我还不清楚，总之想学医。但是很遗憾，我们学校直升的大学没有医学系。"

"医学系啊。"平介搓着脸，脑子里没有什么概念，他对这个词本身就缺乏真实感。"为什么有这种想法？"

"我一直在想自己到底想做什么，可总也没有答案。那我就想着考虑一下对什么感兴趣，没想到轻松地得到了答案。我对发生在自己身上的事很感兴趣。到底为什么会发生这么不可思议的事？活着意味着什么？意识和肉体是什么？我想知道这些。而要想解开这些谜团，只能学医。"

"哦，意识和肉体……"平介再次意识到，原来直子一直在意发生在自己身上的不可思议的事。他也能理解这些是直子最感兴趣的。他抱着双臂，一副思索的模样，其实并不是在考虑什么具体的问题，只是不知道该怎么办。"不过那是考大学时才应该考虑的问题吧。就在现在的学校直升高中不行吗？"

"我觉得不行。"直子的理由是：现在上的这所学校确实水平很高，但是因为不用努力就能直升大学，所以学生们都没什么紧迫感。这种倾向如果上了高中就会更加明显。那时候只有自己一个人想上医学系而努力备考，恐怕会被周围的环境影响。

"但这种事不都是靠自己吗？只要有决心，努力备考就行了。"平介有些心虚地说道。因为他根本没有考大学的经验，而是从初中直接进了高等专科学校。

"其实还有一件事。"

"还有一件事？"

"我想去男女混读高中。"

平介不知该说什么。这句话给了他不小的打击。其实他也不是完全没想过直子会说出这样的话来。当听她说起想参加中考时，他就模模糊糊地意识到了这一点，也可以说正是因为担心这个，他才提出了否定意见。

直子所说的想去男女混读高中的理由也很有说服力：考医学系的大部分是男生，和他们一起学习就会时刻意识到他们的存在，从而激励自己努力，正确认清自己的位置。

直子说得没错，平介也不得不这样认为。既然要和别人竞争，最好就是在竞争对手身边，这道理不言自明。但是，他心里还是有无法消解的惆怅。一想到直子要同看似和她年纪相仿的男生共处，他就有一种说不出的抵触。

真的只是为了学习才想去混读高中吗——平介想这样问直子。难道不是因为想和年轻男生一起玩才以学习为借口吗？难道不是想借着藻奈美的身体再享受一次青春的感觉吗?

可这些话他并没有问出口。否则若直子说他疑心太重,他也不知道该如何还口。如果她是真心出于学习的考虑才想去混读高中,大概会鄙视平介这种武断地把男女混读和男女关系画等号的想法吧。被直子鄙视,是平介最害怕的一件事。

"知道了。那你就再努力一年吧。"平介说着,悠然地往酒杯里倒上日本酒,扮演一个善解人意的父亲和丈夫的角色。

"对不起,我说了任性的话。但是如果想读医学系的话,现在家里还是可以的吧?"直子小心翼翼地说道。

平介立刻听懂了她这话里的意思。她是指赔偿金。那些钱完全没动过,分成了几部分存在了银行里。以前两个人讨论过,怎么样最大程度上利用好这笔钱,才能祭奠藻奈美的意识和直子的身体,但是始终没得到好的结论。直子现在提出的这件事,应该是最好的用途了。

"藻奈美肯定也会同意的。"平介一口喝干了杯里的酒。

根据直子一直以来的态度和行动,平介可以预想到,对于中考,她完全不会掉以轻心。之前的周末她都是在休息中度过的,但是这样的日子以后应该不会再有了,也不会再有朋友到家里来玩了。用她自己的话说:"我一跟她们说要参加中考,她们都不找我玩了。"接着她又说:"不过这样就轻松多了,不用每次都拒绝她们的邀请。"

"要暂时告别奢侈啦。"说完这句话,她连小说都不买了,取而代之的是占满了书架的参考书和习题集。

她唯一的娱乐活动就是听音乐。她说,当她听齐柏林飞船乐队时,不知为何数学题会很快解开。学英语的时候听莫扎特,做社会作业的时候听 Casiopea 乐队，学语文时听皇后乐队，学理科时听的就是松任谷由实了。因此，她正在学什么科目，根据她房间里传出的音乐，平介就可以知道。

明明有轻松的道路，却偏偏要选一条艰苦的，并且牺牲快乐的时光来学习——这样的努力没有理由收获不到回报。第二年春天，她成功地考上了心仪的高中，依旧是平介陪着她一起去看学校放榜。

看到合格者名单上自己的准考证号时，直子露出了比初中入学考试放榜时开心的表情。

28

时隔许久,平介再次走进喷枪生产车间。空调开得很足,不过不是为了人而开,而是为了机器。因为里面摆放了很多精密仪器。

看到平介,拓朗没有停下在传送带上工作的手,点头打了个招呼。他跟以前一样,还是歪戴着安全帽,戴的护目镜也不是工厂发的,而是不知从哪里弄来的时髦眼镜。

"你来干吗呀?视察?"拓朗搭话道。

平介笑着说:"嗯,差不多吧。来看看新婚的拓朗有没有偷懒。"

"别老是新婚新婚的,烦死了。"拓朗皱着眉头咂了咂嘴,看来近来没少被打趣。

中尾达夫从前方走过来,看到平介后瞪大了双眼。"咦,股长你怎么来了?"

"没,没什么特别的事。只是最近没怎么来,就想顺便过来看看。"

"哦,要不要喝咖啡什么的?"中尾说着,举了举手中的纸杯。

"好啊。"

他们在自动售货机买了咖啡,在休息室里坐了下来。窗外一片漆黑,现在已经进入了加班时间。不过平介已经打卡下班了。

"平介,你还想回车间工作吗?"中尾问道。他的帽檐以前是红色的,如今已经变成了深蓝色。平介以前也戴着那样的帽子,那是班长的象征。

"那倒没有。"平介喝了一口咖啡,说道。速溶咖啡一如既往地不好喝,但他很喜欢在休息时间和同事一起在这里喝东西。

"股长的工作怎么样?习惯了吗?"

"嗯,还凑合吧。"

四月时,公司内部进行了大规模的部门调整。科被分成了几个部门,在此基础上进行了重组。就在那时,平介升职成了股长。这变动来得有些突然,工作内容也发生了很大变化。以前小坂科长的工作现在都由平介接手,而小坂则整体管理所有部门。

以前平介只要考虑如何按照上面的指示准确无误地生产就可以了,而现在需要把握几个班的生产进度,适时做出指示使生产更加高效。如果发生异常状况,不需要出面解决,而是了解情况,修订计划,调整工期,再向上面汇报即可。

从下面收到报告,再转达给上面;和其他部门开会,总结会议内容再同别处联系。每天他要经手很多文件,这与之前在生产线上经手产品和零件具有完全不同的意义。文件即信息,而信息没有实体,因此处理信息要比处理产品和零件难得多。也正因如此,做现在的工作很难获得成就感。

"在车间工作久了,就不想往上爬了。"中尾说道,"就算想往上爬,混到班长也就差不多了。再往上的话,加班费也没了,工作内容也一下子不一样了,好像没什么好处。"

"可以这么说。"平介由衷地回应。

"但这也是没办法的事啊。"中尾看着纸杯说道,"公司就像一场人生游戏,在公司往上爬,就像人年纪增长一样。不想往上爬就相当于不想变老。"

"确实啊。"

"谁都想一直是个孩子,想做做蠢事,但是周围的人却不允许你这么做。他们会不断地提醒你——'你快要当爸爸了,所以努力工作吧!''你已经是老爷爷了,静下心来!'就算你为自己辩解:'不是这样,我只不过是一个男人。'周围的人也不会允许你任性。有了孩子,自己就是爸爸了;有了孙子,自己就是爷爷了。谁也无法从这些事实中逃离,因此只能去思考,自己要成为一个什么样的爸爸,以及一个什么样的爷爷。"中尾说罢,又补了一句,"我说这种话也真是任性,对吧?"

"达夫,你经常想这些事吗?"

"怎么可能,只是突然想到的。作为长子,随便说了一下。"

"长子?"

"没错。班长即长子,股长即父亲,科长就是爷爷啦。再往上我不知道该怎么说了,大概是佛吧。"中尾说着,把空纸杯投入垃圾箱。

回到家快七点了,但是家里还没有亮灯。平介皱着眉打开玄关门。家里湿气很重。他脱了鞋,走到起居室里打开空调。

他换上运动裤和T恤,打开电视看棒球夜场比赛的转播,巨人队和养乐多队正在比赛。养乐多队的队员突然打出了一个本垒打,平介用手指敲着矮脚餐桌的边缘。

然而电视机里的画面已经无法进入平介的大脑了，与之相比，他更关注墙上的时钟。已经七点半了，直子还没有回来。她在干什么呢？

直子考上心仪的高中之后，今年春天就开始了高中生活。平介没有想到，直子竟然参加了网球部。平介还以为，立志考医学系的她肯定不会参加社团活动。

然而近来每天网球部的训练都很晚才结束。有时候直子八点多才回到家。今天平介下班后之所以去喷枪车间，就是不想早早下班回家，焦急地等待直子放学。

他又看了一眼时钟。已经七点五十五分了。他开始不自觉地抖起腿来。

直子几乎不提网球部的事，因此平介对社团里有多少成员、每天都进行什么样的训练一无所知。他只知道网球部有很多成员。有一次，直子把写着几十人名字的稿纸带回家，说要用文字处理软件整理一遍。那时候平介注意到，一半以上的成员都是男生。

平介想象着直子身穿网球服、手挥网球拍的姿态。一想到她那双又细又长的腿会让男生们目不转睛，平介心里就不是滋味。她的身体，也就是藻奈美的身体，近来愈发变得有女人味起来。

八点整，玄关传来了开门的声音。"我回来啦。"直子喊道。

平介站起身，走到房间门口迎接她。

直子从肩上卸下大大的背包拿在手里，怀里抱着球拍，另一只手拎着一个超市的袋子走了进来。看见平介站在门口，她有些疑惑："咦，爸爸你站在这里做什么呢？"

"今天回来得真够晚的。"平介说道，表情里有掩饰不住的不悦。

"是吗？"直子把包和球拍放在走廊，拿着超市的袋子走进起居室。她坐到榻榻米上，伸出双腿揉了起来。"好累啊。今天训练量超大。抱歉，让你久等了。我马上开始准备晚饭。"

她被晒成小麦色的腿让平介有些眩目。他移开视线，在她身边坐下。"已经八点了，你到底是怎么想的？"

"哎？但是以前我们吃晚饭也是在九点多啊，因为爸爸回来得都很晚。"

"什么时候吃饭倒是无所谓。问题是你一个高中生每天这个时间回来，不觉得有点过分吗？"

"可是我要训练嘛，而且结束后一年级的学生还要打扫卫生，之后我还要去超市买东西，最后回到家就这个时候了。"

"可是每天这个时间回来也太不正常了吧。你们的社团到底是什么样的啊？"

"没什么特别的，只是一个普通的社团而已。"直子站起身，提着袋子走向厨房，在水池前洗了手，往锅里倒入水，点燃煤气灶。

"你的医学系怎么办？"平介朝着她的背影问道。

"什么怎么办？"

"你不是要考医学系吗？所以才来这所高中上学的，不是吗？"

"要考啊，这还用说吗？"直子开始在案板上收拾鱼。

"那你还参加训练什么的，还怎么考医学系啊！"平介不吐不快似的说了这番话。

直子停下手中的活，向平介转过身去，背对着烹饪台，右手还握着菜刀。"我说，考试考验的不仅仅是智力，还有体力。尤其是和男孩子竞争，更是如此。这点爸爸你可能不知道，但是在我们高中，参加社团活动的人要比不参加的人升学率高。你知道这是为什么吗？"

因为不知道，平介只好保持沉默。

直子挥动着菜刀继续说道："因为效率不同。不参加社团的人很早开始准备考试，时间上很从容，很多人中途就会松懈。而参加社团的人会觉得自己开始得比较晚，直到考试当天都不放松，就这样从起点一直冲刺到终点。当然，他们还具备冲刺的体力。因此，最后参加社团的人学习效率就会更高。"

"真有这么好吗？"

"至少参加社团活动就会影响考试这种话是没有根据的。"直子又转向案板，继续准备食物。

看她的背影，简直和年轻时的直子本人一模一样。用菜刀的时候，后背稍稍有些佝偻，右肩膀稍微有点高。

"听你这么说，好像是为了考试才打网球啊。"

"虽然不能说完全为了考试，但我的确是考虑了这一点后才加入社团的。"

"其实你还有别的目的，对吧？"

"别的目的是什么？"

"里面男生挺多吧，难道你不是为了跟他们打成一片才参加的吗？"

她再次停下手，将炉火关小后看向平介。"真受不了你。难道你在想那种事？跟个傻瓜一样。"

"哪里傻了？和男生一起玩球不是事实吗？"

"我可跟你说，前辈们对我们非常严格，根本不会因为是女生就轻易放过。当然，抱着你说的这种心态的女生也是有的，但是因为训练太过严格,她们早就放弃了。不要把我们跟大学的网球爱好者协会混为一谈,我们可是正儿八经的运动部。"

"运动部也好,别的社团也好,没有男生不对年轻女孩有私心的,只要有机会就会搞些什么事情出来。"

"真是不敢相信,你竟然会这么想!"直子摇了一下头,然后愤怒地从袋子里抓出一把木鱼花,砸进沸水锅中。

"年轻男人看见女人只会想到那些事,你知道吗?"

平介说罢,直子并没有回应。她的背影仿佛在告诉平介,不想回答这种问题。

他翻开放在旁边的报纸看了起来。"房价持续上涨"的标题映入眼帘,但是他根本看不进去。

平介心中升起一股自我厌恶的情绪。其实他并不像嘴上说的那样生直子的气。不对,应该说他根本没有生气,反倒觉得直子说得非常有理。其实令他不满的主要原因是她回家太晚,而不是社团,而且他也知道直子还要去超市买东西。他也明白,直子要想待在网球部,就需要坚韧的精神。她不像别的高中生一样,拖着疲惫的身体回家后,可以躺在床上。没有人给她做晚饭。即使身体筋疲力尽,累得像一摊泥,她也无法逃脱主妇的那堆家务。如此辛苦,她还要坚持下去,因为她认为这是她应该做的事,因为她怀抱着信念。这些他都明白,却还是对她说了那些苛责的话。这是为什么?

平介想,我大概是在嫉妒,嫉妒重返年轻的直子,嫉妒那些和她共享青春时光的男生,同时也痛恨自己不能对她抱有爱情和情欲的处境。

这天的晚饭是和直子结婚以来最糟糕的一次。两人都不发一言,只是默默地各自动着筷子。以前两人也吵过几次架,但这次完全不同,隔阂深处的不是愤怒,而是悲伤。平介不是生气,而是意识到自己和直子之间那永远无法填平的沟壑,从而感到无尽的悲伤。直子肯定也这样认为,从她的身体散发出来的气息就可以知道。讽刺的是,只有在这种时候,夫妻间特有的心有灵犀才发挥了作用。

29

放暑假了，直子却依旧每天去学校，因为要参加网球部的训练。训练于傍晚时结束，因此平介回家后直子还没回来的情况几乎没再发生过。偶尔直子回家晚，也是因为忘记买当天晚饭吃的小菜而去了附近的超市。另外，周末的时候网球部休息，所以不会把平介一个人留在家里。

对平介来说，自己在家的时候都有直子陪着，没有理由产生任何不满，虽然他仍然有些介意洗衣机旁的脏衣篮里每天都放着直子的网球服，还有她那因日晒而日益变成巧克力色的脸和四肢。他尽量避开网球的话题，因为他知道只要听她说起网球部的事，自己就会想到男生，就会不开心，就会对直子说不该说的话，最后两个人之间就会产生一种无法言说的沉重氛围。根据前几次的经历，平介知道，一旦变成这种状况，就会有几天不能正常交流。

在这方面处处留心的还有直子，她现在绝口不提网球部的事情。以前她还会经常收看电视上直播的网球比赛，自从和平介发生争执以后就不再看了,网球部的训练日程表不会随便放在矮脚餐桌上,球拍也没再出现在起居室。

然而对他们俩来说,还是有一件幸运的事。八月中旬,平介的公司放盂兰盆节假,正好那时候网球部也要暂停训练。平介提议说很久没回直子的老家长野了,不如回去一趟。自从事故发生后,两个人就再也没有回去过。事故一年祭旅行时,他们乘坐大黑交通的大巴到过现场一次,但是直子并没有顺道回家。

后来因为考初中和高中,直子忙于备考,也没有机会回去,这是一个理由。另一个更重要的理由,据直子自己说,是她害怕与父亲见面。父亲不知道藻奈美的身体里其实是直子的灵魂,自然会把直子当作藻奈美来对待,看到外孙女就会想到女儿,从而泪流满面。而且就算见了面,也无法向他述说在他面前的人就是直子。如果说了,年老的父亲必定会陷入不可挽回的混乱之中。直子也没有信心一直对他保持沉默。直子说,之前平介去札幌出差的时候,姐姐容子到东京来陪她,那时候并没有出现什么问题,直子甚至还感受到了欺骗姐姐的快感。但是面对父亲,她完全不知道自己会怎样。

这样下去是不行的,平介说,这样和家里人断绝来往是行不通的。

直子思索了很长时间,一天晚上吃晚饭时终于说:"我决定了,盂兰盆节假期我们回长野吧。"

直子差不多有十年没回娘家了。回去的路上遇到堵车,一路走走停停地到达了。他们早上很早就出发了,到达时已是深夜时分。虽然如此,娘家人都没有吃晚饭,一直在等他们。

直子的父亲三郎比平介上次见到时更瘦弱了,布满皱纹的消瘦脖子让人联想到被拔了毛的鸡。他开心地笑着,脸都起皱了,看起来能再见到藻奈美很是高兴。

"哎呀,真是出落成大姑娘啦!个子都长得这么高了,比外公我还要高。已经是高中生了,真好真好啊!"三郎一直看着外孙女,脸上的表情述说着他喜悦、惊讶和怀念的心情。他透过藻奈美在怀念什么,大家都心知肚明,只是谁也没有说出口。

直子会如何回应呢?平介心里很是不安,想象着她突然放声大哭起来,那时候该如何收拾局面呢?万幸没有发生那样的事,直子完美地演绎了和外祖父重逢的外孙女一角。她一度将目光投向平介,趁别人不注意时轻轻眨了眨眼,好像在对他说"别担心"。

可是,一开始顺利不代表后来也能顺利过关。她始终在控制自己,不要情绪失衡。她完全崩溃,是大家一起在客厅吃那顿迟来的晚饭的时候。

晚饭是三郎的长女容子和女婿富雄亲手做的。他们不愧是荞麦面店的继承人,料理的手艺不容小觑。每个人面前都有一个小饭桌,上面摆满了日式料理,豪华又不失细腻,让人觉得不是出自一般人之手。

中途三郎离开了座位。大家都以为是去洗手间,可过了很久他都没有回来。大家正在担心他去了哪里的时候,他终于出现了,端着两人份的荞麦面。

"什么啊,那是?"容子问。

"这是之前和藻奈美约好的。"三郎看着直子,脸上满是笑意。

直子不知道藻奈美和三郎约定了什么,有些担心地看向三郎。

"你忘了吗?你不是说想吃一次外公做的荞麦面吗?"

"啊——"直子张大了嘴巴,悬着的心放下了。

"咦？藻奈美没有吃过外公做的荞麦面吗？"富雄不解地问道。

"是啊，没有吃过。对吧？"三郎说完，直直地看着直子，直子轻轻点了点头。

"这也没什么好奇怪的。家里卖的东西，自家人都不会特别想去吃。"容子笑嘻嘻地说道。

"我一直想做给藻奈美吃，可是直子那家伙总是说荞麦面已经吃腻了，能不能给孩子吃点别的。"这是三郎这天第一次提到直子的名字。谁都没有说什么，只有平介注意到直子脸上闪过惊讶的表情。

"来，你吃吃看。外公可是为了藻奈美专门现做的。平介你也吃，快尝尝！"三郎在直子和平介面前摆好荞麦面和佐料汤。

"我还想呢，为什么爸爸今天在店里忙进忙出的，原来是在做这个啊。"容子说道。

平介不客气地大快朵颐起来。现在想来，他也没吃过几次三郎做的荞麦面。面条很筋道，口感很好，吞咽时能感受到荞麦特有的香味。"真是太好吃了！"他不禁感叹道。

三郎高兴地笑着，然后看向直子，问道："藻奈美觉得怎么样？"下一个瞬间，三郎突然神色狼狈。平介看向直子，只见她手里拿着盛面条佐料汤的小碗和筷子，低头哭了起来，眼泪扑簌簌地落下，濡湿了榻榻米。

这不是该开玩笑说"芥末放多了吗"的场合，大家都没有说话，只是静静地看着她。

"怎么了？"平介问她。

直子一边流泪一边咧开嘴角勉强挤出笑容，然后从身旁的包里拿出手绢擦了擦眼泪。"对不起。"她说着低下了头。

"怎么了？外公说什么不对的话了吗？"三郎有些悻悻地伸手挠着头发稀疏的脑袋。

"没有，对不起。"直子摆摆手，"我只是想起了妈妈……妈妈最喜欢吃外公做的荞麦面了，要是她也能吃到就好了，想到这些就忍不住掉眼泪了。"

听直子这么一说，容子也哭起来。三郎为了不让眼泪掉下来，整张脸都扭曲了。

吃完饭后，平介和直子被安排在对面一个八叠大的房间，和吃晚饭的房间隔了一条走廊。这间屋子以前好像被用作储藏室，现在已经收拾得干干净净了。容子和富雄抱来两床被褥，并排铺在地上。

容子夫妇走出门后，直子低声说："我失败了。"

"是说刚才哭了的事吗？"平介问。

"嗯，"她点了点头，"在那之前我一点事都没有，连想哭的冲动都没有，听到爸爸对着我自称外公时，我还差点笑出来。可是后来的那个荞麦面……"直子说着，放在膝盖上的两手交握起来，"那个面，就是爸爸亲手做的面，是从小一直吃的那个味道。想到这里，很多往事都涌上心头，等回过神来眼泪已经充满了眼眶。我想马上制止自己，可是不由自主。"直子的脸颊上挂着泪痕，下巴上垂着泪滴。

平介走到她身边，抱住她单薄的肩膀。不一会儿他胸前的衬衫就被她的眼泪打湿了一片。

"爸爸，"直子在他怀里说，"我们早点回东京吧。这里对我来说还是太沉重了。"

"知道了。"平介回应道。他忽然意识到，这里对于直子来说，有两个可以称之为"爸爸"的人。

第二天来了很多亲戚，因为要做法事。平介和直子光是和别人打招呼就已经忙得不可开交。很多人见了直子都会发出"哇，和直子简直一模一样"的惊叹声。有一个特别宠爱直子的姨妈说着"就像直子起死回生一样"，哭了起来。

所有人一起行完礼后，在前一天晚上吃饭的房间里举行了宴会。不过这回将隔壁的拉门打开了，房间顿时宽敞了一倍。

"藻奈美有男朋友吗？"直子的表妹问道。她是一个胖乎乎、爱笑的女人。

"没有，怎么会。"直子以一副高中生的语气回答道。

"哎呀，是吗？真奇怪，藻奈美这么可爱，那些男生怎么会放过你呢？"

"她还是个孩子。"平介从旁说道。

直子的叔叔笑了起来。"只有你这个做爸爸的还觉得她是个孩子。她可是什么都懂的，也会做的。就拿我哥三郎来说，一直都觉得直子没什么男人缘。可是最后呢，还不是很快就在东京结婚了。举办结婚典礼的时候，我哥还在休息室里哭了呢。"

"你说什么呢？说话可要注意点，我可没哭。"三郎认真起来。

"你就是哭了，还说什么想打那个男人一顿。"

啊？平介下意识地伸手摸了摸脸颊。

"我没说，没说啊！喂！你这家伙别说了！"

"算了算了。"

老哥俩你一句我一句的争吵把大家都逗乐了。三郎嘟嘟囔囔地发着牢骚。

宴会一直持续到八点多。亲戚们有的让没喝酒的妻子开车，有的家离得近就索性走回去,就此分开了。

直子洗完澡躺在褥子上看文库本小说,不知不觉就睡着了。可能是太累了。

平介九点半左右看完电视后去泡澡。三郎家里用的还是木制浴桶,十分宽敞。平介头靠在桶边上,两腿尽情地舒展开。他想起第一次来这里时的场景。当时他也是这样泡着澡,忽然听到有人敲浴室的玻璃窗。平介应了一声后,玻璃窗细细地开了一道缝,直子的脸露了出来。

"水温怎么样?"她问。

"刚好。"他回答。

"那就好。要是水凉了就告诉我,我再加点柴火。"

"哦?原来这里还在烧柴啊。"

"是啊,这可是文化遗产一样的浴室哦。"她说着关上了窗。

当时,平介洗完头发和身体之后再次泡在浴桶里,发现水有点凉了,便喊了一声应该在外面的直子,请她再添些柴火,可是外面没有回应。平介又喊了她几声,还是没有任何回应,只好作罢。就在这时,他发现墙壁上有加温开关。哪是什么柴火啊,就是普通的煤气式洗浴设备嘛。他这才恍然大悟,原来被直子骗了。

平介不知道她是不是一开始就打算骗他,后来想想这其实就是一句玩笑话。他当时正在用洗发水洗头发。他洗完从浴室出来,没跟直子说什么,直子也什么都没说。至于当时平介喊她的时候,她是不是躲在窗外憋着笑,也就不得而知了。

平介收回思绪,泡完澡后出了浴室。在回房间的走廊里被人叫住了。"是平介吗?"声音是从客厅传来的。他打开拉门,看到三郎一个人在喝兑水的威士忌。

"您又在喝了？"平介问。

"没有，就是睡不着来喝一杯。要不要陪我喝点？"

"好啊。"平介在三郎的对面坐下。

"兑水的威士忌，可以吗？"

"可以。"

三郎开始调酒。看到三郎准备好的足量冰块和精致的玻璃杯，平介终于明白三郎本就打算和他一起喝酒。宴会上吃的食物已经都收起来了，盘子里盛放着他烤的脂眼鲱鱼干。

"先来干一杯吧。"

"干杯。"

两人轻轻地碰杯后，平介喝着岳父亲手为他调制的酒。不浓不淡，正适合刚泡完澡喝。平介不禁在心里感叹，不愧是厨师，在这方面真是讲究。

"谢谢你们这次来，大家都很开心。"

平介连忙摆摆手，说："没什么。"平介已经告诉过三郎等人，他决定明天和直子返回东京。

"好久没见，藻奈美已经长那么大啦。这样我就不担心了。她妈妈刚去世的时候，我还担心她该怎么办，没想到你一个大男人把她养得这么好。这么说可能不太合适，但是我想替死去的直子谢谢你。"

"我没特别做什么事，只是跟以前一样生活而已。"

"不不，一般人遇到这种情况都会处理不好，而且你工作还很忙，真是太了不起啦！"

三郎嚼着鱼干，反复说着"真了不起"，这让平介越发不好意思起来。

"但……一个男人总有很多不方便的事吧?"

"也没有,直……藻奈美还帮了我不少忙呢。"

"可是对藻奈美来说,以后的生活应该也很辛苦吧。刚才我听她说,好像想考医学系。这样的话她以后也就不能帮你做家务了吧。"

"嗯,是这样。"平介看着玻璃杯里淡淡的琥珀色液体,渐渐领悟到三郎想说什么了。

"平介啊,"三郎认真地说道,"你不用老想着要对得起直子。"

平介看向岳父,心想他果然要说这件事了。

"你还年轻,到我这样的年纪还有几十年,不必勉强自己一直单身过下去。如果有再婚的想法,不要顾虑别人的看法,去做就好了。到时候我也会支持你。"

"谢谢您,但我还没想过这种事。"

平介说罢,三郎摇了两三下头。"虽然这么说,但是时间过得是很快的。刚才我说你还很年轻,但实际上没有多少时间让你考虑了。我觉得你早做打算比较好。"

"哦,是嘛。"平介含糊地笑着。

"当然我不是在逼你,你也不必勉强。"三郎看到平介的杯子空了,立刻开始调制第二杯。

平介见状连忙说道:"那我就再喝最后一杯。"

待他走回卧室时,身上的汗已经完全退了,不过这并非空调的功劳。不愧是信州啊,平介心想。他换上睡衣,钻进被窝里。

直子翻身面朝他躺着,睁开眼睛。"你刚才和爸爸聊天了吧。"

"嗯,是啊。"

"他跟你说了再婚的事?"

"你听到了啊。"

"爸爸的声音太大了。"直子说的爸爸是指三郎。

"我真是要招架不住了啊。"平介苦笑道。

"再婚的事你考虑过没有?"直子认真地问他。

"倒是幻想过。"平介的脑海里瞬间浮现出桥本多惠子的脸庞,不过转瞬即逝,"但是没具体想过。"

"是你故意不去想的吗?"

"就是没那个想法。我现在有直子你啊。"

直子听完闭上眼,翻身背对着平介。"谢谢。"她小声说,"不过这样好吗?"

"嗯,挺好的。"他对着她的后背说道。

直子没再开口,平介也闭上了眼睛。

这样挺好的,对吧?平介在心里确认。他有直子。哪怕别人看不见,但他有只有自己能看见的妻子。这样就足够了,足够幸福。意识渐渐模糊。这样挺好的,平介这样想着进入了梦乡。

第二天一大早,平介和直子就开始做返程准备。临行前,他们收到了各种各样的特产,汽车的后备厢都装满了,连后座上都堆放着纸袋和纸箱。

"好好听你爸爸的话,新年的时候再来玩!"三郎在副驾驶一侧的车窗外面说道。

"嗯,我们还会再来的。外公您要保重。"

"嗯嗯,谢谢你。"三郎眼睛眯得像皱纹一样细,点了点头。

平介发动了汽车。柏油路反射着阳光，宣告今天也是炎热的一天。昨晚电视里说，返程高峰已经开始了，对此平介已经做好了心理准备。

车开了一会儿，直子突然说："停一下。"

平介把车停在路边，问她："怎么了？"

直子扭头向后看去，叹道："一想到我再也不会回这个地方，心里就很悲凉。"

"为什么？想来的话随时可以再来啊。"

直子摇了摇头。"不会再来了。和他们见面太痛苦了，在他们心里我已经死了，他们的世界里已经没有我了。如果继续来打扰他们的世界，那和幽灵没什么区别。"直子说着，眼眶湿润起来。她掏出手绢，对平介说："对不起，我只是有点想哭。不会再这样动不动就哭了。没事了，出发吧。"

平介默默地挂挡，发动汽车。

她的家人只有我，从今往后这个世界只有我们两个人相依为命了——平介心底这样想道。

30

那个电话打来是在周日的傍晚。直子出去买晚饭要吃的小菜了。平介修整完小小的院子,坐在落地窗前看着西边的天空发呆。美丽的晚霞将鱼鳞状的卷积云都染红了。

好久不曾如此惬意地度过一个秋日了,明天又能带着焕然一新的状态去工作,此刻的平介感到十分满足。

这时响起的电话铃声让他有了一种不祥的预感。杉田家几乎没有人打电话来。直子没出事的时候,还经常会有长野娘家和她的朋友打来电话,而如今电话铃声几乎不会响起。

又是房产中介吗?平介想着站起身来。有时候会有房产中介打电话来,问他要不要买单间小公寓。

电话机放在起居室的柜子上,平介拿起听筒。"您好,这里是杉田家。"对方没有马上说话。短暂的沉默过后,平介更加确信了那份不祥的预感。他下意识地察觉不是某种客观原因导致对方反应迟钝,是自己的声音让对方产生了犹豫。

"您好。"话筒里传来了一个男声,"请问……杉田藻奈美在家吗?"

平介推测对方应该是直子的男同学。万里晴空的心里突然间飘来一团乌云。"她现在不在。"他答道,声音里明显流露出不悦,一半是无意识的,一半是故意的。

"这样啊。"

男生的声音听起来有点畏缩。如果他此时直接说再见,平介打算批评他一番:往别人家里打电话居然不通报姓名!然而对方并没有平介想的那样没有常识。

"我姓相马。藻奈美回家后您能让她给我回个电话吗?"

"相马?哪个相马?"

"网球部的相马。"

又是网球部!一股苦涩在平介嘴里扩散。"你有什么急事吗?"

"没什么,不是什么急事。"

"可是周日打电话来不就是有急事吗?如果有什么事,我可以帮你传达给她。"

"不用了,那个,事情有点复杂,不直接跟她本人说的话就说不清楚。总之您只要告诉她我给她打过电话就好。"

"哦。"

"打扰您了。"相马说完匆忙挂了电话。

平介放下听筒,胃里好像生了个小疙瘩。他看了看时钟,直子才出去没多久,一般情况下要一个小时后才回来。他打开电视,正在播放 NHK 新闻。可是他一句也没听进脑子里,只是怔怔地看着画面。他没关电视便去了二楼,轻轻打开直子房间的门,走了进去。

直子的房间收拾得一尘不染，只有桌子上有些凌乱。物理参考书摊开放着，她好像在学力学部分，是分析对置于斜面上的物体施力的问题。平介只记住了摩擦系数、作用力与反作用力等几个术语。桌子里侧，文件夹、笔记本、字典等在书挡的作用下整齐地立着。文件夹有五册，分别是红、蓝、黄、绿、橙色，书脊上什么都没有写，看来是仅仅根据颜色来分类的。

平介见过，直子和网球部的朋友打电话时，身边放着一册文件夹，大概那里有网球部成员的资料。他记得文件夹的颜色不是红色就是橙色。他有些愧疚地将那两册拿出，打开红色的，发现里面是直子整理的食谱，从杂志上剪下来的纸片漂亮地贴在里面。果然他记得没错，网球部的资料在橙色文件夹里。第一页是一张复印纸，上面写着秋季的比赛日程。平介哗啦哗啦地翻动着纸页，手在最后一页停住了。那张纸上写着成员姓名和联系方式。

应该是姓相马——

平介的手指在名字的部分滑动，过了一会儿终于发现了"相马春树"这个名字。他是二年级的学生。

平介拉开桌子的抽屉，里面整齐地放着学习用具。他拿了一张印有小猫图案的便条，在上面用圆珠笔写下相马春树的地址和电话号码。他没打算做什么，只是想知道而已。然后他把便条装进运动裤口袋，把文件夹放回书挡。得到了一些给直子打电话的男生的信息，他略有些满足。

平介打开房门走了出去，手在身后关门的时候，看见直子正走上楼梯。一看见平介，她就在楼梯中间停住了。

"干什么？"直子问他，"你到我的房间干什么？"语气里充满了责备。

我不能进你的房间吗？平介虽这样想，心里却又被侵犯隐私的负罪感搅得不安宁，于是撒了一个不自然的谎："我想借个东西，但是不知道在哪里，就出来了。"

"你想找什么？"

"啊，那个……就是那个，书。"

"书？什么书？"

"就是那个……夏目漱石的书。"平介一边说，一边懊恼自己撒的谎没什么水平。他并不知道直子在看哪位作家的书，只好随口说了夏目漱石的名字。

"猫？"直子问。

"猫？"

"《我是猫》那本书吗？夏目漱石的书我只有这一本。"

"啊，对，就是这本。"平介说，"刚才电视里提到这本书，我就想拿来看一看。"

"哦，真是罕见啊。"直子噔噔噔地走上楼梯，进了自己的房间。

平介站在房间门口看她的反应，只见她走到书柜前，抽出一本很厚的文库本。"你去哪里找了？不就在这里吗？"

"哦，在这里啊，我没注意到。"

"给你。"直子说着递出了书。平介接了过来。

她要走出房间的时候，回头张望了一眼。"咦？"她走到桌子前，皱着眉头惊呼了一声，"你动我的桌子了？"

"没，我没动。"平介有些慌张，连忙故作镇定地回答。

"哦？"

"怎么了？"

"没什么，你没动就好。"她说着，把红色和橙色文件夹的位置互换了一下。

这天晚上直到最后，平介都没有把相马春树打电话的事告诉直子。他本来想问问直子那个男生的事，可转念一想，敏锐的直子一定会把这和文件夹位置互换的事联系起来。他不想让直子知道他动了她的东西。

吃完饭，他特意在直子面前翻开那本其实不是特别想看的《我是猫》。刚看了两页就袭来一阵困意，他只好装模作样地糊弄过去。

第二天，平介回家稍微有些晚，手表上的指针已经指向八点十五分。透过窗户看到家里亮着灯，他松了一口气。如果直子还没回来，他心里一定不是滋味。有时候直子也会回来得晚一些。鉴于之前因为这件事发生过口角，两个人都不开心，因此平介尽量不抱怨。直子也很注意，几乎每天回家都不会超过八点。

平介打开玄关门，走了进去，一边脱鞋，一边想朝屋里喊"我回来啦"。就在发出声音前，他听到了一阵窃窃私语，是直子在说话，还不时发出笑声。他意识到直子是在打电话，于是蹑手蹑脚地穿过走廊，循声而去。声音是从起居室传来的。

"我听有坂学长说了哦，你嘲笑我反手击球的动作。我觉得你好过分啊。"

无疑是直子的声音，可语气跟对平介说话的语气大不相同，不仅用词像女高中生那样随意，还有朝对方撒娇的感觉。

"哎？真的吗？真是不敢相信啊。那学长你下次和我双打？……真的吗？真厉害！……哎？讨厌！为什么让我干那种事？"直子一边说一边笑,听起来是从内心发出的喜悦。

平介后退了几步,故意发出很大的声音重新走过来。"我回来了!"虽然看不到直子的反应,但是能感受到她慌乱的心情。

"那明天见……好……好。再见。"直子几乎是在平介走进起居室的同时放下了听筒。

"你回来了。现在就吃饭吗?"直子向厨房走去,语气又回到了老样子。

"你在打电话啊。"

"嗯,学校的朋友打给我的,问我英语作业。"

撒谎!平介在心里狠狠地回了一句。她刚才的语气根本不像是在和同年级的人讲话,也不是在讨论什么英语作业,而且对方还是个男生。"对了,昨天有电话找你。是网球部一个姓相马的人打来的。"

"啊……是吗?"

平介注意到面朝水池站着的直子肩膀稍稍颤抖了一下。

"他让我向你转达他打了电话,可我给忘了个一干二净。今天见到他了吧?他没说什么吗?"

"嗯……他想跟我说准备新生比赛的事,应该是因为这件事打的电话吧。他没说昨天打过电话的事。"

"周日打电话来,难道不是有什么紧急的事吗?"

"倒不是什么紧急的事,估计是想提醒我别忘了。"

"哦,那好吧。"

平介走上二楼,一边换衣服,一边仍在考虑电话的事。刚才和直子通电话的一定是那个叫相马春树的二年级男生。问题是直子为什么要撒谎呢?就说是网球部的学长,有什么不可以呢?

过了一会儿，平介想明白了。今天直子应该也参加了网球部的训练，听她刚才话里的意思，应该也和相马聊过天了。可如果是这样，为什么放学回家还要打电话呢？平介心里一定会产生这样的疑问，如果就此去问她，她应该没有信心能够给出合理的回答。

打电话的人一定是相马。直子不知道平介什么时候会回来，所以一定不是她主动打的。

平介把手伸进运动裤的口袋，摸到了一张叠起来的便条，那上面写着相马春树的联系方式。要不我打电话问问他，平介想。如果接到女生的父亲打来的电话，不为别的事，只是叫他不要再给自己的女儿打电话，一般情况下男生都会畏缩。

"爸爸，吃饭啦。"直子的声音从楼下传来。

平介大声回应了一下，把手从口袋里抽了出来。

"我提前跟你说一声，下周我也许回来得都会晚一些。"吃晚饭时，直子谨慎地说道。

"又是网球吗？"

"不是，是要准备文化节，下周六和周日会举办文化节。"

"晚回来是要干吗？"

"我们班要经营一家电影咖啡馆，把教室弄暗，播放自己做的电影录像，顺便还卖咖啡和果汁。因此下周要准备电影和店内装饰。"

"班级全体都要参加吗？"

"嗯，全都参加。这还用说嘛！"

"晚回来的话，是要几点回来？"

"不知道。执行委员每年都要通宵几天。"

"通宵？住在学校？"

"是的。"

"你不会被选为执行委员了吧?"

"我不是。我们参加社团的人本就很忙,所以不能参选。没有参加社团也不是执行委员的那些人已经开始准备了,我们这些参加社团的人下周都要去帮忙,所以下周社团都不训练。"

"文化节什么的真是麻烦啊。竞争东大升学率的学校办这种活动没关系吗?"

"好好玩,好好学,学校也知道劳逸结合的重要性。整天趴在桌子前是肯定考不上东大的。"直子稍稍不耐烦地说道。

31

直子的预告成了现实,接下来的一周她都比之前回来得更晚。有一天晚上七点多,她打电话给平介,说会很晚才回家,让平介到外面找个地方解决晚饭。平介只好到附近的拉面店吃了炒菜套餐。

结果那天直子回到家已经九点多了。平介想说什么,可一看到她疲惫的样子就什么都说不出来了。据她说,晚饭是在学校附近的铁板烧店解决的。

直子洗完澡后上了二楼,没过多久,柜子上的电话响了。平介吓了一跳。已经快十一点了。他起身准备去拿听筒时,铃声消失了。他想难道是打错了,但随即意识到是怎么回事了。电话机上有一盏灯亮着,这表示"分机正在使用"。直子在楼上接起了电话。

杉田家今年春天换上了无绳电话机,因为直子说这样在二楼也能接到电话。平时分机就放在二楼走廊的墙上。

平介盯着那盏亮着的小灯看了许久。他感觉如果是公事,两三分钟就能结束,可是过了好久灯还亮着。他暂且把目光移向电视机,待天气预报结束后又看向那盏灯，竟然还亮着！

怎么回事！这么晚了还打这么久，还有没有常识……快一个小时后，指示灯终于灭了。其间，平介又是看电视，又是看报纸，不用说，他什么都没看进去。

第二天直子回到家时又过了九点。拜其所赐，连续两天平介的晚饭都是在拉面店解决的。

她到底在干什么？平介的怀疑越积越多。准备文化节需要这么多时间吗？不就是一家学生们模拟开的咖啡馆吗？平介边看电视边想，这时电话铃声又响了。他条件反射似的去看时钟，十点五十分，和昨天几乎是同样的时间。

电话铃只响了一声，然后和昨天一样，"分机正在使用"的指示灯又亮了起来。直子已经在房间里了，并没有听到她去走廊拿电话的声音，很明显她知道那个人会打电话来，于是提前把分机拿到了房间。看来是有人跟她约好晚上十点五十分会打电话。

那个人是谁呢？

平介又不由自主地抖起腿来，目光在电视、时钟和电话机之间来回移动。电视里正在播报职业棒球比赛的结果，巨人队已在半决赛中获胜，接下来就看总决赛中的对手即太平洋联盟的冠军是谁了。连日来，近铁、西武、欧力士等队伍的排位一直在发生变化，支持巨人队的平介唯独今年对太平洋联盟也十分关心，可是现在他完全无心顾及。

时钟的指针走过十一点半时，平介来到走廊，悄悄地走到楼梯旁。看起来直子不在二楼的走廊上，应该是拿着分机在她的房间里。平介像壁虎一样爬上楼梯。直子的房间里传出微弱的声音，然而听不清说的内容。

平介脑海里闪现出相马春树这个名字。一定是那个男生打来的。他到底是个怎样的男人？为什么要给直子打电话？过了一会儿，屋里的声音听不见了。平介保持着爬楼梯的姿势，四肢并用，匍匐着靠近直子的房门。

这时房间门突然开了，门边差点撞上平介的头。看到趴在地上的平介，直子不禁惊呼一声。"你在这里干什么？"

"没，没什么。"平介干脆坐到了楼梯上，冒出一身冷汗。他想不出好的借口。

直子一只手拿着无绳电话的分机，像是打算放回走廊墙上的充电器上。她若有所思地看着平介，问："在偷听？"

"没那回事。只是……昨天和今天都在奇怪的时间有电话打来，我有点担心，就上来看看。"

"这不就是偷听吗？"

"我可什么都没听见。倒是你们，打电话的时间也太长了吧。"

"是网球部的朋友。"直子生硬地说着，把分机放回原位。

"是那个姓相马的小子吧？"平介问。

直子没说话，一副怄气的表情。看来平介猜得没错。

"那小子是二年级吧？这么说你们并不是朋友，不是吗？"

"你怎么知道相马学长是二年级？"

这回轮到平介无话可说了。

直子嘴角抽搐着说："果然上次你擅自动了我的文件夹。我还觉得奇怪。"

"我不能看吗？"

"你不知道隐私这个词吗？"

"相马是什么人？为什么要给你打电话？"

"我怎么知道。他给我打的，我也没办法啊！"

"你怎么会不知道？这可是男生给女生打电话，没什么要紧事，还有别的原因吗？"平介在楼梯上怒吼道。

直子长吁一口气，然后低头看着他。"那我就实话实说了吧。我觉得他应该是喜欢我。这周网球部没有训练，我们没见面，所以才给我打电话吧。这么说你满意了？"

"那你让他不要再打电话来！"

"这种话我怎么说得出口！他又没有表明要追我！"

"如果他跟你表白呢？"

"到时候再拒绝也来得及。"

"其实你很享受这种感觉，不是吗？和年轻男孩聊天，心情不错吧？！"平介说着，感觉自己脸上的肌肉抽搐了一下。

"是啊，我很享受。"直子说，"怎么？我不能享受吗？我连聊天的权利都没有吗？放松一下也不可以吗？"

"比起和我聊天开心多了，是吧？"

直子没有回答平介的质问，抓住了门把手。"我累了，要睡了。晚安。"

平介想让直子等一下，可是她已经走进房间关上了门。

钻进被窝后，平介怎么也睡不着，一是对自己因为一通电话就发火这种胸襟狭隘的行为感到厌烦，二是对不能理解自己苦闷心情的直子感到恼火。平介注意到她对相马的称呼是"相马学长"。从外表上来看，相马是学长。可是从精神上来看，高二的男生对直子来说就是孩子。要知道,她上小学的时候,在平介面前都称桥本多惠子为"她"或"那孩子"。可是,在相马春树面前,直子在精神上也变成了高一的女生。对她来说,相马是应该称呼"学长"的人。

平介祈祷着这种变化只是暂时的。在长野的那天晚上,当平介说"我有你"的时候,直子回应了"谢谢"。是她的这句话一直支撑着平介。

32

　　从星期三起,直子连着三天没有跟平介说话,连续几天都是九点多回家,而且回来后马上把自己关在房间里,除了洗澡和去厕所,其他时间都不出来。

　　电话也只在星期三晚上打来过,星期四和星期五都没有。大概是直子对相马说了些什么。

　　星期六是文化节的第一天,早上直子匆匆走进平介的卧室时,平介还在被窝里睡觉。直子说着"给你这个",在他的枕边放下一张纸。

　　平介把纸拿在手里,眯着睡眼看。粉色的纸上打印着"想一边喝饮料一边看好看的电影吗?静候您的到来!Video Bar A",下面附着校园地图。"这是什么?"

　　"感兴趣的话就来看看吧。"

　　"你希望我去吗?"

　　"所以说你感兴趣的话就来。我走了。"直子说着走出了平介的卧室。

平介盘腿坐在褥子上，盯了那张粉色的纸很久。他想去看看，想亲眼看看直子在学校过着什么样的生活。仔细一想，好像他一直以来也没有见过直子在外面的样子。但是他又不想去，老实说，他有点害怕。倒不是担心直子在学校的生活不顺利，现在的他完全不担心这一点。他害怕看到直子无论是外表还是内心都已经完全融入了女高中生的生活，他害怕自己看到那种情景时一定会袭来的失落、孤独和焦躁。

犹豫了一阵子，最后他还是没有去学校。晚上八点左右直子回家了，只字未提他没有去文化节一事。不仅如此，她看起来也没有心情谈论文化节举办得怎么样。

第二天，直子什么都没说就出了家门，她可能觉得反正平介也不会去。

平介还在犹豫，上午他一直躺在被窝里看杂志，下午则看高尔夫球节目和棒球比赛转播。棒球比赛的中央联盟已经进入赛程最后阶段。

最后使他下定决心去看看的，是电视里正在播放的知名餐厅的画面。这是个一男一女两个明星品尝餐厅招牌菜的节目。其实昨天晚上，在时隔几日之后，杉田家的餐桌上终于又摆上了食物，虽然都是直子在地下食品商场买的家常菜。今天的晚饭很有可能还是这些。如果去了文化节，两个人在回来的路上就可以解决晚饭了，平介心想。

下午两点多，平介匆匆开始准备。根据宣传页上的信息，文化节到下午五点结束。

自从上次中考放榜以来,平介这是第一次去直子的学校。景象和那时候完全不一样了,校门旁边陈列着五颜六色的宣传板,校园里教学楼的墙上也张贴着各种海报。变化最大的还是学生们。中考放榜的时候,学生们的脸上还能看出年幼的痕迹,如今都已经消失不见了。

看起来像是家长的中年男女稀稀落落地在校园里走来走去,不过似乎对学生们做的东西没什么兴趣。他们想看的不是文化节,而是孩子们每天生活的氛围。

一年级二班的教室门口装饰着彩色纸箱和彩纸。一个系着围裙的女生笑着看向平介:"欢迎光临。"

"呃,请问……"平介挠了挠头,向里面张望。几张课桌拼在一起,摆成了几张大桌子,客人好像也有几位。教室后面被挡板隔开了,无法看到里面,那里应该是后厨。挡板上开了一个方形的门,端着托盘的女生进进出出。"请问杉田藻奈美在吗?"

"啊,您是杉田的爸爸?"系着围裙的女生眼睛滴溜溜地转着。

"嗯。"

"哇,不得了啦!"女生迅速跑开,消失在挡板后面。

很快直子就走了出来,她和刚才的女孩一样系着围裙,长长的头发像芭蕾舞演员一样挽在脑后。

"今天来了啊。"直子说,脸上并没有很开心的表情,不过也不像不开心。

"嗯,就想过来看看。"

"哦……"她将平介带到窗边的座位,旁边就是录像机。显示器共有四台,都连着录像机。平介心想,光是搬运这些道具就很费劲了。

"喝什么？"直子问。

"嗯，咖啡吧。"

"咖啡，是吧？"直子转身返回挡板后面。这时平介才注意到她的校服裙子比平时短了很多，扮演服务生的女孩都是这样。平介不知道她们是怎么把裙子变得那么短的，只是一想到直子弯腰的时候也许会被看到内裤，心里就气不打一处来。

显示器里不断播放着学生们自己拍摄的影片，净是些无聊的镜头，一只乌鸦和猫在垃圾堆里觅食，画面下方还配上了关西小混混用的台词，让人觉得好笑。

"好玩吗？"直子端着托盘走了过来，上面放着杯装咖啡。

"这种蠢蠢的情节还挺好玩。"

"这可是男生们费了好大功夫拍的。"直子坐在他身旁，把小容器里的牛奶倒入咖啡，轻轻搅拌后放在了平介面前。

平介喝了一口咖啡。他觉得很好喝，大概是心情不错的缘故吧。"这些装饰都是你们自己做的吗？"平介看着墙上、玻璃窗上贴着的彩纸和玻璃纸饰品，问道。

"是的。虽然做得不好，可也花费了不少时间。"

平介点点头，心想怪不得直子接连几天都回家很晚，原来是在做这些啊。

挡板后面探出几张脸，偷偷看向平介，平介把目光投过去时，几张脸又缩了回去。

"我好像很引人注目啊。"

"因为我的爸爸来，大家都觉得很意外。我在学校几乎不说家里的事。"

"是吗?"

"因为不能说实话嘛,我又不想撒谎,会很麻烦。"

确实是这样,平介想着点了点头,继续喝咖啡。"五点结束,对吗?"

"差不多。"

"那我们一起出去吃饭吧,好久没一起吃了。我找个地方等你结束。"

平介还以为直子会很开心,没想到她一副为难的表情。"文化节是五点结束,可那之后还有很多事。"

"很多事?"

"收拾啊,篝火晚会啊什么的……"

"篝火晚会?"还有这种东西啊,平介心想,听起来好像离他很远。"那今天会很晚回家吗?"

"我想应该不会很晚,但具体时间我还不知道……"

"这样啊。"

"对不起。"直子低下了头。

"没事,不要紧。那今天晚上我预订些寿司,这样直子你回家肚子饿了,随时都可以吃。"

直子轻轻点了点头,然后凑近他耳边说:"不要叫我直子。"

"啊,对。抱歉抱歉。"平介在脸前做了一个手刀的动作。

刚才那个系着围裙的女生走过来,说:"藻奈美,你过来一下。"

"怎么了?"

"咖啡滤纸用光了。"

"果然不够用啊。那就用纸巾代替吧。"

"我不知道怎么弄。"

"真拿你没办法。"直子说着站起来,和女孩一起消失在挡板后面。

平介也站起身走到挡板前,向后厨张望,里面有几个女孩在做三明治,还有人在切水果做果汁。直子正教那个女孩拿一张纸巾安到咖啡机里。她看起来和别的女孩一样年纪,可是行为举止在平介看来活脱脱就是她们的妈妈辈。他刚想坐回座位上,一个年轻人站到了身旁,是一个皮肤黝黑、五官深邃的高个子男生。平介起初没有在意,可当他坐下后,男生还站在那里。

"您好。"男生说道。

听到男生的声音,平介的情绪剧烈翻滚。他听过那个声音。

"您是杉田的爸爸吧?"

"是的,有什么事吗?"平介声音沙哑,他感觉到浑身的血液正在倒流,身体燥热起来。

"前几天打扰您了。我是网球部的相马。"男生站得笔直,低下了头。

"啊……"平介一时不知道该说什么,等他准备说话的时候,感觉到身边有几人在注视着他们。"总之,"平介说,"还是先坐下说吧。"

相马应了一声,坐到平介的对面。

平介心下疑惑,向厨房瞥了一眼,正好与直子目光交会。直子从挡板后探出脑袋看着他们俩,脸上浮现出惊讶的表情,显然不是她把相马叫过来的。

"好几次晚上给您家打电话,非常抱歉。给您添麻烦了。"相马说着,再次低下头。

"藻奈美跟你说什么了吗?"

"嗯。说您早上要起得很早，所以晚上打电话不太方便。"

"哦。"原来因为这样，这两天才没有打电话来。

"实在是非常抱歉。"

"算了，没事。我并没有生气。"对方都这样当面道歉了，平介也不好说什么。

"那就好。"相马看起来松了一口气。

"你为了说这些专程过来的吗？"

"是的。我听一个高一的学生说杉田的爸爸来了。"

"哦。"平介心生好奇，这是什么情况？那个高一的学生为什么要专程去告诉他呢？难道他们两人的关系已经尽人皆知了吗？

"那我先告辞了。"相马说着站起来，"再见。"

"嗯，再见。"

相马对着教室后方轻轻举了举手，嘴里好像在说着什么，微笑着走出了教室。他在对谁笑，不用看也知道。

随后直子走到平介身边，小声问："他来说什么？"

平介把相马的话都告诉了直子，然后又说了一句："就像青春电视剧一样。"他这句话半是讽刺半出于真心。

"他是很热血的那种类型。"

"他把自己当成了你的男朋友。"

"怎么可能。别说这种傻话！"她几乎没动嘴唇地说道。

这时铃声突然响起，播音员播报着还有十五分钟文化节就要结束。周围传来一声声叹息。

平介站起来，说："那我先回家了。"

"路上小心。谢谢你今天过来。"

"希望来得不晚。"平介说着，走出了教室。

平介在五点前走出了校门，但是不打算直接回家。他坐电车去了新宿，逛完大型电器商店之后打算去书店转转，可是在从电器商店出来看到了一对男女时，他停住了脚步。

那对男女看起来是高中生，男生留着长发，女生化着妆，但两个人都穿着高中校服。男生搂着女生的肩膀，女生抱着男生的腰。他们在公共场合也丝毫不在意，脸靠得十分近，嘴唇都差点亲上了。

平介忽然觉得那两个人就是直子和相马春树，浑身起了一层鸡皮疙瘩，脑海里瞬间闪过一个场景。相马春树在走出教室的时候对直子用唇语传达了些什么，平介突然明白了他想传达的内容。

待会儿见——他是这样说的。没错。平介脑海里像过慢镜头一样，准确地回忆出他的口型。

待会儿，是什么意思？他们俩之间有什么事？平介无法平静了，急急忙忙走向车站。

我到底在干什么？平介不断问自己，但脚步却停不下来。等回过神来，他已经回到了直子学校的门口。

太阳落山了，天色完全暗了下来。平时的这个时间，学校已被黑暗包围，一片沉寂。可是今天不一样，还有很多学生没有回家。校园里回荡着不知道从哪里传来的音乐和歌声，唱歌的好像是轻音乐社团。平介穿过校门，向操场走去，远远地看到了篝火的火焰。学生们围在篝火周围，或站或坐，姿势不一。

操场一角有一个简易舞台，上面有几名乐队成员在演奏。主唱是个女孩，身上的黑色漆皮夹克反射着火焰的光，看起来很成熟，但很明显是这个学校的学生。

篝火晚会也和自己那个年代不一样了啊,平介想。他还以为是跳集体舞那样的。

操场上没有校外人员,但似乎没人注意到平介。天黑了,每个人都在专注地欣赏乐队的演奏。

平介像是在丛林中拨开草木一般,在学生中间辟出了一条路,穿梭其间寻找着直子。女生还好说,有几个男生比他个子还高,一旦走到他们中间,就什么也看不到了。

乐队演唱的歌曲风格突然变了。刚才还是抒情的音乐,这时突然变成快节奏的歌曲。同时学生们的状态都跟着变了。坐着的学生也都站了起来,几乎所有人开始雀跃着拍手,一齐摇摆起来。空气仿佛都变得稀薄了,平介喘着粗气在人群中转来转去。

一不小心,他摔了一跤,不知是被谁的脚绊住了。他摔倒在地,两手撑着地面。没办法,他只好匍匐前进。无数只脚随着音乐的节奏一起跳动,飞扬的尘土朝他脸上扑来。也许是离舞台远了些,他终于到了一个学生少的地方。他看到了火焰,站起来拍打身上的灰尘,然后抬起脸。

那一刻,他看到了直子。

她站在离篝火几米远的地方,侧脸对着平介。她没有跟着节奏拍手,只是一直看向舞台。她身旁就是相马春树,两人之间的距离不足一米。

有那么一瞬间,平介看见他们拉着手。可那终归是错觉罢了,直子的双手始终在身前交握着。

别的学生一刻不停地摆动着身体,只有直子和相马幅度很小地摇摆着，仿佛在仔细品味时空。

平介全身僵硬，也无法发出声音。

篝火熊熊燃烧，直子和相马的脸被照得通红。每当火焰跳动的时候，他们二人的影子也跟着摇摆。

33

十二月的第二个星期六,杉田家收到一个包裹,是从大阪一个叫日本桥的地方寄来的。直子去学校了,要参加网球部的训练,傍晚之后才能回到家。平介把包裹拿到一楼的起居室里,撕开封口的胶带打开。里面有两个小箱子,他一一打开查看。

一个箱子里装的是盒式磁带录音机,和手掌差不多大小。跟普通录音机最大的区别在于,这是一台声控式录音机,感应到声音时会自动开启录音功能,声音停止,录音就会随之停止。在演讲和开会的时候,用这台录音机就不用担心出现大段空白了。很明显,这不是平介买来录音用的。

另一个箱子里装的是一个火柴盒大小的东西,名叫电子式电话拾音器。有一根又短又小的导线露在外面,前端连着一个耳机插头。此外还有两个附件,一个是连接线,还有一个是双孔转换头。

平介一边读说明书,一边寻找家里的电话线端口。他在柜子旁的墙壁上发现了端口。那里堆积着旧报纸,因此得先把它们移开。

电话线就插在端口上。他拔下电话线，安上双孔转换头，然后在两个孔上分别插入家里的电话线和连接线。接着，他将盒式磁带录音机装上电池和录音带，再把拾音器的插头插入录音机的话筒插孔，最后把连接线的另一端连上拾音器，这就算大功告成了。

平介拿起听筒，按下了一七七①，天气预报的播报员开始播报。"现在为您播报气象厅十二月十日下午一点发布的气象信息。东京地区没有灾害天气预警……"

平介确认声控式录音机已经开始运作后，挂上了电话。他将录音带倒回去，刚才的天气预报从扩音器里传了出来。他放心了，将录音带倒到最前面。

他把柜子稍微往外拉了拉，把录音机和耳机塞进柜子和墙壁之间的空隙。为了不让空隙露出来，又把旧报纸堆了回去。处理旧报纸是他的事，直子不会碰的。他又收拾好空盒和纸箱，他知道，要是这些被发现，就大事不妙了。

平介觉得自己在做一件很卑鄙的事。可是在杂志上看到这种电话窃听装置的时候，还是忍不住订购了一套。夸张地说，他甚至觉得这些装置可以拯救他。

直子在外面做些什么，和什么样的人接触，又说了什么样的话，这些平介想知道得不得了。和他在一起的直子和他所认识的直子没有什么不同，但是他知道这只是她的一面。其实想想也无可厚非。她面对平介的那张面孔在他面前是管用的，可出了家门，她就必须以藻奈美的面孔生活。

---

① 日本的天气预报电话号码，与"要来好天气"谐音。

一直以来，平介从来没有关心过她在外面是什么样子。平介始终相信，虽然她在外面以藻奈美的身份生活，可她的本质还是直子，是自己的妻子。可是现在，他的自信动摇了，不，应该说是完全消失了。平介害怕失去她，一想到有这种可能就害怕。

窃听装置的空盒和包装箱都被他剪成很细的小条，用报纸包着扔进了垃圾箱。这时，玄关处传来了声音，是邮箱里被投入了邮件的声音。他马上往门口走去。

有三封邮件。一封是寄给平介的广告，还有一封信用卡使用明细，另外一封是寄给杉田藻奈美的。平介翻到信封背面，上面写着她曾就读的小学校名和"第五十五届学生同窗会干事"等字样。看来是小学要举办同窗会，这是邀请函。

平介回到起居室，把三封邮件放在矮脚餐桌上，然后打开了电视。

他突然又在意起那封寄给藻奈美的邮件。真的只是普通的同窗会吗？就算是同窗会，应该也不是大规模的那种，而是关系不错的学生一起聚聚而已。

他盯着信封上的那些字，很明显出自男生之手。难道不是已经上高中的男生打算借着同窗会的名义搞联谊？可能是因为想起了小学时的回忆，可能是看到了小学毕业的相册，男生垂涎那些女大十八变的女同学，因此单方面搞了这样一个同窗会。看起来正像是那些脑袋里充斥着性的高中男生会做出的事。

一想到这些，平介就考虑不到别的了。他走到厨房，用茶壶烧开水。怎么回事？他自己也十分不解，却控制不了情绪。

茶壶口的蒸汽徐徐上升。平介拿着信封，用蒸汽熏着封口胶的地方。渐渐地，信封开始变湿了。等到封口胶充分化开的时候，平介用指尖小心地打开封口，不一会儿就全打开了。

里面有两张叠着的 B5 复印纸，一张上面印着前往某处文化馆的地图，另一张果不其然就是邀请函。然而并不是平介想的那种，而是第五十五届全体学生的同窗会，上面还写着有几位老师也会参加。

看起来没什么可疑之处，于是平介把纸放回信封，又用蒸汽熏了熏，重新封好信封口。

这并不是他第一次擅自拆直子的信。之前有过两次，用的是和今天一样的方法。直子回来晚的时候，都是平介去取信。

第一次他擅自打开的是直子初中好友寄来的信。是个女生，内容上也没什么问题。因为两人读了不同的高中，写信来问直子过得怎么样。

那封信一看信封上写的寄件人就知道是女孩子，可是平介隐隐约约觉得不对劲。漂亮的信封、女孩子的字体反倒令他觉得有些不自然。难道不是男生伪装的吗？难道不是相马春树的信吗？虽然冷静下来想想，也觉得不大可能，但是一面对与直子有关的事时，他就无法冷静。最后他还是拆开了信封，看了信的内容，才发现不过是自己在臆想。他虽然也很讨厌自己，但是这样做会让他安心不少。

第二次就更荒唐了。信封里装的是百科辞典的广告单。应该是想要引起收件人的注意，信封正面的字看起来完全是私人信件的风格，寄件人处印刷的社长名字就像手写的一样，虽然旁边还印有公司的名称，可是平介只注意到了男人的名字，立刻气血上涌，当即拆开了信封。看到信封里普通的彩色百科辞典广告单时，他不禁嘲笑自己真是愚蠢至极。

第三次就是今天同窗会的邀请函。

他内心充满了罪恶感，可是和直子有关的文件只要处于密封状态，他就会坐立不安，再加上已经体验过偷看信后的轻松感，就更加控制不住自己了。这种行为就像吸毒一样会上瘾。

这种上瘾症状不仅停留在拆信上。近来平介经常在直子不在家的时候去她的房间，检查桌子抽屉里的东西，书柜里放的笔记本也会一一打开来看。这和拆信都出于同一种心情，无非就是想知道更多关于她的事情。

一切都从他怀疑直子写日记开始。他心里有一种固执的想法，认为女高中生都会写日记。一旦有了这种想法，他的心情就变得不平静起来。为了找寻他也不确定是否存在的日记，就潜入了直子的房间，虽没找到日记本，倒是对直子房间里的东西掌握得一清二楚。他把她通讯录上的内容抄在其他纸上，又把日历上标注的日程安排都写在自己的手账上，就连她下个月的生理期和存放卫生棉的地方都了如指掌。

然而，即便这样还是无法消除他内心的不安。最让他烦恼的还是电话。

电话通常最晚在九点半打来，十点之前就会挂断。打电话的应该还是相马春树，他虽然就夜里打电话一事向平介道过歉，但好像没认识到打电话这个行为本身是不对的。还有一件事让平介不安，直子在主动给对方打电话。这一点，他是通过仔细检查每个月的话费账单后得知的。

因此，在没有电话打来的晚上，平介决定观察电话机上"分机正在使用"的指示灯是否亮着。但是经过几天的观察，除了有电话打来的夜晚，他并没有发现这种情况。这能证明她没有主动打电话吗？可如果是这样，就无法解释为什么电话费会上涨，因为平介几乎不会主动打电话。

那么就只有一种可能了，即直子在平介不在家的时候打电话，比如他加班晚归的时候、周末出勤的时候、去理发店理发的时候。除此之外，还有平介在家却不能监视电话的时候，即他泡澡的时候。平介很喜欢泡澡，通常最少也会泡三四十分钟。这段时间她就可以毫无顾忌地打电话了。发现这一点之后，平介就放弃了长时间泡澡的习惯，洗干净身体后，在浴缸里略泡一下就会出来。

可是问题仍然没有解决。令他痛苦的，不是直子打电话这件事本身，而是不知道他们在电话里聊什么，这让他无法平静。因此，当看到电话窃听装置的广告时，他确信自己会被这东西拯救。

平介看了看时钟，下午四点半了。直子网球部的训练就快结束了。今天有些冷，她是不是又要去"雪子"呢？

他想起了这家札幌拉面店，就在直子的学校附近。他是从在她房间垃圾桶里翻到的收银小票得知她经常光顾这家店的。此外常去的店还有卖铁板烧的"味福"、咖啡馆"KURURU"。肯定还去过别的店，只不过那些店大多不给高中生提供收银小票。

如果她去雪子，大概会点味噌叉烧面。这是她十分中意的食物，六百六十元。这些他都知道。

34

平介舒舒服服地泡了个澡,哼了一首歌之后踏出浴缸,先把湿毛巾拧干擦拭全身,出了浴室又用浴巾仔细地擦拭头发和身体,在头发上涂了生发液后,用吹风机吹干。他穿上睡衣,走出了卫生间,走到起居室看了一眼时钟,泡澡大约用了四十五分钟。

他又看了一眼电话机,"分机正在使用"的指示灯并没有亮着,但是从柜子后的录音机中拿出的磁带里却有录音。大概直子是听到他从浴室走出来才挂断了电话。他最近才发现,开关浴室门的时候声音会很大,而浴室旁边就是楼梯,根据传声管的原理,一有动静二楼就能听得清清楚楚。

平介拿着录音带走上二楼。理所当然地,直子的房间里没有传出任何说话声,应该是刚打完电话,趴在桌子上开始学习了。他走进自己的卧室,从书柜上拿出随身听,打开盖子放入磁带,插上耳机,开始倒带。

听录音带已经成了他每天的乐趣之一。窃听了一周,他大概知道了直子是在和谁打电话、说了些什么内容。

这一周，相马春树一通电话都没有打来，这让平介安心不少。直子也没有给他打过。经常给直子打电话的是一个叫笠原由里绘的同班同学，看起来好像是直子最好的朋友。直子拨出去的电话也主要是给她。平介想，既然是给同班同学打电话，那就用不着专门趁他洗澡的时候啊。随即他马上又意识到，这大概是直子为他考虑才这样做的，以免他产生不必要的担心。

直子和笠原由里绘的对话在平介这个无关者听来也十分有趣，基本上都是笠原由里绘说老师和男生的坏话，直子听了咯咯笑个不停。由里绘讽刺起人来十分精彩，语言辛辣有趣，听了不仅不会讨厌，反而会觉得痛快。从她们的对话中能了解到学校的很多事。比如一个姓菅原的训导主任总是近乎变态地要求学生遵守校规，但私下里对几个自己喜欢的女学生很是轻佻；还有，学校里有传言称一个姓森冈的男生让一个外校女生怀了孕。平介感慨道，一个每年向东大输送若干英才的学校里也有这么多不堪的事啊。

录音带倒到最前面了，于是平介立即按下播放键。今天聊天的话题是什么呢？一想到这里，他就兴奋不已。

……你好，这里是杉田家。

一开始是直子的声音。听起来是接电话的寒暄语，好像是对方打来的电话。

啊，是我，相马。

平介的身体倏地燥热起来。那个男生终于打电话来了。看来他并没有彻底不再打电话。

啊，晚上好。
现在说话方便吗？
嗯，方便。我爸爸在洗澡。
这样啊。藻奈美说得没错，完全正确。
他常年养成的习惯，大概他自己也没意识到。
哎？是指九点半洗澡吗？
嗯。职业棒球联赛的转播一般在晚上九点半左右结束。本来是到九点结束的，现在又延长了三十分钟。之后他才会去洗澡。所以已经不知不觉养成了习惯。
是吗？真有意思。

直子这样一说，平介心想确实如此。他每天晚上洗澡的时间都在九点半左右，就像直子说的，棒球夜场比赛转播结束后马上就去。至于赛季结束后也是这个时间，他完全没有意识到。听他们的对话，好像是直子告诉相马要在九点半以后打电话。

之后两个人的话题转向了网球部，内容没什么特别。他们几乎每天都见面，因此重要内容并不是必须要在电话里说。

直子和作为学长的相马说话时没有用敬语，这一点让平介很是烦躁。他们什么时候关系这么亲近了？平介不禁怒火中烧。

对了，那件事你考虑过了吗？相马的声音突然低了下来。
前夜？
嗯。
考虑了……

直子支支吾吾起来。平介马上堵上没有戴耳机的那只耳朵，意识到接下来会有关键的话。前夜，是指平安夜吗？

你有什么其他计划？
倒不是。
那还担心什么？平时我们都没有约会过，只有平安夜希望你可以实现我这个心愿。

听起来，相马想约直子平安夜出去。平介顿时觉得气血上涌。狂妄的小毛孩！他的心脏狂跳不止。

不是每天都能见到嘛。

就是，这样就够了。平介在心里说道。

你讨厌我？
不是的。我之前也说过，我不能不回家。

就说讨厌他不就行了吗？平介心想。

我知道。小美必须要顾家，我知道你很辛苦。但是就一天，好吗？小美你也有享受自己时间的权利啊。

平介紧握着拳头。小毛孩说什么呢?！你懂什么?！

　　大家都以为我们在交往。有时候他们会问我，我们在哪里约会、玩什么。我说根本没约会过，大家就露出一副诧异的表情。那种时候我就觉得好难堪。

你就一个人去难堪吧！

　　所以我就说嘛，你要是想约会，就去找别的女孩吧。
　　又说这种话！你认为我是那种"这个不行就换那个"的人吗?！我对你可是认真的！

直子陷入了沉默。她的沉默让平介心急如焚，听起来直子被这个年轻人的话打动了。

　　平安夜我已经安排好了，去哪里玩，在哪里吃饭，我都想好了。因为都要提前预约。
　　你这样我很为难……
　　我是不会放弃的。所以小美你好好考虑一下，往积极的方面想想。

247

嗯……

为什么不果断地拒绝他？平介咬牙切齿地想。让他别打电话来不就行了吗？！

对了，我刚才看电视节目，看到一种超级奇怪的动物。

大概是不想在尴尬的气氛中挂掉电话，相马换了话题。直子也不断附和他。这样的对话持续了几分钟后，直子突然说"我爸爸好像洗完澡了"，然后就挂了电话。

平安夜前的那一周，平介做什么事都心不在焉。上班的时候，心思也完全不在工作上。还好一到年末，公司里就洋溢着工作告一段落的轻松氛围，否则总是心不在焉的平介可能就会被上司小坂责备。

他脑中只想着一件事，那就是直子到底打算怎么做。那天晚上以后，相马春树没再打电话来。因此他们最后商量到什么程度，平介一无所知。当然他们也有可能在学校见面的时候商量，但是他又觉得可能性不大。从之前的窃听中平介感觉到，似乎他们在网球部训练时不能随意聊天。

好像为了证明这一点似的，这一周直子的表现也很不正常，经常发呆，跟她说话也没有回应，大概是在烦恼该如何应对相马的邀请吧。

平介想，有可能在现在的直子心里，以前的直子和十五岁的少女微妙地混合在了一起。大人的那部分能够认清现实,冷静判断自己该做的事。然而少女的那部分和其他少女一样,处于一种不稳定的状态之中。一定是这两者产生的矛盾在困扰着她,平介想。

平安夜的前一天,十二月二十三日,相马打来了电话。和往常一样,平介在卧室里用随身听听到了他们对话的内容。

  明天四点,在新宿纪伊国屋书店前面等你。知道了吧?

相马的声音里有种再三思虑后的意味,莫名地让人感觉到压力。

  你先等一下,我可能还是去不了。
  为什么?要是需要得到你爸爸的许可,我去拜托他。
  你去也没用。
  你怎么知道?不试试怎么知道?
  总之明天就是不行。
  你没什么事吧?
  有事。反正不能出去,抱歉。
  骗人,小美你在撒谎。你想糊弄我,没用的。

直子似乎无法反驳。她的沉默反而让平介焦虑起来。

  我等你。四点,在新宿纪伊国屋书店前面等你。你要是不想来就别来,反正我会一直等你。
  你这么说,我很为难。

为难的人是我！小美你到底在想什么，我根本不知道。所以我决定不去想那些，做自己想做的事就好了。

我真的不能去。

可以。但是我会去的。四点。

他并没给直子回答的时间，径自挂了电话。平介想，或许直子会再给他打回去，于是继续听着。可是那之后就没有录音了。

平介把随身听收起来，走出了卧室。犹豫了一下，还是敲了敲直子的房门。"进来。"直子在里面应道，声音听起来有些消沉。

"我进来了。"平介说着，推开了门。

直子面朝书桌坐着，面前放着笔记本和参考书，但是看起来并不像在学习。

"今天的作业做完了吗？去楼下喝杯茶吧？"

"啊……现在就算了。真罕见啊，你居然在这个时间说这个。"

"是吗？就是突然想到而已。"

"微波炉上有年轮蛋糕，别人送我的，你去吃一点吧。"

"知道了。那我去吃点。"平介朝走廊走去，突然回过头来，说，"明天就是平安夜了。"

"是啊。"直子已经转向书桌。

"有什么安排吗？"

"嗯……没有。"

"那晚上我们去吃好吃的吧？"

"明天估计哪里的人都很多。平安夜，又是星期六。"

"那我们预订寿司吧，过一个和式圣诞！"他说罢，正要往外走，直子叫住了他。

"啊，你等一下。"

"怎么了？"他问道。

"明天，我有可能会出门。"直子略有顾虑地说道。

"去哪里？"平介感觉脸上的肌肉痉挛了。

"朋友让我陪她去买东西，不过还没确定……"

"哦。"平介知道直子在想什么。她应该还没决定该怎么做。万一要是出去赴约，这是提前给自己找好借口。"要是出门的话，会晚回来吗？"

"应该不会。很快……嗯，一两个小时就能回来。"

"知道了。"平介点了点头，走了出去。

听到她说一两个小时，平介稍稍放下心来。就算直子前去赴约，也不过在咖啡馆说说话就会回来吧。

但这天晚上他还是难以入睡。让直子去赴相马春树之约，风险实在太大。他感觉心底被封印的某种东西突然浮现了出来。实际上，他不是难以入睡，而是根本无法入睡，就这样迎来了二十四日的清晨。

这一天，一大早就晴空万里，仿佛在祝福打算约会的情侣们。平介一边望着洒满耀眼阳光的小小庭院，一边品尝着直子做的炒饭。这顿饭既是早饭，也是午饭。平介整晚辗转反侧无法入睡，但是天一亮就昏昏沉沉地睡了过去，结果起床时已经十点多了。

"今天我想清理一下库房。"吃完饭，平介喝着茶说道，"不要的东西好像有很多，扔不可燃垃圾的日子新年前还有一次。今天最好把它们都整理出来。"

"库房里的都是大型垃圾,也不能在扔不可燃垃圾的日子扔掉啊。"

"也可以吧,先都整理出来,下次扔的时候就轻松了。"

"把暂时处理不了的东西都拿出来不是更麻烦吗?马上就是元旦了。另外虽说是年末,不大扫除也可以。"直子用小茶壶给平介的茶杯续上水。

"好吧。"平介喝了口茶。他也并不是非要今天打扫,只不过想以此作为借口绊住直子,不让她出门。想着库房的事时,他的脑海中突然闪过一个想法。"对了,圣诞树放哪里了?藻奈美小时候不是买了一株吗?"

"哦,那个啊。不是放在壁橱里了吗?"

"这里吗?"平介说着站起身,打开壁橱的拉门。

"你要干什么?不用拿那种东西。"

"为什么?好不容易过一次圣诞,就拿出来吧。"

壁橱里杂乱地堆放着很多纸箱、衣服收纳箱和纸袋,平介把它们按顺序拿出来放在榻榻米上。直子皱着眉头,默默看着他。

壁橱里面现出了一个细长的纸箱,盖子里露出亮晶晶的纸。

"找到了。"平介打开箱子,里面放着一个日本冷杉模型和装饰用的零部件。

"真的要挂起来吗?"

"当然要挂起来,不行吗?"

"倒不是不行……"

这时直子瞥了一眼时钟,这一幕没能逃过平介的眼睛。指针刚刚指过正午十二点。

平介组装圣诞树前后花了近一个小时，组装好之后放在了柜子上。"这才有圣诞节的气氛啊。"

"是啊。"在厨房洗东西的直子看了他一眼。

"我们出去一趟吧？"

直子闻言，后背僵直起来。"出去？去哪里？"

"去买东西。最近都没给你买新衣服，想给你买，就当是送给你的圣诞礼物，回来的时候再顺便买些蛋糕。好不容易把圣诞树找出来了，我们干脆就好好过个圣诞节，好吗？"

直子没有马上回答，而是站在原地，一动不动地凝视着水池，过了一会儿慢慢转身走进起居室。"昨天我跟你说过，今天有事要出去一趟。"

"但还没定下来，不是吗？而且你的朋友好像也没再打电话来。"

"约好了我决定之后联系她。我正准备给她打电话。"

"拒绝吧，就说不能去。"

"可是她好像很希望我陪她。"

"不就是陪她买东西吗？约别的朋友去也行啊。"

"但是……我还是先给她打电话吧。"直子走出起居室，看起来要去二楼打电话。

"就在这里打吧。"平介说着，但直子还是径直上了二楼。平介的话她不可能没有听见。

平介目不转睛地盯着电话机，"分机正在使用"的指示灯亮着。直子正在打电话。是打给相马家吗？

电话几分钟后就挂断了，直子马上下了楼。"她还是很希望我陪她一起。我去一下，很快就回来。"

"是谁啊，你哪个朋友？"

"是由里，笠原由里绘。"

"去哪里？"

"新宿。约在三点见面。"

"三点？"

"是的，所以我要收拾一下准备出门了。"直子又上了二楼。

平介疑惑，昨天相马在电话里说的是四点在新宿纪伊国屋书店前见面，她现在要去见的应该就是相马。难道变更见面时间了吗？刚才这通电话应该已经被录下来了。平介很想去听，可是万一被直子看到他去拿录音机，就大事不妙了。

直子两点多时出了家门。她身穿红色毛衣，外面套了一件黑色连帽大衣。平介注意到她还化了淡妆。

她出门不久后，平介取出录音机，将磁带放入随身听，倒带后，按下了播放键。

您好，这里是笠原家。

是由里吗？是我。

啊，藻奈美。怎么了，这个时间打电话来？

我想拜托你一件事，可以吗？

什么事？发生了什么麻烦事吗？

不是什么麻烦事，但如果解决不好，就会很麻烦。

怎么回事？

其实，我现在必须要出门一趟，希望你帮我证明是陪你去买东西了。

哦……不在场证明吗？

抱歉。我觉得我爸爸不可能打电话跟你确认这件事，但以防万一。

知道了，那今天我就不接电话了。我再跟我妈妈说一声，如果你爸爸打电话来就让她这样转达。别看我妈妈那样，她可是很懂得变通呢。

抱歉，给你添麻烦了。

下次请我吃东西好了。今天要加油啊！

哎？什么意思？

别跟我装糊涂了。在平安夜拜托我做不在场证明，当然知道是怎么回事。倒是帮你忙的我太可怜了。

真是对不起。

不用道歉。磨磨蹭蹭的，小心约会迟到哦。

嗯，那再见。

说完电话就断了。

直子已经预想到，平介会怀疑她今天出门的目的，但她还是决定赴约。至于是因为她想见相马春树，还是在意相马说的"会一直等你"这句话，平介不得而知。只是可以确定，在她心里，相马春树的分量要重于平介，尤其在今天这样的日子里。

平介盘腿坐在榻榻米上，双臂环抱，看着时钟。不祥的思绪缠绕着他的心，整个人被害怕失去直子的恐惧所造成的巨大阴影笼罩着。将近一个小时，他始终保持着这一姿势，一动不动。没有开暖气，但是他全然感觉不到寒冷，额头上反而沁出了汗水。

他站起身，迅速来到二楼的卧室换衣服。

到新宿站时是三点五十分，平介急切地赶往纪伊国屋书店。虽然还不到四点，但他仍然非常不安。那两个人一碰面应该就会马上离开那里。

三点五十五分，平介到达纪伊国屋书店，站在稍远一些的地方张望。这家知名书店的门口有很多人在等人，特别是今天，几乎都是年轻人。

方形柱子旁边站着一个熟悉的青年，个子高高的，穿着十分合身的藏青色粗呢短大衣，手里拿着一个纸袋，里面应该装着礼物。他看起来有些消沉，大概是因为等的人还没到。

青年稍稍抬起头，细长的眼睛好像捕捉到了什么，表情瞬间明亮起来。

平介循着青年的视线望去，看到了直子。她有些羞涩地走向男生，那是十五岁高一女孩的表情。

平介大步走了起来，径直走向青年。

青年向前走了一步，直子小跑了起来。两个人之间的距离只有五米，然后缩短到四米、三米。

直子张开双唇，仿佛想要说"等了很久吗"。然而她终究没有发出声来，因为她的目光捕捉到了平介的身影。时间仿佛静止了，直子站在原地，身体和表情都僵住了。

平介默默地走近。终于，青年也察觉到不对劲，像人偶一样转过脖子，看向平介。

他脸上的惊恐就像水纹一样缓缓扩散开来。

35

　　这一幕好像在电影里看到过。也有可能是平介的错觉，有另一个人格潜伏在平介的身体里，客观地观察着这一切。

　　周围明明有很多人来来往往，但是平介眼里只看得到直子和相马。大概他们两个人也是这样。他们一动不动地凝视着朝他们走来的平介。

　　平介停下来，三人的位置正好呈等边三角形。

　　"爸爸……"最先出声的是直子，"为什么……"这句"为什么"里包含了好几个疑问。为什么知道两个人在这里见面？为什么来？

　　平介没有回答她的问题，而是盯着青年问道："是相马同学吧？"

　　相马春树动了动嘴唇，像是要回答"是的"，却没有发出声音。

　　"平安夜约我女儿出来玩，谢谢你。"平介稍稍低头致意，然后又抬起头来看向相马，"但是，很遗憾，藻奈美不能和你交往，也不能和你约会。"

　　相马睁大了眼睛，扭头去看直子。平介也看着她。她来回看向两个人，然后默默低下头，紧咬着嘴唇。

"就是这样。抱歉，我要带藻奈美回去了。"平介转到直子身后，用手掌轻轻抵住她的腰。她完全丧失了抵抗的能力，向着被推的方向迈出了一步、两步。

"请等一下！"相马喊住他们，"为什么？为什么不能和我交往？"

平介回头看着相马，很想说明情况，但又不能那样做。不，就算说明了，他肯定也不能理解。他一定会感到被戏弄了，从而发怒。"世界不一样。"平介只好这样说道，"我和女儿生活的世界，和你所在的世界完全不同。因此就算你们交往，也不会顺利。"平介继续推着直子向前走，直子的身体像棉花糖一样轻。

平介完全想象不到相马是以什么样的表情目送他和直子的背影，是怔怔地，还是气冲冲地，抑或还无法弄清到底发生了什么。不管他是什么表情，自己最应该做的事，就是赶快从这里离开。

直子就像在梦游一样，无论走路还是停下似乎都没有自我意识，只是任凭平介摆布，和他保持一样的步调罢了，乘电车时也是这样。她什么也没说，失神的双眼始终呆呆地望着斜下方。快到站的时候，平介才发现她拿着一个商场的纸袋。他没有问那是什么，终于明白了为什么她要提前一个小时出门，是要给相马春树买礼物。

他带着表情木然的直子回到家。打开家门的时候，隔壁的主妇吉本和子跟他们打了招呼。平介笑脸相迎，而直子始终面无表情，甚至都没有看她一眼。吉本和子一脸诧异。

进了家，直子慢吞吞地脱了鞋，拖着沉重的步伐穿过走廊，朝楼梯走去，看起来要把自己关在房间里。平介没有阻止，想让她一个人待一会儿。

但是直子在楼梯旁边突然站住了，一直低垂着的脑袋抬了起来。平介没来得及问怎么了，直子就把挎包和纸袋扔在地上，走进起居室，站在房间中央，低头看着柜子。

平介站在起居室门口看她，完全不知道她要干什么。

直子走近柜子，一把抓过电话机，拿了起来。电话线被从墙壁和柜子中间的空隙中扯出了一大截。她粗暴地把柜子旁边的旧报纸推开。摞在一起的报纸散开来，掉了一地。

平介意识到她要干什么了，心里咯噔一下，身体却无法动弹，只是愣愣地看着她。他知道，现在阻止她已经迟了。

终于，直子发现了目标。她把胳膊伸向柜子和墙之间，拽出了那台录音机。"这是什么……"直子拿着那个黑色的装置，有气无力地问，然后面部渐渐扭曲，大喊道，"这是什么?！"

平介不知该怎样回答，只是默默站着。

直子拿着录音机，先是按下了倒带键，倒带停止后又按下了播放键。声音从扬声器里传了出来。

您好，这里是笠原家。
是由里吗？是我。
啊，藻奈美。怎么了，这个时间打电话来？
我想拜托你一件事，可以吗？
什么事？发生了什么麻烦事吗？
不是什么麻烦事，但如果解决不好，就会很麻烦。

直子颤抖着按下了停止键。"你竟然做这种事！"她的声音也在颤抖,"什么时候开始的?"

"两周前……"平介喉咙里堵了一口痰,他清了清嗓子,又说了一遍,"大概从两周前开始的。"

直子脸上露出苦涩的表情。"我就觉得很奇怪,今天的事你不可能知道。但没想到,你真的做了这种事……"

"这样做是因为我在乎你。"

"就算这样,也不能做这种事情!"直子把录音机摔在榻榻米上。盖子摔开了,里面的磁带掉了出来。"我也有隐私。这么……这么卑鄙的事情,你难道不觉得可耻吗?"

"那你对我说谎,去和别的男人见面,就不卑鄙吗?就不可耻吗?"

"我是因为不想让你有不必要的担心。"

"你省省吧!要是这种说法可行,只要不被发现,就能在外面拈花惹草吗?"

"我不是这个意思。我今天没打算和相马约会。你窃听我们的对话,应该会知道。他说今天会一直等我,我不想那样,所以才去了见面地点,打算把礼物给了他就分开。如果我不去,他是不会放弃的。"

"让他一直等下去不就可以吗?那样问题解决得更快。"

"我做不到。明明知道他在等我……"

"那你们为什么会走到这一步呢?不就是因为你和他很亲近吗?他有那种想法,不是因为你给了他那种暗示吗?你从一开始就不应该搭理他。"

"我对他的态度很平常啊。他跟我说话我就答应,他打电话我就接。这样也不对吗?"

"你没有平常对他的权利!"平介斩钉截铁地说道。

直子被他这句话惊着了,睁大了眼睛。从她颤抖的肩膀可以看出,她的呼吸乱了。

平介盯着她的双眼,继续说道:"听好了,你是我的老婆。虽然身体是藻奈美的,但你是我老婆这件事是无法改变的事实。你拥有了年轻的身体,想重新过一遍人生,但你别忘了,必须要在我允许的范围之内!"

直子跌坐在榻榻米上,眼泪大颗大颗地掉下来。"我没有忘。"

"不,你忘了。你想忘记。而我呢,我一直把自己当作你的丈夫,想着决不可以背叛你,决不能出轨,连再婚的事都没考虑。你小学的桥本老师,我当时有点喜欢她,想和她交往,但最后我连电话都没给她打过。你觉得是为什么?因为我不想背叛你,因为我觉得我是你的丈夫。"平介两手紧握,低头看着直子。沉重的静默笼罩着小小的起居室。他听到了一阵奇怪的声音,好像是风吹过隧道的声音。过了一会儿他才意识到,那是自己的呼吸声。

直子站起身来,就像坏了的木偶一样,被线一顿一顿地提起。她一言不发地走出了起居室,慢慢走上楼梯,步伐比刚进家门时更加无力。

平介坐下来,一动不动。空虚感如同阴沉的积雨云一般在胸中扩散,绝望感向他袭来。他看不到前方的路,也无法原路返回。

他拾起录音机和磁带,却没有再安装回去的心情了。他把手伸到柜子后边,将线从双孔转换头上拔了出来。

不知从哪里传来了一阵奇怪的声音,听起来像笛声。平介竖着耳朵走到走廊。

是从楼上传来的,不是笛声,而是啜泣的声音。

36

过了新年,转眼一月已经过半。时隔许久,平介再次来到喷枪车间,在休息室见到了班长中尾。

"平介,你怎么瘦了啊?"

"是吗?"平介摸了摸脸颊。

"嗯,瘦了。大家说呢?"

周围的人听到后都点了点头。

"脸色也不太好,哪里不舒服?最好去看看医生吧。"中尾说。

"身体倒是没有不舒服。"

"那可不行。等你觉得不舒服时可就晚了。我不说不好的事吓唬你,你去看看医生吧。毕竟上年纪了。"

"嗯,我知道。"平介又摸了摸脸。

也许真的瘦了,他想。他知道原因,不是生病。原因很简单,就是最近没怎么好好吃饭。并不是没有饭吃,晚上下班回家,晚饭已经做好了,休息日三餐也一顿不少。只是他没有食欲,和直子在一起心里堵得慌，根本吃不下。

平安夜之后，直子几乎从不开口说话，表情也没有什么变化。除了做家务，其他时间她都把自己关在房间里，几个小时都不出来。她只有在自己面前才这样吗？平介纳闷。但最近他发现并不是这样，学校的班主任给平介打电话，问他藻奈美是不是身体不舒服。看来她在学校也同样消沉。而且，新年过后，她就退出了网球部。

大概是因为平安夜那件事受到的打击太大了。平介知道，自己做的那些事深深伤害了她，但他也不知道该怎么办。

下班的铃声响起。平介走出公司。元旦之后，平介一直尽量避免加班，因为担心直子。

回到家打开玄关门，看到直子的鞋整齐地摆在那里，平介松了一口气。今天她也平安回来了。

他总是担心直子什么时候出去就不再回来了。在他找不到的地方生活，就能像一个正常的十六岁女孩那样生活，可以谈恋爱，也能结婚，过着完全和平介不相干的人生。

她没有出走，可能只是还没下定决心，可能是担心住的地方和生活费，也有可能她已经下定决心了，只是在考虑什么时候行动而已。也许明天平介回到家，她的鞋子就不在了。

直子不在起居室。平介上了二楼，敲了敲她的房门。进来，一个细细的声音传来。

平介又松了一口气。其实比起离家出走，平介更担心直子会想不开自杀。因为自杀是她逃避现在的痛苦的最简单途径，恐怕她也这么觉得。但是至少今天，她还没有屈服于那种令人悲伤的诱惑。

平介打开门，说道："我回来了。"

"辛苦了。"直子仍然对着桌子,没有回头看他。好像在看书,最近她总是在看书。

"你在看什么书?"平介走近问她。

直子没有说话,而是身体稍微向后靠去,以使平介能够看到她手边的书。翻开的书页左上方印着书名。

"《绿山墙的安妮》……啊,有意思吗?"

"嗯,还行。无所谓。"直子说,一副只要能忘记现实就行的腔调。"该做饭了吧。"她说着合上了文库本。

"没事,不着急。"

垃圾桶旁边有一张纸掉在地上,一张叠着的白纸。平介拾了起来,直子发出了一声轻呼。

打开一看,"一年级二班滑雪旅行计划"这一行印刷体字映入眼帘。

"这是什么?"平介问。

"一看就知道了,我们班的同学计划今年春假去滑雪,正在招募成员。"

"不是学校组织的吧?"

"嗯,所以我不会参加。这样可以了吧。"直子从他手中夺过那张纸,一点一点撕碎了扔进垃圾桶。"我去准备晚饭。"她说着站起来。

"直子,"平介叫住了她,"你在恨我吗?"

直子垂着眼睛,头深深地低了下去。"没有。"她有气无力地低声说道,"只是我不知道以后该怎么办。"

平介点了点头:"是嘛,其实我也是。完全不知道该怎么做才好。"

两个人又陷入沉默,空气仿佛突然冰冷。窗外寒风呼呼地刮过。

平介产生了错觉，仿佛只有他们两个人站在旷野中央。

平介突然想起了直子，不是眼前这个直子，而是拥有原来身体的那个直子，一个爱笑、爱说话的女人。没了她，如今这个家里都没有了欢声笑语。

"要不，"她说，"我们做吧。"

平介看着她。她低头看着自己的双脚，富有光泽的长发间现出白皙的脖子。

"你是说……那个吗？"平介确认道。

"想来想去我觉得只有这个方法了。只有精神交流的话，难免会有解决不了的时候。"

"也许你说得对。"

"你还是不能接受吗？"

"怎么说呢，你突然这样说，我也……老婆你可以接受吗？"平介问完后被自己吓了一跳。他很久没有用过这个称呼了。

"我吗……嗯，不问问自己的身体我也不知道。"直子把手放在胸口说道。

"哦，我可能也是。"平介挠了挠后颈。平介确实把现在的直子当作一个女人来看待，也正因如此，才会对相马春树怀抱着不同寻常的嫉妒心。然而，发生性关系则是另外一回事。他从没考虑过，或者说，下意识地抗拒这种想法。"试试……吗？"他终于开口道。

直子什么都没说，走到床前，在床边坐下。"关灯。"她说。

平介关了墙上的开关，房间立刻被黑暗包围了。多亏了窗外射进来的微弱的光，眼睛很快适应了黑暗。

直子在床上开始脱衣服，白皙的脊背隐约可见，随后那白皙的脊背钻进了羽绒被里。"我好了。"她说。

该怎么做？平介想，还是先脱衣服吧。只剩下一条内裤的时候，他在黑暗中摸索着走近床边，途中不小心碰到了学习用的椅子。直子用被子蒙住脸，往被窝里钻。平介抓着被子的边沿，往上抬起，感觉到直子的身体僵硬起来。

"那个……"她说，"虽然这样说很老套，你温柔一点啊。你也许忘了，我可是第一次。"

"啊……对。"平介稍微犹豫了一下，还是脱下了内裤。他还没有勃起，但预感到不会有问题。"哎……"他说，"没有那个，怎么办？"

"什么？"

"安全套。"

"啊，"直子仍背对着他，说道，"很快就是生理期了，应该没事。"

"哦。"平介想起以前他们也经常有这样的对话。

他把手伸入被子里，指尖触碰到直子的肌肤。她好像受了惊吓似的，身体颤抖了一下。他继续进攻，手掌握住了她的右上臂。

平介没有想到，她的皮肤十分光洁。如果不是那份柔软，如果没有体温，他一定会认为她是用大理石雕刻的人像。平介不禁为之感动。

他立刻有了反应，转瞬间阴茎就坚挺起来。

掌心渗出了汗。直子的身体绷得更紧了。

平介想把直子揽入怀里，胳膊却动弹不得。他的身体中有某种东西在强烈地拒绝这个行为，回来！回来！回来！——好像有一个声音在喊。

只有时间在流逝。黑暗中，平介和直子都处于完全静止的状态。

"直子,"平介说,"还是算了吧。"

她呼了一口气,然后回答:"也好。"

平介把手从被子中收回,起身凝视着黑暗,一边注意着脚下,一边穿好内裤。

窗外的寒风依旧强劲。某处传来了空罐滚动的声音。

37

平介办公桌上的电话有外线打来。外线电话的铃声不同于内线电话，所以他一听就知道。之前外包工厂的人说会打电话来，他断定是他们，毫不犹豫地拿起听筒。可是电话里的转接员报出了出乎意料的名字。

"杉田先生，您有一通外线电话，是一位来自札幌的姓根岸的客人。"

"知道了，请接过来。"平介回应着，在记忆里搜索。不一会儿，他就想起了根岸这个姓氏和在札幌见过的拉面店招牌。根岸文也吗？他想。

"您好，是杉田先生吗？"但传来的是女人的声音，听起来有些年纪。

"是我。您是根岸女士？"

"我叫根岸典子。您可能已经不记得了，以前我儿子见过您。"

"是的是的。"平介把听筒换到左手，"当然记得。嗯，好几年前了。"

"那时候我儿子做了非常失礼的事，真是抱歉。我也是最近才知道这件事。"

"没，他没做什么失礼的事。这样啊，你都听说了啊。"

"嗯，我听完很惊讶……"

"是嘛。"

文也见平介的时候，信誓旦旦地说绝对不会和母亲提起这件事。时间久了，难道就觉得说也没问题了吗？或者仅仅是说漏嘴了？

"啊，是这样的。我有件事想对您说。杉田先生，我知道您很忙，但还是希望您能抽出一点时间。"

"嗯，这倒是没问题。您现在在札幌吗？"

"刚好有事来东京了，来参加朋友的结婚典礼。"

"哦，是这样啊。"

"三十分钟就可以。今天或者明天，能拜托您和我见一面吗？地点您来定，我去找您。"

"您现在在哪里？"

"在东京站附近的酒店。"根岸典子说出了酒店的名字。后天是星期天，结婚典礼就在这家酒店举行。本来她明天来东京就可以，但是为了和平介取得联系，专程早来了一天。

"那我过去找您。明天中午可以吗？"

"当然可以。但是您方便过来吗？我也可以去您的公司附近。"

"不用，今天还不知道几点下班，而且您那边地址容易找。"

"这样啊，那就麻烦您了。"

他们约定下午一点在酒店的咖啡厅见面，之后就挂了电话。

事到如今还有什么可说的呢？平介想。从文也的话中得知，根岸典子应该并不想记起梶川幸广这个男人。既然如此，又为何专程前来有话要说呢？

关于那场事故的记忆虽然没有随着时间的流逝而消失，但是过去了这么久，在平介心中的比重确实在渐渐减少，否则生活就无法继续。当时固执地想要知道事故的真实原因，而如今，说实话他觉得已经无所谓了。司机梶川因为某种私人原因超负荷工作，那个原因就是给前妻寄生活费——这件事在平介心里已经形成了定论。虽然还有一些地方存在疑点，偶尔也会担心梶川逸美的生活，但是他更愿意相信，一切都已经尘埃落定。

比起这些，平介的心现在被更苦恼的事占据着。

平介不会对直子说要和根岸典子见面的事。如果说了，关于事故的记忆就会苏醒，藻奈美的死和现在的状态会像发生连锁反应似的涌上心头。这样一来，两个人的日子又会变得艰难。平介想要避开这些。

星期六天气晴朗，可是依旧寒风瑟瑟。平介围上围巾，出了家门。他对直子说，公司有事，要出门一趟。当时直子正坐在被炉边编织东西。好像是因为建校纪念日，全校都放假休息。编织是直子一直以来的长项。平介注意到她最近在家里都不怎么学习，也没说起过要考医学系的事。平介自然没有询问，因为他知道直子会怎样回答。

寒风比他预想的还要刺骨，在风中走了几步就觉得耳朵快要冻掉了。乘上电车后，他终于松了一口气，可是在东京站下了电车后还需要再步行几分钟才能到达约定的酒店。要是约别的地方就好了，他想。

来到开放式的酒店咖啡厅门口,他才发现自己并不知道根岸典子的相貌。穿黑色制服的男侍者走过来问:"您是一位吗?"

"不,我约了人。"

平介刚说完,一个瘦瘦的女人边看他边怯生生地从旁边的椅子上站了起来,淡紫色针织套装外面罩了一件同色的开襟毛衣。"请问,"女人向他搭话道,"您是杉田先生吗?"

"是的。"平介点点头,向她走近。

"百忙之中麻烦您,真是抱歉。"她低下头表示歉意。

"没什么,请坐请坐。"

根岸典子面前放着一杯奶茶,平介点了一杯咖啡。

"您儿子过得怎么样?"

"托您的福,他还好。"

"和我见面的时候好像在上大三,现在应该已经工作了吧?"

"没有,他去年考上了研究生。"

"哦?"平介看着对方,不由得发出赞叹,"真厉害啊!"

"听他说,在大学里还有很多东西没有学完,学费也会做兼职来赚。"

"您儿子真有出息啊。"

这时咖啡端了上来。平介没加糖也没加牛奶,就那样喝着。儿子都读研究生了,估计根岸典子的年纪在五十岁左右。确实,仔细观察会发现她脸上有很多皱纹。但是她给人一种优雅的感觉,因此看起来更年轻一些。平介想象着她年轻时一定是个美丽的女人。

"是这样的。前几天我打开儿子房间里的抽屉,偶然发现了一张他小时候的照片。那是他四岁的时候拍的,而那张照片只把脸的部分圆圆地剪了下来。"

啊，平介点了点头，想起了那张照片。

"我追问他，照片是从哪里来的。一开始他还骗我说是在一本旧相册里找到的，我一听就知道他在撒谎。那孩子小时候的照片应该一张都没有留下。我这么一说，他才不情愿地告诉了我关于您的事。我听说之后大吃一惊，我完全不知道居然有这种事。"

"当时他说，不会把见我的事告诉您。"

"真是非常抱歉。如果那时候我见了您，就能更早地告诉您许多事。"

"文也给我讲了许多事，比如为什么恨父亲……"

"但他说的不是全部。不，应该说，"根岸典子摇了摇头，叹了口气，"事实与他说的恰恰相反。"

"相反？什么意思？"

根岸典子先是低下头，又抬了起来。"杉田先生，您妻子在事故中丧生了，对吗？"

"是的。"平介说着收紧了下巴。

"真是不幸。那次事故我也要负一半责任，我不知道该怎样向您道歉。"

"因为梶川先生为了给您汇钱而拼命工作，从而导致事故发生吗？"

"没错……那时候我的生意刚起步，并不顺利，资金上有困难。生活费倒是有办法解决，但是供儿子上大学就很困难了。就在那时，他打电话给我。原来他一直都数着文也的年纪，知道他马上要考大学，于是打电话问我是否要让儿子上大学，学费够不够。我虽然不想靠他，但最后还是把难处向他和盘托出了。"

"于是梶川先生说会想办法，是吗？"

"是的。那之后他每个月都会给我寄来十万元以上。我本来想着接受他的好意直到文也上了大学。没想到文也第一年落榜了，结果又麻烦了他一年。文也也是想着要省钱，一心要考国立大学……"

"原来是这样啊。虽说如此，您也没必要为了事故道歉。梶川先生是为了赎罪才这样做的，不是吗？"

"赎罪……"

"嗯，据说他之前抛弃了你们母子，因此他是想要赎罪吧。听完您儿子说的话，我是这样认为的。"

根岸典子缓缓闭上了眼睛，然后又睁开来，说道："所以我说事实恰恰相反。"

"怎么回事？如果您觉得说赎罪有些夸大其词，那总可以说，他是在尽一个父亲的责任吧。父亲为儿子付学费，这不是天经地义的事吗？"

根岸典子摇了摇头，说："不是这样的。他对文也没有任何责任。"

"为什么？"

她舔了舔嘴唇，好像在犹豫要不要说下去。过了一会儿，她叹了一声，说道："文也……不是他的儿子。"

"啊？"平介难以置信地凝视着她。

根岸典子点了点头。

"那他是谁的孩子？他是您的孩子应该没错吧？"

"确实是我的，是我生的。"她的表情稍微缓和了一些。

"那您是带着孩子嫁给梶川先生的？可是他没跟我说这个。""他"

指的是根岸文也。

"在户籍上，文也是梶川幸广的孩子。"根岸典子说。

"户籍上，您特意这样说的意思是，实际上并不是这样，对吗？"平介问。

她点了点头。"和他结婚前，我在薄野做靠人缘维持的生意。孩子是那时候交往的男人的。"

"哦……"原来她之前是女招待啊，怪不得看起来气质不凡，平介终于明白了。"那么，您在怀孕的时候嫁给了梶川先生？"

"事情有点复杂。"她从包里拿出一块手帕，擦了擦嘴角，"我很早之前就和那个人分手了。但就在快要举办婚礼的时候，那个人突然出现在我面前，说想和我重归于好。虽然已经分手，但也许是想到我要嫁给别的男人，他突然珍惜起我来。"

这种事情是有可能的，平介想。他点了点头。

"知道我没有和他和好的意思，他就提出最后再和我待上一天。如果当时拒绝就好了，可是他说就最后一天，便不会再来纠缠我，为了避免更多的麻烦，我就同意了。"

"就是那次有的文也，是吗？"

"嗯。"她小声说道。

"事情大概发生在婚礼三周前。还好在那之后，那个男人再也没来纠缠我。但我却怀孕了。得知这件事后，我很迷茫。我认为有可能是那个人的，因此想瞒着丈夫去堕胎。"

看来也有可能是梶川幸广的孩子。

"但是看到为此欣喜的丈夫，我就下不了决心。最后我赌孩子是丈夫的，生下了他。"

根岸典子不知不觉把梶川幸广称为了"丈夫"。平介也觉得非常自然。

"什么时候知道文也不是梶川先生的孩子的？"

"我记得是文也上小学二年级的时候。有一天，丈夫在公司验了血，回到家一副可怕的表情，问我文也是什么血型。那时候我隐约感到，孩子好像真的不是丈夫的。我是 A 型血，文也是 O 型。丈夫不知道自己的血型，一直以为自己是 B 型。好像他的两个兄弟都是 B 型。"

"结果他不是 B 型？"

"嗯，在公司检测出来是 AB 型。A 型和 AB 型血的夫妇是生不出 O 型血的孩子的，这一点他也知道。"

"您也是在那时候知道真相的？"

"嗯。但是说实话，我并没有特别震惊。之后想来，从我得知怀孕起，好像就感觉到孩子不是他的，只不过我自己装作不知道的样子。我也渐渐发觉，文也一点都不像丈夫。"

"您对梶川先生说出真相了吗？"

"当然说了。因为已经不能再继续隐瞒下去了。"

"然后梶川先生愤怒地离家出走了？"

"他确实是因为这件事才离家出走的。但是他并没有发火，一次都没有责备过我。听我说完真相后，他看起来异常镇静，酗酒施暴、冷嘲热讽这种事也一次都没有发生过，对文也也和以前一样，只是不怎么和我说话，在家的时候总是望着窗外，静静地思考着什么。他离家出走，是在我对他坦白的两周后。他只带了很少的行李和贴着文也照片的相册。"

"有没有留下字条什么的?"

"有。"根岸典子说着,从包里拿出一个白色信封,放在桌子上。

"我可以看看吗?"

"可以。"她回答道。

平介拿起信封,里面放着一张便条,打开后只看见几个写得潦草的大字:

> 抱歉,我没法假装父亲。

"看到这张字条的时候,我的眼泪马上就出来了。"她说,"在离家出走前的那两周,他没有责备我,而是一直在考虑能不能继续做文也的爸爸。一想到这里,我内心就充满了愧疚。我打心底里后悔那么多年一直在骗他。"

平介点了点头,想象着如果是自己会怎么做。如果直子向他坦白同样的事,他可能会先臭骂她一顿,甚至还有可能会施加暴力。"请等一下。那么,梶川先生明知道文也不是自己的孩子,还给他学费……"

"是的。"根岸典子用手帕轻轻擦了擦眼角,"因此我才说事实恰恰相反。要赎罪的人应该是我,他只不过是想帮助我们。"

"为什么?难道是因为他一直爱着你吗?"

平介说罢,她摇了摇头。"那时候他已经有了新的妻子。他说很爱他的妻子。"

"那么为什么……"

"他对我说,现在文也最需要的人是父亲。母亲很辛苦,所以父亲必须做点什么。我说，你又不是亲生父亲，他却问我，要怎么样文也才会更幸福？"

"怎么样？"

"他问我，对文也来说，亲生父亲是我更幸福，还是不是我更幸福？我想了一会儿，回答说，是你更幸福。然后他说，是吧，我也这么认为，所以我还是继续当他的父亲吧。他有困难，我这个做父亲的就想帮他。当你告诉我我和文也没有血缘关系时，我光在考虑自己还能不能当好一个父亲，却完全没想过要为爱的人选择一条幸福的路。我明明那么爱文也，却做了这么蠢的事。他在电话里哭着说完了这些话。"根岸典子挺直了背，好像是出于说这件事就必须要端正坐姿的考虑。她的声音颤抖着，却没有流泪。从表情里能感受到，她下定决心要把应传达的东西完完整整地传达给平介。

平介感到呼吸困难，心脏剧烈地跳动着，胸口有些痛。

"得知事故发生后，我马上就想赶去，至少为他上一炷香。看到新闻里报道事故原因是他疲劳驾驶的时候，我很想站出来大声喊：错的人不只有他，他是为了我们才那样拼命工作的。但是在文也面前，我尽量装出与我无关的表情。虽然得到了他那么多的帮助，最后我还是决定装作不知道。"说到这里，根岸典子停下来叹了口气，喝了一口大概已经凉了的奶茶。"听文也说了和杉田先生您见面的事之后，我觉得这件事不能永远隐瞒下去。大约三天前，我也对文也坦白了。"

"文也是不是很受打击？"

"嗯，多少会有一些。"根岸典子微笑着说，"但我觉得还是说了比较好。"

"这样啊。"

"我认为也必须向杉田先生您坦白,因此特地联系了您。虽然听起来都是些无聊的琐事。"

"不,我觉得能听到您讲这些真是太好了。"

"您能这么说,这次见面真是值得了。"她将桌子上的信封装回包里,"其实,我还有一件事想拜托您。"

"什么事?"

"听文也说,他后来的妻子也去世了。"

"啊。"她说的是梶川征子。"是的,几年前的事了。"

"她还有一个孩子,对吧?一个女儿。"

"是的,名字叫逸美。"

"您知道那孩子的联系方式吗?我想正式地见她一面,跟她说说她父亲的事,并且尽我所能补偿她。"根岸典子说道,目光十分真挚。

"我应该有她的联系方式。她给我寄过贺年卡。我会再联系您。"

"谢谢,拜托您了。"她取出一张名片,放在平介面前。名片上印着拉面店的名字——熊吉。

她啪的一下合上提包,然后像是发现了什么似的,透过玻璃窗看向窗外的庭园。"啊,果然下雪了。早上我就觉得有这个迹象了。"

平介也向窗外望去。有如白色花瓣一样的细雪在空中飞舞。

38

平介走出酒店,走在通往东京站的长长的人行道上。雪以相同的节奏缓缓飘落。

根岸典子的话萦绕在他心头。他好像听到了素未谋面的梶川幸广的声音:"要为爱的人选择一条幸福的路……"

我跟你不一样啊,梶川先生。我要是你,也可能会说出那种帅气的话。但是,现在的我却——他又开始感到呼吸困难,身体里突然涌出了一股情绪,几乎无法站立,于是蹲了下去。脖子上的围巾轻轻滑落到地上。

雪花飘落到地上,被潮湿的水泥地面吞噬了。这样下去,雪很难在地面上聚积,但是雪不在意,依旧不停地降落。平介由此联想到天真无邪的孩子。

"你没事吧?"有人向他搭话,是一个年轻男子的声音。

平介没有看对方,只是抬了抬手。"啊,我没事,谢谢你。"他站起来,重新围好围巾。

向他搭话的人看起来是一个公司职员，身材矮小，穿着卡其色外套。"真的没事吗？"男子又问了一遍。

"嗯，已经没事了。真的谢谢你。"

男子微笑着走向相反的方向。平介目送他离开之后，继续向车站走去。

我一直都知道该怎么做，平介想。不用谁来教我，其实几年前我就已经知道自己该怎么做了……

快到家的时候，雪停了。也有可能这一带原本就没有下雪，因为路面根本没有湿。

玄关的门没有锁，直子的鞋整齐地放在门口，但是起居室里没有她的身影。平介顾不上摘下围巾，径直走上二楼，敲了敲直子的房门，没有回应。他有一种不祥的预感，便打开了门。房间里也没有她的身影，桌子上放着打开的文库本。

难道是在厕所吗？平介纳闷。若是那样，厕所门口应该放着拖鞋，可他记得也没有看到。他又返回一楼，果然厕所里没有人。他又去了起居室，想看看厨房里有没有。就在这时，他忽然觉得庭院里有东西动了一下。

落地窗没有锁。平介站在窗前向庭院望去，发现直子蹲在庭院的角落。她面前有一只猫，淡茶色的身体上长着一道道花纹。是谁家的猫？只见它脖子上戴着蓝色的项圈，上面还有一个小小的铃铛。直子把鱼糕撕成小块喂它，它开心地吃着。

平介咚咚地敲了敲玻璃窗，直子循声回过头来，脸上带着近来少有的柔和之色。啊，对了，这才是她原来的表情啊，平介想。

不过直子的这种表情没有持续很长时间。看到站在窗前的平介，她脸上的表情转瞬就消失了，就像刚绽放的花朵旋即凋零一般。

平介打开落地窗，正在吃鱼糕的猫马上警惕地弓起身子。"这是哪里的猫？"平介问。

"我不知道。最近经常闯进来。"

可能是听到了平介的说话声，猫穿过篱笆逃跑了，剩下没吃完的鱼糕留在干枯的草坪上。直子脱下拖鞋，从平介身旁经过，走进房间。她用纸巾包好剩下的鱼糕，放在矮脚餐桌上。

"滑雪的事，"平介舔了舔干燥的嘴唇说道，"你去吧。"

直子疑惑地停下了动作，回头看向平介，微微皱起眉回应道："什么？"

"滑雪旅行啊。你不是收到那个邀请函了吗？去参加吧。"

直子一副难以置信的表情，凝视着他。"为什么突然说起这个？"

"我只是觉得你可以去。你不是想去吗？"

"你只是一时心血来潮才让我去的吧？"

"不是，我真的这样想。"

直子眨了眨眼睛，视线移向斜下方，好像在揣测平介真正的意图和想法。然后她抬起头来看着他，摇了摇头，说："我不去。"

"为什么？"

她没有回答，一张脸像戴了能乐面具一样，打算走出起居室。

平介冲着她的背影喊住了她："藻奈美！"

直子停了下来，肩膀一耸一耸地颤抖着，大概内心在剧烈地震动。她回头看着平介，眼睛因充血而开始发红。"为什么……"她小声说道。

平介关上落地窗，又转向她，说道："这么长时间以来，我让你受苦了,真是对不起。如今我只能说这些了。对不起。"他说着低下了头。

世界仿佛都静止了,一切声音都消失了。不过这种状态只持续了一瞬间。紧接着,平介听到了各种各样的声音:汽车行驶的声音、孩子哭泣的声音、别人家的立体音响声,其中还夹杂了呜呜的抽泣声。他抬起头,发现直子正在哭泣,脸上挂着泪痕。

"藻奈美……"他又喊了一声。

她双手掩面,跑上二楼。不一会儿,传来砰地用力关门的声音。

平介膝盖发软,整个人瘫坐在榻榻米上。他盘起双腿,抱紧双臂。眼睛的余光发现有东西在动,一看,是那只猫回来了,正在草坪上津津有味地舔着鱼糕的残渣。

没什么大不了的,平介安慰自己,只不过是一个季节结束了而已。

直子一直把自己关在房间里,直到晚上也没有出来。平介担心她,好几次到她房门前查看。每次听到里面传来啜泣声,他便暂且松了一口气,从房门前离开。这期间两人只说了一次话。他站在门外问她"晚饭吃什么",她声音嘶哑地回应道:"我不吃了。"

八点过后,平介做了泡面,一个人吃了起来。这种时候居然还会感觉到饿,他自己也觉得很可笑。同时他还想,看来今后要学习做饭了。

吃完饭,他泡了个澡,然后读报纸看电视,发现自己出乎意料地平静。他知道自己已经将一直背负的重担卸下了。

他往杯子中放进两个大冰块,又倒入两厘米高的威士忌,走进了卧室。他盘腿坐在褥子上,啜饮着威士忌,努力让头脑放空,尽量不给今天赋予特殊的意义。或许他的方法奏效了，玻璃杯空了的时候，睡意刚好袭来。他关了灯，钻进被窝。

这天晚上，平介终究没有见到直子。别说吃饭了，她甚至都没有上厕所。平介感到非常不可思议。

他想起以前和直子约会的情形。结婚前，他们中午见面，直到晚上在她的住处前分开，她都不去厕所。这种情况不是偶尔出现，她总是这样，而平介最少会在电影院或者餐厅去一次。会不会是她趁平介不在的时候去解决的呢？平介想来想去觉得不太可能。因为一般情况下，如果男女同时去厕所，总是男人早早地出来。

两个人关系变得相当亲密后，平介曾问过她这个问题。她害羞地告诉了平介，原因十分简单。"忍着。"她说。

平介又问她，为什么要忍着？她回答说："因为上厕所这件事太现实了。"

为什么太现实就不行呢？这个疑问在平介心中依然存在，但他没有再追问下去。他想，直子应该有自己的规则。

黑暗中，平介闭上了眼。或许，他很早之前就闭上了。眼皮里面出现了奇怪的黑色粒子图形。他集中精神去看那些图形，整个世界都翻转过来了。

这天早上，平介睁开双眼的时候感觉很奇妙。待他意识苏醒时，天花板出现在眼前。他不记得自己是什么时候睁开的眼睛，在此之前他的魂魄好像在别处飘荡着，直到那时才回到身体里。

平介坐起身子，哆嗦了一下。这时他才感觉到这是一个寒冷的早晨。他匆匆忙忙地脱掉睡衣，换上 Polo 衫和毛衣，穿裤子的时候一个劲地嘟囔着"好冷、好冷"。

走出卧室,平介发现对面的房间门半开着。他犹豫了一下,还是走过去通过门缝向屋里看去。桌子前和床上都没有直子的身影。

平介走下楼梯,在倒数第三级楼梯上看到了直子的一只拖鞋,再往前走,又在走廊上看到了倒扣着的另外一只。

他往起居室里张望,只见直子穿着睡衣,正愣愣地盯着庭院。

"藻奈美!"他喊了一声。

她缓缓地回过头来,看到了他,开口道:"爸爸……"

"你这样子会感冒的。"他说着,心里生出一种异样的感觉。

她用指尖按着太阳穴,脑袋轻轻歪向一边。"爸爸,我怎么了?"

"什么?"

"我不是在大巴里吗?我应该和妈妈去了长野啊,为什么会在这里?"

39

平介一时无法理解自己听到的话。应该说,藻奈美的话他听懂了,却无法接受。他一步一步地走近。"你说什么?"

她的五官突然扭曲起来,两手抱着头。"不知道为什么,我的头很痛。爸爸,我这是怎么了?我好像生病了。"

"藻奈美……"平介跑到她身边,抓住她的两只胳膊,"振作起来!"他前后摇晃着她。

她愣愣地看着平介,眉头皱了起来。"爸爸,你的脸好像变了,变瘦了。"

莫非是……平介想。这种事怎么可能发生?他吞了一口唾沫,说:"藻奈美。"

"怎么了?"

"你几岁了?现在是几年级?"

"我吗?你在说什么?我五年级啊,马上要升六年级了。"她毫不含糊地回答道。

平介浑身一下子热了起来,心脏开始剧烈地跳动,呼吸也变得紊乱。他终于理解了目前的事态。一切恢复了原位,藻奈美的灵魂苏醒了。可为什么是现在?"藻奈美,你好好听爸爸说。你知道我是爸爸吧?"他双手按着她的肩膀说道。

"当然知道啊。"

"好。你刚才醒过来,一睁开眼睛,就下楼来了吧?"

"嗯,但是我觉得身体轻飘飘的,好像还没睡醒。"

"我知道了。你先按爸爸说的做,首先在这里坐好。对,就是这样,慢一点。"

平介让她在垫子上坐好。她的大眼睛骨碌碌地转动着。

平介脑海中涌上来许许多多的想法,就像首都高速公路上堵得水泄不通的车辆。其中有一个疑问是,直子去哪里了?可一想到这个问题,他就更加混乱了,因此只好强迫自己暂且不去想,先集中精神解决眼前的问题。

"听话,藻奈美,看看你的手,再看看脚。"

她照他说的做了,看了看手,又看了看从睡裤裤管中露出来的脚。

"怎么样?有没有觉得奇怪的地方?"

"有。"

"哪里奇怪?"

"大,变大了……指甲也长了。"

"是吧。"平介抓住她的双手,"刚才藻奈美还在大巴上,对吧?实际上,那辆大巴出车祸了。然后你受了重伤,睡了很久很久……真的非常久。你刚刚才醒过来,所以你的身体也长大了许多。"

"啊……"她睁大了眼睛,观察自己的身体,然后又看向平介,"我睡了几个月那么久吗？"

平介摇摇头。"你睡了好几年。确切地说，睡了五年……"

"那我是像植物人……那样吗？"

"不是……有点复杂。"平介沉默了。他困惑着，不知道该怎样向藻奈美解释。

她又问道："妈妈呢？"

平介瞬间变得非常狼狈，他知道自己必须说些什么，却找不到合适的话语，只有嘴唇无意义地动了动。

"妈妈怎么了？发生车祸后怎么样了？"她穷追不舍地问道，见平介答不上来，她好像感觉到了什么，双手捂着嘴。"太过分了……"她趴在榻榻米上，后背剧烈地起伏，榻榻米上传来了她的呜咽声。

"藻奈美，藻奈美，你认真听我说。妈妈确实已经不在了，但是她还活着，妈妈的灵魂还活着。"平介轻拍她的后背，但她并没有停止哭泣。灵魂还活着，这种安慰人的话她怎么会相信？"藻奈美，你起来。"平介抓着她的两只手臂。

她像小孩子一样摇着脑袋，嘴里喊着："我不，我不！"

"藻奈美，过来。你不是想见妈妈吗？"

听到这句话，她终于不哭了。"可是，妈妈不是死了吗？"

"身体死了，但是心还活着。"平介再次拽着她的手让她站起来，带她上楼走进她自己的房间。

"这是你的房间，对吧？"平介问她。

她惴惴不安地环视了房间一圈，沉默着点了点头。

平介走近书桌，从书柜里拿出两本参考书。"你看，这是高中的参考书和课本。藻奈美现在是高一的学生了。"

她拿着书，愣愣地站着，眼神中透着恐惧。

"你觉得很奇怪吧？实际上，你睡觉的这段时间里发生了一件不可思议的事。死去的妈妈的灵魂就住在你的身体里，她一直在替你作为藻奈美生活着。"

"替我？"

"是的。"平介的目光游走在书柜上。他看到一个小小的文件夹，便抽了出来，里面收藏着网球部的照片。他取出一张藻奈美的大头照，又拉开抽屉，拿出来一面圆圆的镜子，把照片和镜子都递给她，说："你看看自己的脸，再和这张照片比较一下。"

"我有点害怕。"

"没事，不要害怕。"

她放下手里的参考书，从平介手里接过镜子和照片，虽然有些犹豫，还是看了看镜子里面的自己。"啊！"她发出了一声轻呼。

"怎么了？"

"啊……"她看着镜子里的自己，说道，"看起来……很漂亮呢。"

"是吧。"平介笑着说，"你再看看照片。"

她来回比对着照片和镜子里的自己，抬起头来小声说道："真不敢相信……"然后蹲在地上双手抱膝，把头埋了进去。

"妈妈一直在替你活着。"平介说罢，把立在桌子和墙之间的网球拍拿了出来，"她非常努力，考上了好学校，还加入了网球部。妈妈替你度过了一段无悔的青春，所以……"

平介说着回过头去，突然不说话了。因为藻奈美蹲在那里一动不动。

"喂，藻奈美！藻奈美！"平介摇晃她的身体。

她抬起头,然后慢慢睁开眼睛,目光正好对着平介的脸。"爸爸……"她困惑地歪起头,"怎么了?咦?"她看了看周围,又看向平介,"发生什么事了?"

根据她的表情和气息,平介明白这次是直子。一种安心感在胸中扩散开来。他还以为直子不会再回来了。

"发生什么事了?"她又问道。

平介回答:"刚才,藻奈美出现了。"

40

还好今天是星期日,平介心想。若是自己上班期间藻奈美出现了,事态也许会发展到不可收拾的地步。

起居室里,平介一边喝着茶,一边给直子讲事情发生的经过。说到一半的时候,直子就开始兴奋了。

"就是说,藻奈美并没有死,而是因为某种原因,意识一直处于休眠状态,是吗?"

"我觉得大概是这样。"

"啊……"直子双手在胸前紧握,"真是难以置信,我太高兴了!这世上居然还有这样的好事?!"

"可她又消失了。"

"只要出现一次,就还会再出现的。别担心,肯定是这样。"直子用力地说道,表情和昨天之前的大不一样。

"但是要对她讲述事情的经过很麻烦。我暂且只讲了最重要的部分……"

"不能要求她马上理解所有事,那是不可能的。"直子停顿了一下,像是在思考,接着抬起头来说道,"我觉得还是由我来说最好。毕竟最了解那孩子的人是我。"

"可是这不可能啊。"平介说,"藻奈美出现的时候,直子你就不在了。"

"我可以写信啊。藻奈美出现的时候,只要看我给她写的信就好了。"

"哦,对啊!"

"我要赶快写写看。写完后尽量把信随身带着,因为不知道藻奈美什么时候会回来。"

"那如果我不在的时候藻奈美出现了怎么办?比如在学校的时候。"

就算直子写好信揣在身上,下次藻奈美醒来的时候还是无法理解这些事,反而很有可能会陷入恐慌。

"就算那样也没办法,不是吗?"直子说,"我们没有办法控制她的来去。难道你能不去公司,一直在我身边?"

"不能。"平介挠了挠前额。

"对吧?如果事情真的变成那样,之后别人问你怎么回事时,你就只解释说女儿有点神经过敏吧。"

"她可是很重面子啊。"平介面露难色,"只能祈祷那种情况不要发生。"

"不过我觉得倒不用特别担心。"

"为什么?"

"只要我不睡就没事。睡了再醒来,藻奈美就有可能回来。这次就是这样吧?"

"没错,可能就是你说的这样。"

"看来上课的时候要注意不要睡着啊!"

"确实!"平介看着直子笑了。转念一想,这样的场景已经好几个月没有出现过了。

直子收回了笑容,又变得严肃起来。她摆弄着手中的茶杯,说道:"总觉得好奇怪啊。"

"是吗?"

"你看,藻奈美的身体居然是我和那孩子在共同使用,而且还是交替使用……"

"啊……"平介点了点头,"确实。"

"其实,"直子直视着平介的眼睛,说道,"到了我该消失的时候了,是吧?一定是这样。"

平介移开了视线。"别说这种无聊的话。"他把茶杯里剩的最后一点茶一饮而尽。

晚上,两个人决定举办一个小小的派对。直子做了炸鸡块和肉饼,平介到附近的蛋糕店买了最好的酥饼,都是藻奈美爱吃的食物。

"欢迎回来,藻奈美!"两人碰了碰红酒杯。

藻奈美的意识有一段时间没有出现了。平介每天从公司回到家,第一件事就是看她的脸判断她是谁,得到的回答总是一样的:"真遗憾,还是我。"

一度因情绪消沉而让平介担心会自杀的直子,完全变得开朗起来了。至于原因,可能是因为知道藻奈美苏醒了,也有可能是因为平介彻底表态要做她的父亲。平介不知道到底是哪一个,但无论如何,这都是一件好事。只要一看到直子的笑脸,平介就会觉得,藻奈美就算不再出现也没关系。

但是直子坚信藻奈美一定还会再次出现。听她说,给女儿写信这件事正在顺利进行。

"如果爸爸在的时候藻奈美出现了,你就让她看袜子里面。"

"袜子里?"

"我在袜子里放了便条,上面写着信放在哪里。"

平介明白了。总是把厚厚一沓信纸放在身上并不是一件容易的事。

就这样,又过了六天。终于迎来了星期日。

不知为何,平介有了预感,因此早早起床,在睡衣外面套了一件开襟毛衣,就去了她房间门口。他敲了敲门,屋里没有回应。

平介轻轻推开门,看见她正坐在床上,背对着他。

"喂……"他出声道。

她猛地挺直了身子,然后回头看他,表情有些茫然。直觉告诉平介,她是藻奈美。

"心情如何?"

她看了看自己的手掌,然后像是要忍住头痛似的按着额头。"我好像又睡了很长的一觉。"

"没有。"平介说着走进房间,"这次睡得不太久。也就一周左右。"

"这一周我一直睡着吗?"

"不是的,我之前也跟你说过了,妈妈住在藻奈美的身体里。"

藻奈美仍是一副不明所以的表情,歪着头说:"给我镜子。"

平介从抽屉里拿出镜子递给她。她看起来有些害怕。

"这果然不是梦啊。我真的长大了!"

"你上次醒来时,爸爸和你说的那些话,还记得吗?"

她点点头。"我以为是在做梦呢。"

"并不是梦啊。对了,妈妈交代我告诉你一件事。"

"哎?妈妈吗?"

"她说,下次藻奈美醒来后,让她检查一下袜子里面。"

"袜子?"她看了看周围,发现床边挂着一双白色短袜。她将袜子拿在手里,撑开往里看,发现里面好像有什么东西,她将手伸了进去。"里面放着这个。"她掏出一张叠着的纸。

"是妈妈给你的讯息。"平介说道。

藻奈美将纸展开,看完之后递给平介。平介接过来,只见上面写着:

　　书柜最下面　右边的笔记本　自己一个人看

平介看了看藻奈美,然后把视线投向书柜。她也看向那里。

她下了床,在书柜前蹲下,按照指示抽出了笔记本。"找到了。"她说着,拿起来给平介看。笔记本的封面上画着小猫的图案,上面还用粉色的签字笔写着小小的字:"致藻奈美"。是直子的笔迹。

"妈妈要你一个人看。"平介说。

她默默地点了点头。

"那爸爸先下楼,有什么事就叫我。"他走出房间,关上了门。

在楼下等待期间,平介坐立不安。直子给藻奈美的信里写了些什么？藻奈美能接受到什么程度呢？为了能够从容应对可能发生的状况，平介做好了心理准备。

两个小时过去了，什么反应都没有，平介不由得担心起来。就在他站起来打算去查看情况时，从二楼传来了开门的声音。啪嗒，啪嗒，如同雨点落地一般，藻奈美从楼上下来了。她走进起居室，目光茫然，没有焦点。

"你还好吗？"平介问她。

"嗯。"她点点头坐下，盯着榻榻米一动不动。"发生了很多事，对吧？"她咕哝着。

"嗯，毕竟是五年啊。妈妈把五年间发生的事都写在信里了吗？"

"没有，一封信实在写不完。只写了大致情况。这样我仍然看得很累。"

"是啊。"平介想象着，直子写下这些也很累吧。

"真是不可思议。我在什么都不知道的情况下成了初中生，之后初中毕业又成了高中生。"

"妈妈参加了两次考试呢。"

"是啊，我吓了一跳。"

"你妈妈说，既然要替藻奈美活着，就不想做以后会后悔的事。"

"哦……"她的眼睛突然快要闭上了一样，脑袋也开始摇晃起来，"不知怎么了，我好困啊。"

"要睡吗？"

"嗯，非常困。爸爸，我睡着了妈妈就会出现，对吧？"

"是的。"

"那你替我向她问好，跟她说声谢谢……"藻奈美说着闭上了眼睛，躺在榻榻米上，紧接着发出了熟睡的呼吸声。

这样睡觉是会感冒的，平介打算把她抱上二楼，刚把手放到她的肩膀和腿下面，她突然睁开了眼睛。

"啊——"她大喊一声，平介也一起喊了出来。她四下张望，然后抬头看着平介。"藻奈美出现了？"

"嗯，她刚睡着。你就出现了。"

"啊，抱歉。又轮到我出场了。"

"没事，挺好的。"平介离开她，重新坐好，"她好像看完了那个笔记本。"

"她说了什么？"

"她说她很惊讶，然后说要谢谢你。"

"谢谢我？"

"嗯。"平介把和藻奈美的对话讲给直子听。

直子眨了眨眼，说："看来我得赶快写了，那孩子不知道的事像小山那么多。"

"不要写不该写的啊。"

直子知道他指的是哪件事，露出洁白的牙齿苦笑道："别担心，我不写。"

"那就好。"

"爸爸，"直子说，"藻奈美能回来，你很高兴吧？"

"当然高兴啊。"他说，"就像做梦一样。"

"是啊。我也很高兴。"她说着向庭院望去。

平介以为那只猫又来了，于是也朝庭院里看去，可是外面什么都没有，只有长得高高的杂草随风摇摆。

41

杉田家的生活或许应该说很奇妙,但是在旁人看来并没有什么变化。在事故中失去了妻子的中年男人,和女儿两个人关系和睦地生活在一起,任何人都会这样想,他们也只能这样做,但其实这是个三口之家。

三月的到来意味着藻奈美突然回到平介他们身边已经一个月了。

"我觉得明天早上藻奈美大概会出现。"吃晚饭的时候直子说道。她看起来有些紧张。

"你确定吗?"平介放下筷子问她。

"我说的是'大概'。"

平介点点头。通常直子这么说,藻奈美就一定会出现。平介突然想起来,直子说自己有无法用语言表达的预感。

"该怎么做?"他问。

"就让她直接去学校。我之前跟她说过,如果上学的早上她出现,还是要去学校。所以我觉得那孩子不会慌乱。"

直子一直在用那个笔记本和藻奈美以交换日记的方式交流。据说藻奈美已经能掌握过去发生的事和现在各种状况的细节了。

"去学校怎么走,教室的座位,同学们的脸和名字,这些都没问题吧?"平介向她确认道。

"反正我都告诉她了。她也说都记住了。"

"除此之外就是上课了。"

"上课也应该没问题。"

"嗯,那就没问题了。真是不可思议!之前藻奈美解开了高一的数学题。她本人也不清楚是怎么回事,就是知道解法,高中学的那些符号的意思也难不倒她。"

"的确很不可思议啊!"直子也歪起头感叹道。

事故发生之后,这五年来发生的事藻奈美自然完全不知情。可令人震惊的是,她学到的知识和直子是一样的。因此藻奈美虽然还是个小学五年级学生,却解开了高中的习题。按理说,英语单词她应该都不会,但是她一边说着"我自己也不知道为什么,反正就是知道",一边做完了英语习题。

关于这一点,他们有自己的解释。大概直子和藻奈美的意识是在大脑的不同部位产生的,因此她们可以感知到对方与自己不同,而两种不同的意识也让她们将个人体验储存在各自的记忆里。

然而,学习到的知识则基本上与体验无关,储存在两个人共有的部分之中。这样就可以解释为什么藻奈美可以把直子学到的知识拿来运用了。

藻奈美听平介向她提出这一猜测时,说道:"那么以后的学习都交给妈妈了,我就负责玩吧。"关于这一点,直子在笔记本里是怎么写的，平介不得而知。

"没有在学校发生过互换的情况吗？"平介问。

"怎么说呢，最近藻奈美醒着的时间越来越长了，最多的时候能达到六个小时。但是为了安全起见，我还是告诉她午休时间想睡就睡吧，但是之前发生的事都要认真写在笔记本里。不然，在学校里突然互换的话，我会慌张的。"

"真是难为你们了。不过，那个笔记本也可以说是你们的另一个大脑吧。"

平介说罢，直子严肃地点了点头。"真的是这样。就像柯尔萨科夫综合征一样。"

"那是什么？"

"柯尔萨科夫综合征的症状是记忆力极差，刚刚发生过的事一转眼就会忘记。患有这种病的人要想过正常的生活，就必须依赖于记笔记。自己的行为、见闻，一切都要记录下来，然后，接下来要做什么的时候，必须要参照笔记行动。比如，从公共澡堂洗完澡出来后看看笔记，确认自己真的洗完澡了才会回家，不然就要重新洗一遍。我和藻奈美，跟他们一样。但是好在我们只有互换的时候会这样，比他们轻松多了。而且，"直子继续说道，"我估计这样辛苦的日子不会持续太久。"

"为什么？"

"嗯……就是有这种感觉而已。"

她端着盛放餐具的托盘走到厨房，开始洗碗。平介心情复杂地望着她。

直子想说什么，平介都知道，这和她刚才无意中说出的话有关——"藻奈美醒着的时间越来越长了"。这就意味着，直子醒着的时间越来越短了。确实，近来藻奈美只要醒来，就能待好几个小时。这几个小时也是父女俩共同度过的时间，平介没有理由不高兴。然而，他也真切地感觉到自己正在失去什么。

哪个他都不想失去。但他又觉得，这样的想法太自私了。

藻奈美第一次上学，什么事都没有发生。这一天，平介回到家，等待直子准备晚饭。她说，藻奈美直到放学回家一直醒着，回来之后应该是很累，躺在床上小睡，然后直子就出现了。

"她在日记里写道，上课也没问题，和朋友聊天也很自然，过得非常开心。"直子发自内心地高兴，兴奋地向平介汇报着。

从那天起，每隔三四天藻奈美都会去一次学校，很快频率就变成了两天一次。春假临近的那段时间，几乎每天藻奈美都去上学。只是大概精神上非常疲劳，以至于每天一回到家就会睡觉，因此平介回家的时候等待他的一定是直子。平介能见到藻奈美的时间只有早上短短的几分钟、星期六的傍晚和星期日。

这样一来，他同直子的生活与藻奈美不在的时候没有什么不同。平介对直子说了这番话后，直子挑了挑眉毛，说道："对你来说是这样，不过我可受不了。一醒来就要准备晚饭，晚饭结束后就要做藻奈美的作业，睡醒起来又是晚饭和作业，每天都是这样循环反复。那孩子要是能帮我就好了，本来作业就应该她来做嘛。"

当然藻奈美也有话要说："我还想看电视呢，但是完全没有时间，我也只好忍着。我只要一醒来就要去上学，回到家就睡觉，醒来又去上学……这样循环。我可是一直都待在学校里啊！太麻烦了，我都想住在学校里了。虽然让妈妈帮我做作业我很抱歉，但是我觉得妈妈并没有很辛苦。因为是我在学校非常认真地听讲，埋头苦干将学到的知识完美地记在脑子里，妈妈只是把我头脑里的知识吭哧吭哧地写在作业纸上而已。"

被这世界称为"不可思议的情况"，每天都在杉田家发生。平介听着她们两个人互相抱怨，反而乐在其中。虽然她们两人只有一个身体，但是平介能充分感受到三口之家的幸福和温馨。

春假开始后不久，直子和藻奈美进行了一场冒险。她们参加了班上组织的那场滑雪旅行，日程是四天三夜。出发日竟然十分巧合地与事故发生的日子一样，不过谁都没有提及。

平介一个人度过了四天。他有些不安，但是完全不担心她们会暴露自己的特殊性。他完全相信她们的协同合作能力，只当是直子全程陪同藻奈美。藻奈美并不是一个人，有妈妈在身边，她就不能放肆了，她一定会发牢骚。一想到这里，平介就窃笑起来。每天晚上她们都会从滑雪场打来电话，打电话的人总是直子。

"那孩子太过分了！每天摔得浑身上下哪里都疼。而且她还乱花钱，钱包已经空了。今天写日记时我一定要教训她不可。"

藻奈美肯定也有一肚子牢骚要发呢，平介在心里小声说道。

42

平介在千叶与分包公司的人见面商洽。在回去的路上,他突然在门前仲町站下了车,因为他想起这附近以前有家好吃的荞麦面店。

已经进入五月了,天气晴朗,路面很是耀眼。在去荞麦面店途中,他先去了一趟富冈八幡神社参拜。他想起之前在这里为藻奈美过七五三节①的场景。

出了神社,平介走在两侧商店林立的步行街上,迎面走来一个似曾相识的男人。那人五十五岁左右,肤色黝黑,满面油光,身穿一件白色夹克,看起来十分不协调。平介想,如果直子和藻奈美看到了,一定会厌恶地说"恶心"。男人也注视着平介,像是在说,见过这张脸。最后平介终于想起来了,男人好像也察觉到了。

"啊,是您啊。"平介跟他打招呼。

"哎呀……"男人伸出右手,向平介靠近,"好久不见啦,您过

---

①在日本,为祝贺孩子成长,在男孩三岁、五岁,女孩三岁、七岁的11月15日举办参拜氏神的仪式。

得好吗？"

"嗯，还凑合吧。"平介被他强迫着握了手，点了点头。

此人正是受害者家属协会的成员之一藤崎，经营着一家印刷公司，在事故中失去了一对双胞胎女儿。

"您经常来这里吗？"藤崎问他。

平介最后一次见藤崎大约是在四年前，现在的藤崎比那时候胖了一圈。

"不是，外出工作完正打算回去，顺便过来转转。"

"这样啊。那么要来我的公司看看吗？离这里不远。"

"哦。可是……"平介犹豫着，藤崎不等他回答就一边招手催促一边走了起来。无奈之下，平介只好跟上去。他想，只能放弃荞麦面了。

藤崎明明说了离这里不远，却让平介坐进了他的车。是一辆崭新的奔驰，车里还有新车的气味，窗框上装饰着小人偶。"我的公司就在茅场町，五分钟左右就能到。"

"我记得您之前说是在江东区。"

"现在江东区也有，总部三年前就搬到这一带了。"

奔驰驶入了地铁茅场町站旁大厦的地下停车场。停好车后，藤崎在前面带路，背影充满了自信。藤崎的事务所就在大厦的一楼，名叫"SAFEPUT"，明亮清爽的事务所内整齐摆放着电脑和相关机器，员工也有几个。藤崎招呼平介坐在皮沙发上。

"我现在主要从事和电脑设计有关的工作。最近使用我们的输出服务的客户越来越多了。"藤崎说着，跷起了二郎腿。

"输出服务？"

"比如说，我们通常想要打印电脑上的图片的时候，如果使用普通打印机打印,图片色彩无法漂亮地呈现出来,还会串色,总是不能让人满意。这时,只要利用我们公司提供的软盘或光盘,就能打印出完美的图片了。这就是输出服务。输出,英语是 output,但是 out 不太吉利,所以改成了 safe。"

"哦……原来是这样来的啊,SAFEPUT。"

"杉山先生在哪里高就?"藤崎一只手搁在沙发背上,询问平介。

杉山?大概他说的是自己,平介注意到这一点花了几秒钟,想更正一下,又怕麻烦,就算了。"普通的制造商。"他回答道。

"这样啊。制造商今后也会越来越困难的。"藤崎一副实业家的口吻。

之后,藤崎说起他在事业上成功的故事,平介则一边喝咖啡一边听他说。估计时间差不多后,他站起来,说:"时间差不多了。我先告辞。"

"我们都要努力啊。在山谷里喊话的那天,一定不能忘啊。"藤崎将平介送到门口,用力地握了握他的手,力气奇大。这是他们唯一一次触及这个话题。平介想起一周年祭那天,藤崎面向山谷喊了一声"浑蛋"。

走出大厦,平介在十字路口等绿灯的时候,旁边站过来一个个头矮小的秃顶男子。平介刚才在藤崎的事务所里看到过他。

"你们认识很久了吧?"男子笑着搭讪道。

"嗯,算是吧。"平介苦笑道。

"那位社长总是话很多,我几乎插不上话。你也是受害者家属吗?"

嗯,平介回答。他大概是听到了最后分开时藤崎说的话。

"事故发生之后,那位社长的命运发生了很大的变化。"男子说着,回头看了一眼。

"是吗?"

男子点了点头。"当时他债台高筑,公司也面临破产。就在那时,发生了那起事故。死去的一对双胞胎,能获得一亿多赔偿金。然后他一鼓作气,公司形势大好,就成了你现在看到的这样。"

绿灯亮了,平介沿人行横道前行。男子和他一起。

"那位社长有时候会跟我说,两个没用的女儿在最后关头对他尽孝了。老婆死了以后虽然很辛苦,但是能把一双女儿养到那么大真是太好了。真是的,听的人反而不知道该怎么回应这话。"

到了地铁口,男子似乎还要向前走,于是平介向他道别,走下了楼梯。

平介很想告诉那个人,不是所有的悲伤都能被看到,但他说不出口。他想藤崎应该不想让别人知道自己的真实想法。他眼前浮现出奔驰车里摇摇晃晃的人偶。

人偶是可爱的小女孩,并且是完全相同的两个。

43

打开家门,咖喱香味扑鼻而来。真是难得,直子很少做咖喱饭,事故发生后尤甚。平介经过起居室,向厨房望去。只见直子站在煤气灶前,系着白色围裙,搅拌着大锅里的东西。

"啊,你回来了。"她没有停下手里的活。

"真难得啊,你居然做了咖喱饭。"平介嗅了嗅,"你现在做好,明天早上藻奈美也能吃上了。她一定会很高兴。"

她一脸不高兴的表情,眨了眨眼睛。平介一时没明白那是什么意思。但是当她噘起嘴唇的时候,平介终于知道了。

"啊!"平介发出一声惊呼,"是藻奈美吗?"

"嗯。"她点了点头,"抱歉,妈妈不在。"

"今天还没睡吗?"

"嗯,根本睡不着……我想着这样不是办法,就赶忙去便利店买了咖喱的材料。"

"原来是这样。说起来咖喱饭可是藻奈美的绝活呢。"

"你讨厌咖喱饭吗?"

"不,没有这回事。我喜欢咖喱饭。"

说罢,平介走上二楼,和平常一样换上家居服,只是胸中块垒难消。他知道会出现这种感觉的原因,越想心情越沉重,因此强迫自己不去想。

他一边看着电视里播放的音乐节目,一边吃藻奈美做的咖喱饭。她做得非常成功,手艺比起直子毫不逊色。他当面夸奖了她,她一脸开心的表情。

"我的手艺很不错哟。妈妈有食谱,我就完美地运用了!"她说着,比出"V"形手势,"仔细一想,好像很久没和爸爸一起吃晚饭了,感觉有点怪怪的。"

"因为晚饭时间你总在睡觉嘛。"

"是啊。"她停下了手中的勺子,"果然爸爸还是希望妈妈早点出现,对吗?"

"可没有那回事。"平介摆摆手,然后歪着头说道,"但是我如果强调没有那回事,下次也许就轮到妈妈闹意见了。"

"你说得没错。刚才的话我就当没听到。"藻奈美笑着又动起了勺子。

吃完咖喱饭后,藻奈美坐在电视机前,看着最近流行的电视剧,还说"妈妈肯定会觉得这个节目很有趣"。平介则在水池边洗盘子和勺子。"啊,多谢!"她在电视机前说。

平介洗完之后回到起居室,看到藻奈美趴在矮脚餐桌上睡着了。电视里传来电视剧的片尾曲。

当他坐下来时,她睁开了眼睛。有那么几秒钟,她的眼神十分游移。过了一会儿她慢慢坐直身子,伸手揉了揉眼睛,然后又睁开。"现在几点了?"她问。

"九点左右。"

"啊,我睡了这么久。"

"我回来的时候还是藻奈美,真是大吃一惊。老实说,我还有点担心。"

"你以为我不会再出现了?"

"嗯。"

直子从平介脸上挪开了视线。"有时候会处于睡着和清醒的中间状态。以前我一使劲就能醒来,今天不知道怎么回事,怎么都醒不过来,而且很快就被拉入了睡眠的世界,所以醒来晚了。"

"这样啊。"平介含糊地说着,点了点头。他好像明白,又好像不明白。

"喂,"直子看着平介,"我有可能再也见不到你了。"

"你怎么能说这种话!"

"自己的事情自己最清楚。这样下去,我会慢慢消失。"

"别说了,不要说这种话。"

"但奇怪的是,我竟然不觉得悲伤,可能因为这是没办法的事。想来想去,我还是觉得现在的状态太奇怪了。"

"奇怪也无妨啊。我很喜欢现在的生活,藻奈美好像也很享受。我们以后就一直这样吧!"

"谢谢你。我也是,如果可以,我也想继续下去。"直子说着嗅了嗅,"咖喱饭的味道?"

"是藻奈美做的。"

"是嘛。那孩子的拿手菜。其他料理她应该也能做得很好，毕竟从小给我打下手。"

"她也这么说，还说因为有妈妈写的食谱。"

"食谱啊。"直子点了点头，"趁现在要尽量多写一些。"

"别这么说。至少现在我们还在一起。"平介语带愠怒。

"没错。抱歉。"直子笑着向他道歉。

这天夜里，平介想尽量晚点睡觉，想尽可能和直子多待一些时间。但是快到十二点时，直子开始哈欠连连。"我太困了，一点力气都没了。"她说着，回自己房间睡觉去了。第二天早上从房间出来的应该就不是直子，而是藻奈美了。

大约三个小时——是这一天直子出现在平介面前的时间。

平介泡完澡后，坐在起居室里喝威士忌，每喝一口，喉咙和胃都灼烧得难受。他喝着酒，把眼泪忍了回去。

44

刚进入七月的一天,一位意想不到的客人到公司拜访了平介。九州地区的梅雨季节已宣告结束,东京仿佛为了印证这一宣告,持续出现晴好天气。在这天气最炎热的时候,那个人还穿着深蓝色正装,出现在平介公司的接待室。平介第一眼看到他就心想,真是不容易。待客室里摆着一排四人桌,平介和他在其中一张桌旁面对面坐下。

"冬天的时候,我妈妈给您添麻烦了。她让我向您转达百忙之中打扰您工作的歉意。"根岸文也说罢,低下了头。他的头发打理得十分整洁,深蓝色的正装和三七分的发型十分协调。

"不要客气。倒是我听到了重要的情节,很多事情都弄明白了。"

文也听了平介的话有些难为情。"几年前我对您做了失礼的事,什么都不了解,就拒绝了您的要求,再次向您道歉。"

"不不,那个时候那样做也是没办法的事。你也是什么都不知道。行了,不要再道歉了。"

平介重复说了几遍,文也才抬起头来,接受了平介的劝告。他掏出手绢，擦拭额头上的汗珠。

"我妈妈让我转告您，后来我们和梶川逸美取得了联系。"

"这样啊。"逸美的联系方式是平介后来打电话告诉根岸典子的，至于后来发生了什么事他就一无所知了。"她现在做什么？"

"她立志做美容师，目前正在学习。好像是一个人生活，过得很拮据，于是我妈妈决定帮助她。"

"哦……"

"就当是对她的补偿吧。"

"这样啊。"平介看着眼前这个被逸美的父亲暗中帮助过的青年，不住点头。"先不说这些，"平介再度观察他的穿着，摇了摇头，"文也你居然要来我们公司工作，我真是吓了一跳。"

"我原本就打算在汽车相关企业工作。"

"这么说来，你是在汽车部，对吧？"

"是的。"文也点了点头。

平介所在的公司已经开始接待有意向就职的人到公司来参观了。大多数是各大学推荐的理科生，如果没有什么大问题一般都可以拿到内定名额。文也是应届硕士毕业生，肯定也没有问题。

"这是单纯的偶然吗？"平介问他。

"是这样的。其实汽车相关企业里能接受大学推荐的很少，除了您供职的这家公司外，几乎就没有了。"文也说着摸了摸领带，"不过，如果之前没和杉田先生您见面，我可能不会考虑这家公司。"

"是嘛……"平介摸了摸头，"那么，我真是责任重大啊。你以后可能会后悔，没想到这家公司这么变态什么的。"他说罢，不好意思地笑了。

听文也说他今天住在新宿的酒店,明天返回札幌。平介便邀请他到家里一同吃晚饭。

"哎?这样好吗?不会给您添麻烦吗?"

"如果我觉得麻烦,就不会邀请你了。没什么事就来吧。"

"好的,那我就不客气了。"文也挺直了背回答道。

他们约好下班后由文也打电话给平介,便暂且分开了。平介等到下午五点多的时候给家里打电话,藻奈美已经回家了。平介一说晚上要往家里带一位客人,藻奈美在电话那边慌张起来。

"突然这样说,我很为难啊。晚饭什么的怎么办?"

"叫鳗鱼饭吧。打电话给'野次郎兵卫',要最好的,再加一份白烤鳗鱼和鳗鲡肝汤。"

"这样真的可以吗?"

"嗯,没问题。不过倒是要好好打扫一下家里。"平介挂了电话,想起家里已经很多年没来过客人了。

下班时间到了,文也打来电话,两人约好在站前的书店见面。

平介一进书店就发现了他,这个季节穿深蓝色正装很是显眼。他正在买东京地图。

"如果能顺利进入公司,来年春天开始就要在东京生活了。所以要预习一下。"文也笑着说道。

"先是住在公司的单身公寓,对吧?有任何不方便的地方就随时告诉我。"

"谢谢您。"

"要是觉得吃得不好,就来我家玩。待会儿好好记住去我家的路。"

"好的,听您的。"

平介发现自己跟他说话时已经不用敬语了，不知不觉间就这样了。一时间他有些犹豫接下来该怎么办，不过他决定就这么说下去。这样比较自然，而且文也看起来也没有不开心。

拥挤的电车明显让文也痛苦不堪。虽然车内的空调开得很足，可他的太阳穴周围始终汗津津的。到站下车时，他已经耸着肩膀上气不接下气了。

"东京人的体力比札幌人好多了，绝对的。"他的口吻完全不像在开玩笑。

到了家，平介打开门，向屋里喊道："喂，我们回来了！"

传来了一阵啪嗒啪嗒的跑步声，藻奈美连拖鞋也没穿就跑了出来。她穿着黑色T恤，外面罩着围裙。"啊，回来了。"

"回来了。这是我在电话里跟你说的根岸文也。文也，这是我女儿藻奈美。"

"我是根岸。"他说完低头致意。

"我是藻奈美，晚上好。"她也点了点头。

两人的视线交织在了一起，但仅仅持续了两三秒钟，正是平介脱一只鞋的工夫。当他开始脱另一只鞋的时候，两个人都已看向别处。

走进起居室，平介惊呆了。矮脚餐桌上已经摆好了食物，有沙拉、炸鸡块、生鱼片等等。

"都是你做的吗？"平介问。

"嗯，因为我们家好久没来过客人了。"藻奈美说完看了文也一眼。

"真了不起啊！你还在上高中吧？真是令人佩服！"

"千万别仔细看，不然就会发现我偷工减料了。"藻奈美说着摆了摆手。

"那好,我们赶快吃吧,我饿坏了。藻奈美,把啤酒拿来。"平介发出了指示。

"知道了。"她应着,往厨房走去。

"请问,"文也说道,"这个,一直都是这样吗?没打开过?"

平介看到他指着的东西,一时不知道该怎么回答。他指的是佛龛。现在已经不需要打开,因为没有供奉的对象,至少对现在的平介来说是这样。

"啊,那个呀。"平介挠挠头,"之前里面放着我妻子的遗像,现在嫌麻烦……"

"我想上一炷香,可以吗?"文也来回看向平介和藻奈美。

"倒不是不可以……"平介一时语塞。

这时,藻奈美手里拿着啤酒瓶,说道:"没什么不可以的,对吧?"

"嗯……嗯,是的,没关系。那你就去上香吧。"

"请一定让我上一炷香。"文也端正姿势说道。

文也站在好久不曾开过的佛龛前双手合十,低头默念了好一阵子。线香的烟像丝线一样袅袅而上。平介也始终正襟危坐。

终于,文也抬起头,又瞻仰了一眼正中间直子的遗像,然后转向平介他们。"请原谅我提出这种无理的要求。"

"没事没事,你倒是合掌了很久啊。"

"是的,因为要道歉的事太多了。"文也的嘴角放松了些。

"我们来干杯吧。"藻奈美举着啤酒杯站起来,"祝根岸哥哥入职顺利!"

"好的,来!"平介拿起桌上的玻璃杯,放到文也面前。

"啊？医学系啊，真厉害！"文也感叹道。

"没什么厉害的。只是目标而已，能不能考上还不知道呢。"

"不，有这样的目标就很了不起，你是女孩子嘛。啊，我这么说好像是在搞性别歧视，但是真的很了不起！"文也喝了不少酒，说话已经含混不清。

"根岸哥哥是北星工大的研究生院毕业的吧？我觉得你才厉害呢。"

"一点都不厉害，只要想去就能去。"

"才不是呢。你读的是工学部，那数学一定很好吧？我有点问题，能问你吗？"

"哎？现在这种状态？不知道能不能行呢，我觉得脑袋很不清醒。"

"稍等一下。"藻奈美说着走了出去。

"抱歉，让你听我女儿唠叨了这么多。"平介说。他坐在离他们稍远的地方，喝着兑水威士忌。

"没事，我很开心。藻奈美真的很厉害，要考医学系什么的。"他歪着头说道。

"是她妈妈的遗愿。"平介说道。

"您去世的夫人？"文也又把目光投向了佛龛。

"嗯，不过，不是医学系也没关系，她希望女儿过无悔的人生。"

"哦……"文也凝视着直子的照片。

藻奈美从楼梯上下来，在他面前放了一张打印纸。"这道题怎么做？"

"啊，积分证明题。"或许是酒精的缘故，文也脸有些红，他抬起头,说,"哈哈,原来如此,这道题很有难度啊。先设 x 的平方等于 t,然后再把 t 代入 x 进行微分⋯⋯"

文也醉眼惺忪,但还是用圆珠笔写起了解题过程。藻奈美充满信赖地凝视着他的侧脸。

根岸文也直到十一点才离开,脚下踉跄,但是脑子好像还很清醒,这从他毫不费力地解开了藻奈美给他的三道数学题就能看出。

"他可真是一个直率的人,没有一点拐弯抹角的感觉。"藻奈美目送他离开后,眼里闪着光说道。平介产生了一种预感,一种难以言说的预感。

两人一起清洗了餐具,收拾结束时已经快十二点了。两人都还没有泡澡,就像事先约好了一样在起居室里相向而坐。

"很累吧?"

"有一点。"

"还好明天是星期六。藻奈美,你还要去学校吧?"

"嗯,不过也就去半天。"她说完,看着父亲,"爸爸,今天晚上恐怕妈妈不会出现了。"

"⋯⋯是嘛。"

"嗯,今天晚上不来了。"

"知道了。"他看向佛龛,照片中的直子微笑着。

"爸爸,我有一个请求。"

"什么?"

"明天放学后,我想让你开车带我去一个地方。"

"想去兜风吗?可以啊,想去哪里?"藻奈美第一次提这样的要求,平介有些疑惑。

她犹豫了一下,还是说道:"山下公园。"

"山下公园……横滨的那个?"

嗯。她点了点头。

寒风吹进了平介心里,转瞬间他的心就沉入了深渊。"明天……吗?"他问。

"嗯,明天。"她说。

"知道了,"他点点头,"我知道了。"

藻奈美的眼睛开始充血。她捂着嘴站起身,跑出房间,登上台阶去了二楼。

平介盘腿而坐,歪着头,又看了一眼佛龛的照片。

山下公园——是他和直子第一次约会的地方。

45

星期六一大早,平介就忙碌起来,先去加油站加满油,顺便洗了洗车。平介的卡罗拉是旧款,已经伤痕累累,洗过之后看起来状态稍微好了一些。

从加油站出来后,平介又去了乐器店,买了几张CD。女店员一副忍俊不禁的表情,难道是因为他买的CD不适合中年男人吗?出了乐器店,他又到附近的电器商店买了CD收录两用机。

接下来是理发店。

"不要让别人看出我理发了,尽可能自然一些。"

"今天到底是怎么回事?要去相亲吗?"平介经常光顾的理发店老板听完他的要求非常诧异。

"不是相亲,是约会。"

"真的吗?"理发店老板窃笑着,一副"早已看穿你的谎言"的表情。

"是真的,和我女儿约会。"

"哎呀,这可不得了。"理发店老板突然拿出认真的劲头,"对当父亲的来说,和女儿约会,是一辈子也屈指可数的正式演出啊。"

从理发店走出时,时间正好。平介驱车直奔藻奈美的学校。自从文化节后,他这还是第一次来藻奈美的高中。篝火晚会的场景历历在目。虽然过去了还不到一年,但感觉上已经是很早之前的事了。

好像已经放学了,陆陆续续有学生从学校正门里走出。平介把车停在路边,注视着女高中生们。终于,藻奈美和两个朋友一起走了出来。平介本打算按响喇叭,没想到藻奈美一下就看到了他。她对朋友们说了些什么,然后就一个人跑了过来。

"车子变漂亮了啊。"她刚坐到副驾驶座上便说。

"是吧?"

"你的发型也很好看。"

"男人的仪表可是很重要的。"

"好啊。这样你看起来就不是爸爸了,而是小爸爸。"

"小爸爸?不错。"他挂上挡,发动汽车。

藻奈美刚上车时还不停说话,突然就沉默了,只盯着窗外。平介也没有说话。天气晴好,车里的空气却凝重了起来。途中,他们在汽车餐厅的汉堡店停下。藻奈美默默地吃着芝士汉堡,喝着可乐。平介边操作方向盘,边嚼着汉堡。

到达山下公园附近后,平介先去停车场停好车,然后提着行李下车。

"喂,这个,有点土。"藻奈美指着收录两用机说道。

"是吗?这可是新产品。"

"机器本身没问题,只是你拿着它来山下公园散步,会很土……"

"那就放在车上吧。"

"没事,你拿它肯定是有用吧?"

"算是吧。"

"那就没办法了。"

因为是晴天,又是星期六,公园里有很多结伴出游的家庭和情侣。平介朝着一排面向大海的长椅走去,只有一把没有人坐。"我记得在离码头更近的地方。"他说。

"什么?"

"我和你妈妈第一次约会时坐的长椅,还要往那边去一点。"

"如果有人坐着也不行啊。"藻奈美坐在了长椅上,平介在她身边坐下。穿校服的女高中生和拿着收录机的中年男人,别人会怎么看他们呢?平介有一点在意。

两个人并肩坐着看海。水面平静,偶尔有船经过。

"妈妈向你提什么要求了吗?"平介依旧面朝前方。

"嗯。"她回答。

"什么时候?"

"昨天早上,我在笔记本里看到的。"

"写的是星期六?"

藻奈美点了点头,平介的余光扫到了。

"星期六让爸爸带你去山下公园,然后……在那里……"

"在那里……什么?"

她摇了摇头,表示不想说。

"好吧。"平介叹道。

"爸爸,"藻奈美说,"我回来,好吗?"

平介看向她，她一副马上就要哭出来的表情。

"当然好了。"他说道，"你妈妈也会很高兴。"

藻奈美松了一口气似的点点头，然后突然半闭起眼睛，头也开始摇晃起来，接下来顺势倚在长椅靠背上，像个人偶似的睡着了。

平介拿起收录两用机，打开电源键，CD 已经装好了，是松任谷由实的曲子。他按下了播放键。几乎在曲子播放的同时，她睁开了眼睛。平介没有马上跟她说话，而是像刚才和藻奈美在一起时一样看着大海的方向。她也看向同样的地方。

"你居然买了由实的 CD 啊。"她说道，声音听起来很平静。

"付款的时候我的脸都快着火了。"

"但是你真的很用心，为我买了这个。"

"因为直子喜欢啊。"

他们继续沉默着看海。海面波光粼粼，如果一直盯着，眼睛里面就会如针扎似的阵阵作痛。

"谢谢你，最后一天带我来这里。"直子说。

平介转向她。"真的是……最后了吗？"

她没有躲开他的视线，点了点头。"什么事情都会有结束的一天。其实我的生命本应该在事故发生那天就结束，只是被延长到了今天。"她小声地继续说，"我能活着，都是因为你。"

"不能再多陪我一段时间吗？"

"不能了。"她微微一笑，"我无法给你解释，但这是我自己的事，所以我知道。真的，到这里，直子就要结束了。"

"直子……"平介握着她的右手。

"平介，"她叫他，"谢谢你，再见了，别忘记我。"

直子——他还想再喊她一声,却发不出声音来。

她的眼和唇上还挂着微笑,接着她安详地闭上了眼,头慢慢地向前倾。

平介握着她的手,低垂下头,可是眼泪并没有掉下来。不能哭,似乎有人在他耳边不断地低语。

过了一会儿,他感觉有只手搭在了他的肩膀上。他抬起头来,和藻奈美四目相对。

"已经走了吗?"她问。

平介默默地点了点头。

藻奈美的五官扭曲了。她把头埋进平介的胸膛,放声大哭起来。

平介温柔地摩挲着女儿的后背,眺望大海。远处出现了一艘白色的船。

由实正在唱《渐暗的房间》。

46

"会哭的。咱们打赌,你肯定会哭的。"姐夫富雄自信满满地说道。

"我不会哭。现在谁还会在女儿的婚礼上哭!"平介摆摆手,反驳道。

"一般说这种话的家伙一定会哭。爸爸也是。又不是嫁女儿,而是招女婿,还不是在婚礼上哭得一塌糊涂。是吧,爸爸?"

"有这回事吗?"三郎抓抓脸颊。他已经换上了和服礼服,做好了随时出发的准备。

富雄也穿好了礼服。只有平介还穿着睡衣,只洗完了脸而已。

咚咚咚咚,楼梯被踏得很响。不久,姐姐容子出现了。她也穿着和服礼服。

"哎呀平介,你怎么还不换衣服?这副打扮你要干什么?赶快去换衣服。藻奈美已经出发了。"

"藻奈美要是刚出发,那时间还很充裕嘛。新娘的准备一般都要两个小时左右吧。"

"新娘的父亲也不能闲着啊,要和大家打招呼之类,各种各样的事。"

"没有没有。"富雄摆摆手,"新娘的父亲只要呜呜地哭就行了。"

"我说了我不会哭,真啰唆。"

"会哭的。容子,你觉得平介会不会哭?"富雄问妻子。

"平介吗?"容子看了看平介,噗地笑了出来,"肯定会哭啊。"

"说什么呢?连姐姐你也这么说!"平介皱着眉头。

"快快,别说没用的了。我们先出发了。平介,最迟你也要在三十分钟之内出门啊,还从没听说过婚礼上新娘的爸爸迟到的。知道了吗?爸爸,老公,该走了。"

容子是昨天住进来的,指挥着各种事情,今天更是如大总管一样,带着丈夫和父亲利索地出发了。

屋子里突然安静下来,只剩下平介一个人。他发了会儿呆,然后慢吞吞地站起来,换上昨天便挂在衣架上的礼服。

自从定下婚礼的日子后,转眼间就到了今天,没有给感伤留下时间。或许就是这样,当失去什么的时候,时间总是过得飞快。

藻奈美已经二十五岁了,现在在大学医院担任助理,同时还在进行脑医学的研究。因为研究太专心了,平介还担心她会错过适婚年龄,然而这不过是平介杞人忧天罢了。

平介已经很少和藻奈美提起直子。藻奈美对于她那离奇的经历可能已经有了不同的看法。她上大学时,曾说过这样的话:"我觉得就是一种双重人格的表现。由于受到事故的打击,我的精神分裂出了另外一个人格,而且那个人格认为自己是我的妈妈。历史上一些附体的案例大体上都能用这个理论来解释。知道了只有另一个人才知道的那些事，做到了不可能做到的事，这都是主观看法，不能完全相信。我从小就和妈妈一起生活，因此做出像妈妈那样的行为举止也不是什么难事。随着时间流逝，我的精神渐渐成熟，原来的人格就会浮现，而另一个人格就会消失。比起灵魂附体这种神话般的解释，这样更能解释得清楚，不是吗？"

平介并未反驳她的观点，只是默默听着。如果藻奈美认为这样解释得通，那么对她自己也有好处。

但平介决不认为那仅仅是双重人格。他们在一起生活了五年，他不可能连那是不是真正的直子都判断不出来。说到底，那时候的直子只活在我的心里，平介想。

礼服裤子的腰围有些紧，平介摸着肚子感慨，自己也长胖了啊。

系好领带后，他打开衣柜抽屉，拿出怀表。那是梶川幸广的遗物，他早就决定今天要把它带到婚礼上。然而，上了发条之后，怀表却没有走动的迹象。他把表拿到耳边，没有听到任何声音。

平介咂了咂嘴，心想怎么偏偏在这个时候出了状况。他看了一眼钟表确认时间，然后在脑中计算了一下。好，不行再说，先去看看吧！他拿着坏了的怀表，匆忙出了家门。

婚礼在吉祥寺举办，离荻洼不远。他打算在去婚礼会场之前先去一趟荻洼的松野钟表店，就是之前修理怀表表盖的那家店。

店主松野浩三看到平介，睁大了眼睛。"喂，今天是藻奈美结婚的日子吧？"

"咦，你怎么知道？"

"她的结婚戒指是在我这里做的啊。"

"是吗？"平介第一次听说这件事。这次的婚礼，平介什么都没有管,藻奈美也没有跟他商量。一切都是藻奈美自己决定的。

平介把怀表拿给浩三,就连这位经验丰富的专业表匠都皱起眉头。"这可有点困难。今天肯定修不好了。"

"唉,果然是这样啊。我要是早点发现就好了。"

"你打算拿着它去参加婚礼?"

"是的。实际上这块表的主人的儿子,就是藻奈美的丈夫。"

浩三闻言撇了撇嘴。

"这块表的主人已经去世了,这算是他的遗物吧。没办法,就请它这么坏着出席吧。"

"也好,婚礼结束了你再拿过来。我给你修好。"

"一言为定。"平介接过怀表。

"这么说来,"浩三说,"两边家长都有遗物出席啊。"

"什么?"平介反问道,"两边,是什么意思?"

浩三有点为难地舔了舔嘴唇。"这件事,藻奈美让我保密来着,不过还是跟你说了吧。因为这件事很令人感动。"

"什么事?说得我好想知道。"

"刚才我不是说藻奈美的戒指在我这里做的吗?结婚戒指。"

"嗯。"

"藻奈美在我们店定做时交给我一个东西。"

"什么?"

"戒指啊。和你戴的是一对的那枚。"

平介的目光移到自己的戒指上。无名指上还戴着和直子的结婚戒指,而且也是在这家店做的。"你是说,直子的戒指?"

"嗯,藻奈美把它拿了过来,新娘的戒指就以它为材料,因为是母亲的遗物。"

"那枚戒指……"平介的心猛地跳动了一下,接着心跳越来越快,全身发热。他心想,怎么可能!

"我按她说的做了。我很感动,只是不知道为什么她不让告诉你。藻奈美也没告诉我原因,只是要我绝对不能对你说,甚至还说,如果我对你说了,她就会恨我。不过,这没关系吧?你没有因此心情不好吧?"

平介不记得是怎么回答浩三的了,回过神时,他已经走出了钟表店。

怎么可能,怎么会——他自言自语地走着。那枚戒指应该在泰迪熊里面,是直子放进去的。为什么藻奈美把它拿出来了?不,应该说,为什么藻奈美知道它在那里?藻奈美应该不知道,那是直子和我之间的秘密。

难道是直子通过日记告诉藻奈美的吗?就算是那样,那她为什么要改做戒指,又为什么要瞒着我?

平介拦下一辆出租车,跟司机说了举办婚礼的酒店名字。他摸着自己的戒指,心里越来越热。

直子——你消失了吗?还是只是装作消失了的样子?

平介回想起藻奈美第一次出现的情景。那之前,平介下定决心把直子当作藻奈美来对待,他决定要做一个父亲。他叫她藻奈美,而不是直子,就是出于这个理由。

直子是怎么想的呢?她是不是因为感受到了丈夫的决心,自己也做了一个决定?装作藻奈美的精神苏醒,然后慢慢变成藻奈美。但是这件事不能操之过急,于是她选了一个方法,就是让直子一点一点消失。

九年——她这九年一直都在演戏。她打算一直演到生命结束?

他又想起了山下公园,那天不是直子消失的日子,而是她完全摒弃直子这个身份的日子。作为藻奈美苏醒以后,她放声大哭,是因为抛弃自己而悲伤吗?

直子,你还活着吗?

平介抵达了酒店,甩下车费,下车冲进酒店,看到服务员后,语速飞快地询问婚礼会场的位置。年长的服务员刻意慢条斯理地回答。他乘上电梯,在婚礼会场所在的楼层停下,看见了三郎和容子。

"你终于来了,磨磨蹭蹭干什么呢?"容子说。

"藻奈美呢?"平介喘着粗气问她。

"我带你去。"容子带他走到新娘化妆室门前,敲了敲门,开门向内张望,然后对平介说:"可以进去了。"她像是体会到平介的心情,又返回大家所在的地方。

平介做了个深呼吸,推开了门。身穿婚纱的藻奈美顿时映入眼帘,那是一面大镜子反射的人影。她透过镜子看到平介,缓缓地回过头来。空气里弥漫着馥郁的花香。

"这……简直……多么……"他想起约三十年前的光景。那时候的直子也穿着十分合体的婚纱。

服装师出去了,房间里只剩下平介和藻奈美两个人。他们四目相对。

直子——

在这一瞬间,平介恍然大悟。现在说什么都无济于事了。问她也没有意义,她绝对不会承认自己就是直子。只要她不承认,她就是藻奈美。对平介来说,她就只是他的女儿。

"爸爸,"她说,"很久以来,真的是很久以来,多亏您的照顾……"她已经泣不成声。

嗯,平介点点头,也是在默认那个永远的秘密。

这时传来了敲门声。平介说了声"进来",根岸文也的脸出现在面前。他注视着新娘,两眼放出光彩。

"哇,真漂亮啊!除了漂亮没别的词能形容。"然后他看向平介,"是吧,爸爸?"

"我三十年前就知道了!"平介说道,"文也,你跟我来一下。"

"是。什么事啊?"

平介把文也带到另一间休息室里,还好没别人。平介盯着这个马上要和藻奈美结婚的男人,他看起来有些紧张。

"我有件事要拜托你。"平介说。

"什么事?您说。"

"不是很难的事。嗯,不是经常有人这么说嘛,就是新娘的爸爸最想对新郎做的那件事,你能让我做一次吗?"

"是什么?"

"就是这个!"平介在文也面前伸出拳头,"吃我一拳。"

"什么?"文也身子后仰,"现在?在这里?"

"不行吗?"

"不是不是,啊,这可怎么办?待会儿还要拍照啊。"文也挠了挠头,可最后还是用力点了下头。"知道了。您把那么漂亮的女儿给我当新娘,所以这点痛我忍着。来吧,给我一拳。"

"不,是两拳。"

"两拳?"

"一拳是因为你夺走了我的女儿,另一拳……是因为另一个人。"

"另一个人?"

"你别问了,闭上眼睛!"

平介攥起了拳头。但就在拳头挥出之前,他的眼里已满是泪水。他跌坐在地,两手捂住脸,撕心裂肺地号哭起来。

图书在版编目(CIP)数据

秘密 /（日）东野圭吾著；连子心译. -- 海口：南海出版公司, 2017.11
 (东野圭吾作品)
 ISBN 978-7-5442-5821-0

Ⅰ.①秘… Ⅱ.①东… ②连… Ⅲ.①长篇小说-日本-现代 Ⅳ.①I313.45

中国版本图书馆CIP数据核字(2017)第211931号

著作权合同登记号　图字：30-2017-097

HIMITSU by HIGASHINO Keigo
Copyright © HIGASHINO Keigo 1998
All rights reserved.
Original Japanese edition published by Bungeishunju Ltd. in 1998.
Chinese (in simplified character only) translation rights in P. R. C.
reserved by ThinKingdom Media Group Ltd., under the license granted by HIGASHINO Keigo,
arranged with Bungeishunju Ltd., Japan through BARDON CHINESE CREATIVE AGENCY
LIMITED, Hong Kong.

秘密
〔日〕东野圭吾　著
连子心　译

出　　版	南海出版公司　(0898)66568511 海口市海秀中路51号星华大厦五楼　邮编 570206
发　　行	新经典发行有限公司 电话(010)68423599　邮箱 editor@readinglife.com
经　　销	新华书店
责任编辑	张　锐
特邀编辑	黄莉辉　王　雪
装帧设计	韩　笑
内文制作	王春雪
印　　刷	北京盛通印刷股份有限公司
开　　本	850毫米×1168毫米　1/32
印　　张	10.5
字　　数	242千
版　　次	2017年11月第1版
印　　次	2025年3月第44次印刷
书　　号	ISBN 978-7-5442-5821-0
定　　价	45.00元

版权所有，侵权必究
如有印装质量问题，请发邮件至 zhiliang@readinglife.com